ナイツ&マジック
10
Knight's & Magic
JN031071
キッドの背からエージロが身を乗り出す。
エムリスは引き続いての警戒を命じる。
Hisago Amazake-no
天酒之瓢
illustration 黒銀

「誰って、私とエル君に決まってるじゃない」
ひっしと抱きしめられた腕の中でエルがうなずく。

「結婚？
誰と、誰が？」
アーキッド・オルターは訝しんだ。
アディは、自明を語るかのごとく胸を張った。

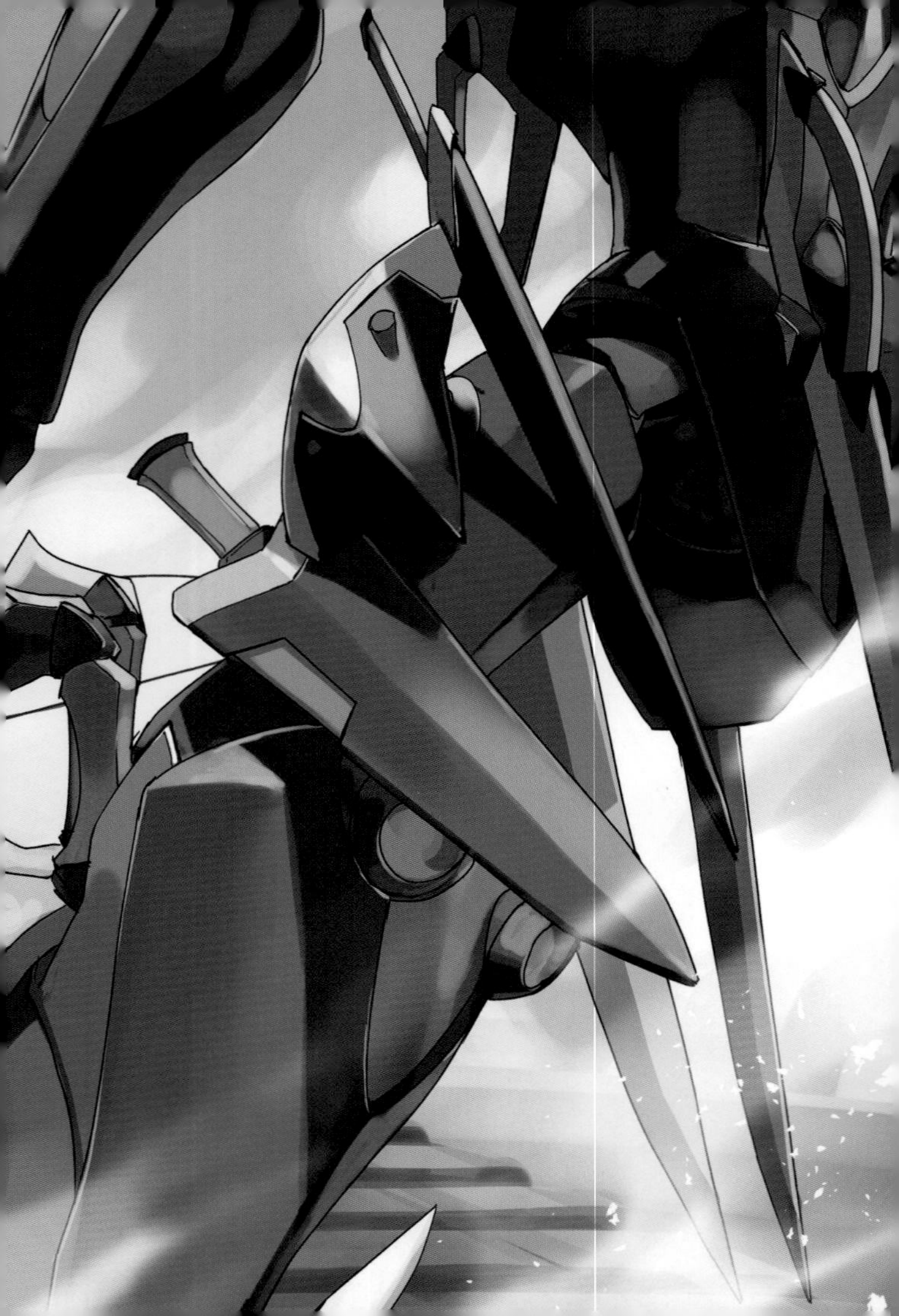

「『執月之手（ラーフフィスト）』！」

トイボックスマーク２が平手を形作るや、
手首から炎が生まれ出で恐るべき勢いで宙を飛んだ。
ブロークンソードが斬り飛ばしたわけではない。

「んなろ！
妙な動きばっか
しやがってよ！」

玩具箱之弐式《トイボックスマーク2》 Toybox-Mar

主搭乗者／エルネスティ・エチェバルリ

spec

全高／10.8m

起動重量／19.1t

装備／執月之手（ラーフフィスト）、烈炎之手（バーニングフィスト）
断刃装甲（アーマーエッジ）、ブラストリバーサ
疑似嵐の衣（リミテッドストームコート）
びっくり箱（ジャックインザボックス）

explanation

エルネスティが新婚旅行に向かうにあたって乗騎とするべく新たに建造した機体。

本来の乗騎であるイカルガはその特殊性により、国王により私用での国外持ち出しを不可とされたため急遽代わりとして用意された。

カルディトーレを基としたカスタム機ではあるのだが、あまりにも隅々まで手を入れたため事実上の新造機となり果ててしまった。

その意匠はイカルガ以前に使用していた技術試験機であるトイボックスにちなんでおり、故にマーク2と位置付けられている。内容面でもエルの玩具箱としての役目は健在であり、イカルガの機能を模倣したうえでいくつかの新装備を搭載した超高性能機体として仕上がっている。

反面、カルディトーレを基としたために魔力転換炉を1基しか積んでおらず、その性能から来る要求魔力の高さに対して供給量が追いついていないという致命的な欠点がある。数々の改良によって機構の簡略化、省力化が進んでおり燃費の向上は見られるものの、おおむね焼け石に水であった。

また操縦・制御面でもイカルガを模しているどころか、さらにエルに合わせた調整が施されているため複雑化は進む一方であり、それをカルディトーレの筐体に押し込めていることもありキワモノ度はむしろ上がっている。

操るにはエルネスティ個人の能力を前提としており、その意味では本機も欠陥機体のひとつであると言えよう。

ナイツ&マジック 10
Knight's & Magic

INTRODUCTION

満を持して!

お待たせしました!　約２年ぶりとなるナイツマ新刊、満を持してのリリースです。

第10弾の舞台は、**空に浮かぶ広大な大地**。

噂に導かれ冒険心からやってきた**エムリス**と**アーキッド**は、
たどり着くなり争いに巻き込まれてしまいます。

混迷を深める空飛ぶ大地に、彼が現れます。

銀の光に蒼（あお）き刃。

新婚旅行中の**銀鳳（ぎんおう）騎士団団長**、**エルネスティ・エチェバルリア**が。

空飛ぶ大地の戦いは活発化してゆきます。

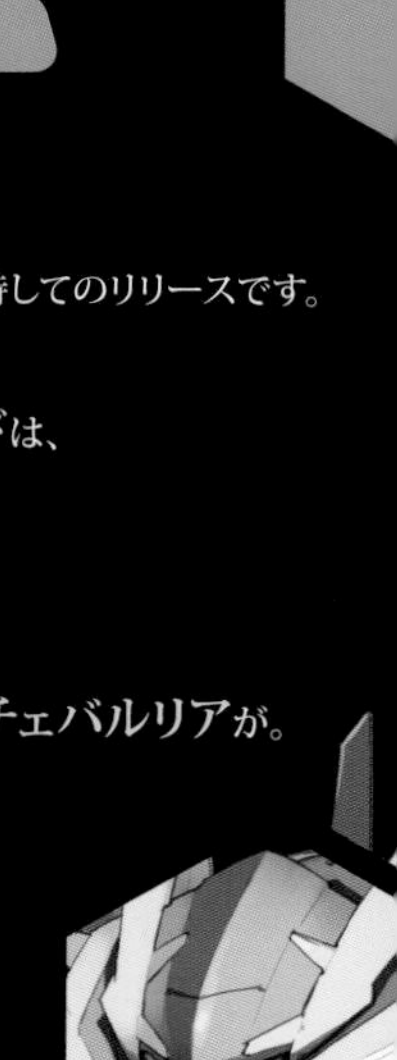

空には史上最強の対飛空船戦闘艦である**飛竜戦艦**。
大地からは絶えたはずの超巨大魔獣、竜（ドレイク）の姿が現れます。
人とハルピュイア、飛竜と魔獣。
大地の支配者の座を巡り激戦が繰り広げられる中、
エルネスティの眼前に思いもよらぬ因縁が現れます。
「できるならばあなたとは戦いたくなかったですが……
勝つか負けるか。**トイボックスマーク２**、
最期まで全て魅せて差し上げなさい!」
戦いの決着へと向けて、
覚悟を乗せた蒼き騎士が空を翔（か）ける——!

ナイツ&マジック 10

天酒之瓢

ヒーロー文庫

illustration 黒銀

ナイツ&マジック 10

Knight's & Magic

CONTENTS

イラスト・メカニックデザイン／黒銀
装丁・本文デザイン／5GAS DESIGN STUDIO
校正／相川かおり（東京出版サービスセンター）
DTP／松田修尚（主婦の友社）

この物語は、小説投稿サイト「小説家になろう」で
発表された同名作品に、書籍化にあたって
大幅に加筆修正を加えたフィクションです。
実在の人物・団体等とは関係ありません。

プロローグ　とある船員の手記

まだ日が昇りきらないうちから目が覚める。

半分は習慣なんだけど、飛空船（レビテートシップ）は高いところを飛んでいるからか寒いことが多くて、起きるのが大変。なので隣で寝ているエル君を抱きしめて暖をとる。あったかい。ふわふわさらさらしてる。幸せ。

しばらくしてエル君が目を覚ましたら（ほんとはちょっと前から起きているの知ってる）布団を出て、朝ご飯に行く。

朝に食べるのはかたーいパンと、スープをちょっと！　パンを浸してやわらかくしながら食べるの。それでスープは温めるんだけど、飛空船では燃料を節約したいし、できるだけ火を使いたくないからちょっと一工夫して。朝は持ち回りで、当番の人が魔法を使って火をおこしてる。『火炎弾丸（ファイアトーチ）』を手元で使い続けるのは地味に辛いけど訓練にもなるって、銀鳳（ぎんおう）騎士団でよくやってたらだんだん広まっていったの。

おなかを満たしてあったまったら朝のお仕事の始まり。

まずは機材の点検から。これはエル君が決めた銀鳳（ぎんおう）騎士団からの方針で、騎操鍛冶師（ナイトスミス）だけじゃなくて、動かす騎操士（ナイトランナー）自身が点検していくの。こうしていればいざというとき、どんな問題があるか、すぐにわかるようになるんだって。

毎日のことだからそんなに大変なことじゃないんだけど、エル君だけずっと降りてこないんだよね。幻晶騎士（シルエットナイト）の操縦席にひっついてるエル君をはがして運ぶのも、私のお仕事かな。

ここは空飛ぶ大地。不思議だよね、こーんなおっきい地面が浮かんでるなんて。エル君とノーラさんが言うには、おそらく源素浮揚器（エーテリックレビテータ）と似た原理で浮かんでいるんだろうって。

この空飛ぶ大地に着いてからはいつも、二人が中心になって進路や方針について話し合っている。情報収集といえば藍鷹（あいおう）騎士団の人たちの得意技なんだけど……さすがに飛空船（レビテートシップ）が足りてなくて自由に動けないみたい。

あーでもない。こーでもない。ここ結構広いから、ぜんっぜん見つからないんだよねー。キッドとか若旦那とか、どこにいるんだろ。ほんと森ばっかり！

今日はお昼を食べてから狩りの日になりました。やった、空飛ぶ大地に下りてエル君とお散歩！　ぼんやり光ってる木が生えてたり、やっぱり変わった場所だよね。

それで、たまに見かける鳥……鳥？　を狩って帰る。毎日保存食ばっかりじゃ味気ないしね。でもこのあたりで見かける鳥？　って変わってて。脚が４本あるのとか、翼が４枚あるのとか、首がふたつあるのとか、普通の獣だと思っても膜を広げて飛んだりするし。とにかく空を飛べる獣が多いんだけど、さすが大地ごと飛んでいるだけはあるよね。

新鮮な獲物を狩って帰ると皆も喜ぶし。こんな風に丸一日使って、狩りに出る日を作ったりする。皆も気合いが違うよね。幻晶甲冑(シルエットギア)を着込んでるのは当然として、道具だって国(くに)許(もと)で使っていた本気のやつだし。目の色が違う気がする……美味しいご飯、大事。

そうそう。たまに小魔導師(パール)ちゃんとナブ君も降りて、一緒に森を歩くの。巨人族(アストラガリ)にとっては飛空船でも窮屈だもんね。小魔導師ちゃんはおとなしいし、ナブ君も言うこと聞いて我慢してくれてるけど。息抜きになるのは上部甲板に出たりとか。そこから周囲を見渡すのは大好きなんだって。ずっと森ばっかりだけど飽きないのかな。

日が落ちる前には移動をやめて、錨(いかり)を下ろして船を固定する。暗くなってから移動するのは大変だしね。うっかり船をどこかにぶつけたらすごく困るし。私たちの『銀の鯨(ジルバヴェール)二世号』は強化魔法も使ってて、見かけよりもずっと頑丈なんだけど。長旅で無理は禁物だって。

それで夜は皆さっさと寝ちゃう。何人か、見張りの人が交代で立ってくれてるけど。いつもありがとうございます！

身体を拭いて汚れを落としたら私もおやすみ。水も貴重だしね。でも空飛ぶ大地にも川があるから、いざとなれば補給はできるしちょっと気は楽かも。

エル君もお仕事終わり。なので一緒にお布団に入る。ふはー、エル君はいつもいい匂いがしてすべすべしてて今日もえるえる■■■■■■（ここから先は黒く塗り潰されて読めない——）

◆

『浮遊大陸』、あるいは単に『空飛ぶ大地』と呼ばれるその場所は、西方諸国（オクシデンツ）の南方、広がる大洋の空に存在している。

大きさは大陸というには物足りなく、さりとて島と呼ぶには広大に過ぎる程度。大海の孤島かといえばさにあらず。その奇妙であるところは、ひとえに大地が空に浮かび上がっているという点に尽きる。

あるとき、それを『発見』したとの報が、西方諸国中をさざ波のように広がっていった。

物珍しさから、あるいは利の匂いを嗅ぎつけて、人々は次々と空飛ぶ大地を目指した。折しも飛空船技術の拡散と時期が重なったことも追い風となる。いや、そもそも飛空船（レビテートシップ）が存在しなかったからこそ人々の目につかなかったに過ぎない。発見は必然と言えよう。

飛空船という飛行機械の登場がセッテルンド大陸にもたらした変化は大きい。ちょうどオービニエ山地の東方に位置するフレメヴィーラ王国がボキューズ大森海（だいしんかい）に目を向けたように、西方に在る国々の興味も外へと向いてゆく。飛空船は世界を広く、また狭くもした。

さて、そのような状況において『空飛ぶ大地発見』の噂は、西方諸国でも東側に存在する大国である、クシェペルカ王国まで伝わっていった。一度聞いただけではにわかに信じがたいこの噂、しかし強く興味を示した者がいる。クシェペルカ王国へと出向していたフレメヴィーラ王国の第二王子『エムリス・イェイエル・フレメヴィーラ』その人である。

生来の物好きの気性が顔を出し、彼はすぐに行動に出た。一体どのような手管を駆使したものか、最新鋭の飛空船である『黄金の鬣号（ゴールデンメイン）』を持ち出し、側近ともいえる『アーキッド・オルター』まで巻き込んで冒険の旅に出たのである。

そうして女王が拗（す）ね、周囲が困り果てる中、救いの手は差し伸べられた。

結婚の報を持って、エルネスティとアデルトルートの夫婦がやってきたのである。クシェペルカ王国の女王『エレオノーラ・ミランダ・クシェペルカ』より相談を受けたエルネスティは、即断でエムリスたちの後を追うことを決め、飛空船『銀の鯨二世号（ジルバヴェール）』に乗り込むと意気揚々と出港したのであった。

先行するエムリスたちが空飛ぶ大地へとたどり着いたとき、そこはすでに騒乱の気配に包まれていた。

他国の飛空船の姿。空を舞う巨大な魔獣の影。極めつきが空飛ぶ大地の先住者――翼持つ民『ハルピュイア』との遭遇である。

不幸な誤解によりキッドがハルピュイア族の捕虜となるも、彼は捕虜生活を通じ彼らと親交を結ぶことに成功する。そうして彼は空飛ぶ大地へと押し寄せる西方諸国(オクシデンツ)の動きと、何よりその目的を知った。

——源素晶石(エーテライト)。

それは飛空船(レビテートシップ)の駆動に不可欠な物資。ゆえに現在の西方において最も価値と需要がある鉱石である。それが、空飛ぶ大地には莫大と言っていい量が埋蔵されていたのだ。未知なる冒険の舞台はさながら火のついた油壺と化していった。

貪欲に源素晶石を求める諸国のなかでも、最もなりふり構わない動きに出たのが『孤独なる十一国(イレブンフラッグス)』であった。十一旗と呼ばれる都市国家群からなる連合国家であるイレブンフラッグスは、同時に商人たちの集まりであり。空飛ぶ大地はまるで黄金の塊(かたまり)に見えていたことであろう。

彼らの採掘は周囲のことなど何も考えず。当然、先住民たるハルピュイア族との衝突を繰り返していた。

そうしてイレブンフラッグス軍による攻撃の魔の手は、ついにキッドが行動を共にするハルピュイアの一族まで及んだ。住処たる森は焼かれ、鷲頭獣(グリフォン)を失ったハルピュイアたちが囚われとなる。

キッドは囚われとなったハルピュイアの少女、ホーガラを救い出すため動き出す。合流した『黄金の鬣号(ゴールデンメイン)』と共に、敵旗艦たる重装甲船(アーマードシップ)へと挑んだ。

そうしてキッドの秘策が成功し、勝利を目前としたとき。戦場に異変が起こった。空を貫く獄炎の奔流。空飛ぶ要塞のごとき重装甲船を一撃のもとに葬り去り、それは姿を現した。

かつて大西域戦争(ウェスタン・グランドストーム)においてクシェペルカ王国を窮地に追い込み、そしてイカルガと銀鳳(ぎんおう)騎士団の総力をもって撃破されたはずの存在。

史上最大の完全攻撃型空対空飛空船、機械の魔竜『飛竜戦艦(ヴィーヴィル)』。

空飛ぶ大地をめぐる争いは、なおさらに激しさを増してゆく――。

第十九章

浮遊大陸・諸国鳴動編

Knight's
&Magic

第八十三話　竜たちの饗宴

暗闇に蝋燭が灯るように。瞳がぼんやりとした光を捉えた。

「う……こ、こは……」

霧に包まれたかのごとくはっきりとしない意識の中、声ともつかない呻きが漏れる。時とともに認識は明確な形をとってゆき、やがてハルピュイア一族、風切の次列であるホーガラは目を覚ました。

「なん……」

最初に視界に飛び込んできたもの。それは緊迫感を湛えた男性の横顔であった。村の誰かではなく、捕虜であり彼女が監視していたはずの『地の趾』――『アーキッド・オルター』であることに気づいて、彼女は急激にあわてる。

「き、貴様何を……!?　いや、私は……」

いまだ働きの鈍い頭がようやく動き出す。意識を失う直前の状況が思い浮かんで、彼女は一気に顔色を青ざめさせた。

「！　ホーガラ、気がついたのか。すまないが今ちょっと取り込み中でさ」

「どういうこと……だ」

混乱のまま食ってかかろうとして、ふと彼女は気づく。周囲にはなぜか大勢のハルピュイアが——しかも隣村の面々だ——おり、皆一様に緊張した面持ちであることに。つられて彼らの視線の先を追いかけたホーガラは、目にすることになる。

人間たちが乗る飛空船(レビテートシップ)、鷲頭獣(グリフォン)と共に飛ぶハルピュイア。あらゆるものたちが言葉もなくソレを凝視していた。

雲を吹き飛ばしながら、巨体の全貌が露わとなる。

先端に屹立(きつりつ)する竜騎士像(ドラゴン・ヘッド)、節に分かれ長く伸びた船首、飛空船としての本体であり多数の法撃戦仕様機(ウィザードスタイル)を生やした胴部。下側には幻晶騎士(シルエットナイト)をひと握りに潰すことすら可能な格闘用竜脚(ドラゴニッククロー)が、凶悪な爪を広げていた。

『孤独なる十一国(イレブンフラッグス)』が誇る旗艦、重装甲船(アーマードシップ)を一撃のもとに轟沈(ごうちん)せしめたる人造の魔竜——『飛竜戦艦(ヴィーヴィル)』の脅威を前にして、彼らの間には奇怪な沈黙が流れていた。

「あ……なんだあれは!?　あのような獣がどの木に留まっていたと……!?」

「地の趾よ、あれもお前たちの騎獣なのか！」

竜の炎を逃れた『黄金の鬣号(ゴールデンメイン)』の上、助け出されたハルピュイアたちがざわめきだす。

長く空飛ぶ大地に暮らす彼らをしてまったく未知なる魔獣を前に、静かな混乱が生み出されつつあった。そのとき、足元の船がいきなり動き出したことで驚きの声が上がる。

「驚くのは後回しだ！　呆(ほう)けている余裕はない、今は動け!!」

正気を取り戻したエムリスの怒号が船橋に轟(とどろ)く。『黄金の鬣号(ゴールデンメイン)』は今、非戦闘員(ハルピュイア)により満杯である。とてもではないが戦える状態になどない。そもそも飛竜戦艦(ヴィーヴィル)を敵に回して無事に済むとも思えないのだが。

「回頭急げ、なんとしても振り切るぞ！　シュメフリークへは信号を上げろ、各個死力を尽くして逃げ出せとな！」

常に不敵な様子を崩さないエムリスをして、表情に強い緊張を浮かべている。重装甲船(アーマードシップ)が落とされた今、次に近くにあるのは『黄金の鬣号』なのである。泡も食おうというものだ。

舳先(へさき)を回しだした『黄金の鬣号』の甲板では、ハルピュイアたちが戸惑っていた。混乱のさなかで立ち尽くしていたキッドのもとにエージロが飛んでくる。

「き、キッド……あれって何？　やっぱり敵なのかな!?」

「あれは竜(ドレイク)を象った戦闘艦だ。問題は誰が使っているかなんだけど……味方ってのは難しいよな。心当たりないしさ」

かつて飛竜戦艦を生み出したジャロウデク王国は、自らの野望の炎により身を焼いた。2隻目を建造する余裕などあるまい。ならば別の誰かであるはずだが、だからとてあれだけの超兵器を使うものが平和を望むとも思えない。

そうして竜をにらみつけていた彼は、ある事実に気づいた。

「待てよ、あの飛竜戦艦。違和感があると思ったら、覚えているのよりでかいぞ……!?」

かつて飛竜戦艦に『突撃』をかましたことがある彼だからこそ、明確に見てとった。この船は中央にある船体が極端に巨大なのである。何しろ本船の左右にさらに2隻、都合3隻の船が連結されたような形をしている。ただでさえ巨大であった飛竜戦艦がさらなる威圧感を備え、この巨竜と比べては重装甲船など、ただ亀のごとくであろう。

誰もが圧倒される中、不思議と彼は逆に表情を明るくしていた。

「こいつはいけるかもしれないぞ」

「どういうことだ。あの巨大な獣は敵なのだろう」

「ああ。だけどな、あいつの本当に恐ろしいところは動きが速いことなんだ。それがここまで巨体になっちゃさ、素早くは……」

そんな得意げなキッドの言葉を聞きつけたわけでもあるまいが、悠然と首を巡らせていた飛竜戦艦がにわかに動き出した。左右に配置されていた船体が腹側にある扉を次々に開いてゆく。多数の穴がのぞくさまはまるで蜂の巣のようである。

「なにぃ『巣』のようだと？　おいおい、だったら何が潜むというんだ」

硝子窓(ガラス)に張り付くようにして竜の動きを注視していたエムリスは、ロクでもない未来を想像して顔をしかめた。飛空船(レビテートシップ)が腹を開いたとなれば、次に何が起こるかなんて考えるまでもない。

船倉の内部から次々に『何か』が飛び出てきた。鏃のような流線形をしたソレらは、船体からいくらか離れたところで『翼』を開く。

遠望鏡が捉えた姿が『黄金の鬣号』乗員たちの心胆を寒からしめてゆく。小型機だ。小さいと表現しても、それは比較対象が飛竜戦艦であるからそう見えるだけで、実際は幻晶騎士に近い大きさがあるのだろう。

前方にはまっすぐに機首が伸び、後ろには爪を備えた脚がある。翼を広げてはいるが腕に相当する部分は見当たらない。まるで飛竜戦艦を幻晶騎士大にまで縮めたかのような姿である。つまりこれは未知なる航空戦力であり――。

小なる飛竜、その名を『竜闘騎』。

翼を動かし向きを変え、竜闘騎の首が一斉に船団をにらむ。次いで尾部からは炎がほとばしり、莫大な推進力を受けた機体が目覚ましい加速を見せつけた。

「うわ、ちっさいのがいっぱい来た!?」

「左右のは輸送用飛空船なのかよ！　それは反則だろぉ!?」

『黄金の鬣号』の甲板が悲鳴に満ちた。巨大な飛竜だけでも恐るべき脅威であるのに、さらに小飛竜を従えているとなっては難敵に過ぎる。

「やはり簡単には逃がしてくれないようだな！　応戦の準備だ、なんとしても切り抜けるぞ！」

船橋のエムリスは奥歯を噛み締め、身体に緊張をみなぎらせる。法撃戦仕様機が動き出し迎撃の体勢を整えながら、『黄金の鬣号』は竜の爪から逃れるべく進み続けた。

◆

同刻。イレブンフラッグス軍旗艦、重装甲船の船橋では評議員の一人である『トマーゾ・ピスコポ』が荒れに荒れていた。

「ちくしょう！　ちっくしょう！　イオランダのアバズレ業突く婆めぇ！　むざむざ本船を落とされただぁ!?　大損もいいところじゃないかよ!!　人に指図だけしておいて、なんてぇ役立たずだッ!!　クソッ！　クソォッ!!」

調度品を蹴り倒すたびに悪罵がとめどなく湧いてくるが、八つ当たりでは何も解決しない。やがて室内を思うさま荒らした彼は、息を無理に鎮めて、冷静な部分をかき集めると思考を巡らせ始めた。

「はぁ……はぁ。あの竜……！　知っている、知っているぜぇ飛竜戦艦！　誰なんだよお、誰が作ったんだ。アレの情報はどこにもなかったはずだろぉが!?」

イレブンフラッグスをはじめとして、飛竜戦艦の威力を身に受けた国は少なくない。しかしジャロウデク王国の覇の象徴ともいえたこの史上最大規模の戦闘兵器は、同国の敗戦とともに撃墜され、詳細を知る人物は姿を消した。そうして全貌は闇の中に消えたはずなのである。

　失われた竜をよみがえらせたのは誰なのか。あまりにも情報が足りなかった。

「なんでもいい、紋章か、旗か！　一体誰なんだよ、お前たちはよぉ!!」

　トマーゾはかじりつくように遠望鏡をのぞき込み。そうして竜の翼に描かれた紋章を見つけ、目を見開いた。

「あれは……『パーヴェルツィーク王国』だと!!　なんで今さら、北の亡霊どもが墓から這(は)いずり出てきたのか！」

　西方諸国(オクシデンツ)の北部に位置する国の名は、彼の驚きを誘うのには十分である。だが戦いは、彼の動揺が収まるのを待ってはくれない。

　竜闘騎(ドラッヘンカバレリ)が飛翔する。馬鹿げた速さで迫りくる無数の飛竜が、イレブンフラッグス軍を追い詰めてゆく。そもそも逃げ切れるはずがない。亀と竜は比べるものではないのだ。

「だとしてもよぉ！　迎え撃て！　竜なんざ所詮は虚仮(こけ)脅しだぁ！　撃ちゃあ墜(お)ちるんだよぉ!!」

　自棄(やけ)じみた命令を受けた、イレブンフラッグス軍の快速艇(カッターシップ)部隊が動き出す。空に布陣を描き、飛竜が間合いに入ったところで一斉に法撃を撃ち放った。

空に幾筋もの火線が伸びる。迫りくる炎弾の嵐を前にしても、飛竜たちに動揺はなかった。機首を巡らせ素早く展開する。炎弾はかすりもせず通り過ぎ、飛竜はほとんど減速なしに前進を続けた。恐るべき機動性である。

快速艇は半狂乱で法撃を続けるものの一向に命中することなく。ついには飛竜が敵を間合いに捉えた。機首の先端がぐわっと顎門（あぎと）を開く。中からのぞくのは魔導兵装（シルエットアームズ）の切っ先だ。

流し込まれた魔力（マナ）のままに燃え盛る炎が渦を巻き、鋭利な槍の穂先を形作った。機首はしなやかに巡り、しっかりと獲物に狙いを定める。

放たれた炎槍が、狙い過たず快速艇のどてっぱらに突き刺さった。間合い、彼我の機動性、あらゆる要素が回避など許さない。突き刺さった炎の槍はすぐさま弾け、空中に鮮やかな燃える花弁を広げる。腹を抉（えぐ）られた法撃戦仕様機（ウィザードスタイル）は無残に真っ二つとなり、足場であった船体と共に砕けて墜ちていった。

飛竜は獲物の末路を見届けることなく、すぐさま次へと狙いを定める。機体下面にある脚が伸びる。先端には剣のごとく伸びた爪が備わっており、鈍い輝きを放っていた。

ひときわ強烈な噴射と共に急接近。すれ違いざまに脚を一閃（いっせん）する。快速艇は空中での法撃能力こそあれど格闘戦能力はないに等しい。当たり前だ、どこの誰がこのような危険な場所で格闘の間合いまで踏み込んでこようか。そんな予想を覆して振るわれた刃が、法撃戦仕様機(ウィザードスタイル)の腕と武器を切り裂いた。均衡を崩しふらつく快速艇(カッターシップ)に、燃え盛る炎槍が突き刺さる。快速艇の残骸がまたひとつ仲間の後を追った。

それはもはや戦いとすら呼べないものとなり果てていた。恐るべき能力を発揮する飛竜の群れを前に、快速艇はただ狩られるだけの獲物へと成り下がっていたのである。見る間に快速艇部隊は壊滅寸前まで追い込まれてゆき。極めて軽快、高速で飛翔する飛竜が次々と快速艇を食い落としてゆく。空の上では速力こそが優位を生むのだ、とでもいわんばかりだ。

竜闘騎(ドラッヘンカバレリ)はあらゆる点において快速艇を上回る性能を有する。いや、見た目に作りが華奢(きゃしゃ)であるので、耐久性のみは快速艇が勝っているかもしれない。しかし竜闘騎の法撃が快速艇を落とすに足る以上、なんの慰めにもなっていなかった。

そんな悲惨な戦場を横目に、旗艦である重装甲船(アーマードシップ)と周囲の飛空船(レビテートシップ)は後退を始めていた。だがその動きは遅々としたものであり、一向に距離を稼ぐことができていない。最も足を引っ張っているのはもちろん旗艦であるのだが。

「まずいまずいまずいまずいぞ、このままでは船が丸裸になる……いや、その前に追いつかれたらどうするんだよ!?」

飛竜戦艦（ヴィーヴィル）には重装甲船を一撃で葬り去った竜の炎がある。接近されれば勝ち目など万にひとつもない。だがまったく幸いではないことに、彼の心配は杞憂（きゆう）に終わった。何しろ飛竜戦艦が来る前に竜闘騎が食いついたのだから。

重装甲船に搭載された法撃戦仕様機が応戦を始めるが、速力に優れる飛竜を捉えきれない。

そもそもイレブンフラッグス製法撃戦仕様機『ドニカナック』は、クシエペルカやジャロウデクのそれに比べて未熟な面が多い。特に攻撃精度の面で大きく劣っており、まず数を集めないと有効性を発揮しえない代物だった。原型（オリジナル）が備える高度な魔法術式（スクリプト）群は、模倣するにもそれなりの技術力を要求する。そのため代替品で賄っていたドニカナックは、機動戦闘に突入したところで欠点を大きく露呈してしまった格好となった。

後悔はいつも手遅れな場面で湧き起こる。狙いの甘い法撃など飛竜にとっては無意味そのものである。悠々と飛空船に接近すると炎の槍を叩き込んでゆく。槍を喰らったドニカナックが爆散し、船の守りはどんどんと奪われていった。

「……ああ！　か、輸送用飛空船（カーゴシップ）三番船、墜（お）ちます!!」

「各部の法撃戦仕様機から報告！　すでに無事な騎士はほとんどなく！　もう、もちません！」

次々に舞い込む悲鳴のような報告を耳に、トマーゾは呆然（ぼうぜん）と立ち尽くしていた。

「なぜだ……なぜなんだよ！　どいつもこいつも！　なぜ俺の邪魔をする!!」

竜闘騎が奏でる甲高い爆音が船橋に反響する。トマーゾは顔をしかめて耳を閉じた。

事ここに至っては彼を責めても仕方がない。もはや船の指揮など執るだけ無駄だった。戦場の勝者は明らかであり、イレブンフラッグス軍はただ追い詰められる以外の選択肢を持たない。

「あぁあ！　くそう、俺たちもあの船を手に入れてさえいれば！　最高の商売ができたってのによぉ!!」

悲鳴が静けさを取り戻した船橋に響く。気づけば飛竜たちの咆哮は遠くにあった。ふと浮かび上がった戸惑いとともに硝子窓をのぞき込む。

飛竜たちの動きが変わっていた。次々に機首を翻すと飛竜戦艦のもとへと戻ってゆき、その分だけ静かになったのである。

「そんな、ヒ、ヒイィイイ!!」

胸に湧き上がるのは安堵から最も遠い感情、絶望だ。つまりこれは雑兵を蹴散らし終えたことで親竜が動き出したということなのだから。

戦場に新たな音が生まれ出る。遠雷のようなうなりを上げて飛竜戦艦が前進を始めていた。

帰還した竜闘騎は翼を畳むと開かれた扉の中へと潜り込んでゆく。すべての機体を格納し、残るは巨大兵器のみ。

確かにこの『二代目』は、巨大な船体を持ったことで機動性自体は初代よりも低下している。それでも魔導噴流推進器（マギウスジェットスラスタ）を主な推進手段とすることに変わりはなく、単純な速力だけならばさほど劣るものではない。まさか鈍亀が逃げ切るようなことは起こるまい。そこに希望はなく、厳粛な結果だけが在る。

傲然（ごうぜん）と身をくゆらせて進んでいた飛竜戦艦が、軋（きし）みを上げながら顎門（あぎと）を開いた。長く伸びた船首の奥より炎が生まれくる。濃厚な死の予兆を覚え、重装甲船（アーマードシップ）の巨体が震えたかに思えた。

飛竜戦艦の仕組みが初代と同じであるならば、この船首の内部には大量の魔導兵装（シルエットアームズ）が並べられているはずである。それらは連続して起動することで加速度的に威力を増し、炎の奔流を生み出す。

放たれる、恐るべき威力の竜の炎――『竜炎撃咆（インシニレイトフレイム）』。飛竜戦艦を象徴する超大型対飛空船・対要塞魔導兵装。

あふれ出る獄炎は大河となり、重装甲船へと襲いかかった。途中、射線上にあった飛空船（レビテートシップ）が一瞬で爆沈する。かつては要塞都市すら破壊した炎だ、ただの船に防げるものではない。委細構わず竜の炎が重装甲船を呑み込んだ。

「あ、あああ！　燃える、燃えるゥゥゥゥゥ！！！！」

重装甲船(アーマードシップ)はとかく護(まも)りの厚さだけを誇る船である。一瞬で墜(お)ちるようなことなく炎に耐えてみせるが、さりとて逃れるすべがない以上、終わりまでの時間がわずかに延びたに過ぎない。絶望には十分で、抗うには物足りない程度の時間。

その一縷(いちる)の望みにかけて、燃え盛る亀を置き去りに船員たちが逃げ出し始めた。残っていた快速艇(カッターシップ)が飛び出した瞬間炎に巻かれる。類いまれなる幸運を得た者だけが死の炎から逃れることを許されていた。

竜炎撃咆(インシニレイトフレイム)を浴びながらも、重装甲船はよくもったと言えよう。だが忍耐には限界がある。

ついに終わりの時はやってきた。焼け溶けた装甲が飛び散り炎は構造材に達する。崩壊は船全体へと至り、直後に弾け飛んだ。残骸が煙の尾を引きながらばら撒(ま)かれてゆく。

立ち込める煙を吹き飛ばしながら、飛竜戦艦(ヴィーヴィル)はその場に佇(たたず)んでいた。顎門(あぎと)を閉じると低いうなりを漏(も)らす。そのまま逃げ去る船を追うことまではせず。

かくして中心的存在であった旗艦を失い、イレブンフラッグス軍は潰走した。彼らは魔竜の復活を祝福する篝火(かがりび)として、盛大にくべられて終わったのである——。

◆

混乱と破壊が吹き荒れた戦場を後に、『黄金の鬣号』は大きく迂回するようにして進んでいた。

「……敵影は見えません。どうやら追撃はない模様です」

「そうか。あいつらはイレブンフラッグスを先に狙うことにしたらしい。九死に一生を得たといったところだな」

エムリスは引き続いての警戒を命じつつ、それでもわずかに安堵の息をついた。

今、船は魔導噴流推進器を使わず推力を絞っている。何しろ推進器の炎は目立つ。飛空船の巨体そのものが隠しきれないといえばそうなのだが、とはいえ好んで目を引く必要はないだろう。

飛竜戦艦だけでも恐ろしく厄介であるのにあの小飛竜たちである。いかに腕に覚えのある乗員たちといえども勝利の姿を描ききれずにいた。今できることは、ただ竜たちが執拗に後を追いかけてこないことを祈るばかりである。

「あの竜の厄介なところは、火力もさながら翼も優れるところだ。『黄金の鬣号』はともかく、味方の船は無事に済むまい」

もしも追われたとしても、同じ推進機関を利用する『黄金の鬣号』は足の速さで引けをとらない。だが通常の飛空船で構成されるシュメフリーク軍はそうはいかない。イレブンフラッグス軍の二の舞になることは明白だった。

「しかし、このまま追ってこないというのもむしろ厄介だな」

「なぜでしょう若旦那。このまま逃げ切れれば万々歳ですよ！」

「この場はな。だが敵さんは飛竜戦艦(ヴィーヴィル)をことさら秘密にするつもりがないということだ。つまり本格的な侵略と占拠を狙っているということだしな」

船員たちが顔をしかめる。飛竜戦艦はイレブンフラッグス軍の重装甲船(アーマードシップ)を蹴散らし、空飛ぶ大地において最強の座を得た。この地に飛竜ある限り、歯向かうものは焼き滅ぼされる。それを理解してなお挑むものが一体どれほどあるだろうか。

行く末を考えて沈黙の降りた船橋にキッドが現れる。背にはやはりエージロがくっついていた。

「若旦那、ハルピュイアたちが行き先を教えてくれと」

「そうだった。まずは客人を安全な場所まで運ばねばならんな……どこかよい場所はあるか？」

シュメフリーク軍と合流し押っ取り刀で駆けつけたものの、彼らはこの地に拠点を持たない。今は何よりも安全な場所が必要であった。キッドの背からエージロが身を乗り出す。

「だったら僕たちの村に行こうよ。皆歓迎するよ！」

「それはいい安請け合いだ！　だがまぁ他に当てもないのも確かだな。ようし世話になるぞ！」

鷲頭獣（グリフォン）たちの導きに従って『黄金の鬣号（ゴールデンメイン）』が進路を修正する。後を追うシュメフリークの船団と共に、ハルピュイアの集落を目指すのだった。

◆

「あれが僕たちの村だよ！」

「ほほう！　うむ、わからん。ただの森にしか見えんな！」

もうすっかりと『黄金の鬣号』に馴染（なじ）んだエージロが、はしゃぎながら指をさす。船長席にふんぞり返ったエムリスが相槌（あいづち）を打ち、操舵手の立場に戻ったキッドは複雑な吐息を漏（も）らしていた。彼は捕虜としての立場でこの村にいたのだから、さもありなん。

『黄金の鬣号』及びシュメフリーク軍連合船団にとって、拠点の存在は何よりもありがたいものだ。すでに物見遊山の旅路とはいかなくなっている、腰を据えてかかる必要があった。

「さすがハルピュイアの村っすねー。家って木の上にあるじゃないですか」

「ハルピュイアって全員飛べるらしいですからね。逃げるときに見ましたけど」

「コレのほうが魔獣に襲われにくいとかあるのかな？」

窮地を越えたこともあって、船橋は不必要なまでに賑やかなのだった。

立ち並ぶ木々に作られたハルピュイアの住処。その上空には雲の代わりに飛空船(レビテートシップ)が並び、森に影を落としていた。

鷲頭獣(グリフォン)を超える巨大構造物が空に浮くさまはハルピュイアたちにとって非常に奇怪なものであったらしく、村人たちは少し落ち着かなさげな様子で羽ばたいている。それは鷲頭獣も同じで、しばしば戸惑うようにふらふらと飛んでいる姿が目についた。

「しかし俺たちまでも木の上で暮らすわけにはいかんしな」

「あー、それは本当に。杖がないと出入りできないですしね」

さても人間というものは、普通、空を飛べない。魔法に頼るにしても生半可な実力では成しえないし、できたからといって好んで飛びたいわけでもない。勢い、人間たちが過ごすためには地上に家を作る必要があった。

ハルピュイアたちの許しを得て周囲の森から木材を調達する。作るといってもしばらく風雨が凌(しの)げればいい、そんな程度の建物だ。なにも本格的に住み着くわけではないのだから。

そうして建築作業の間には、重い木材をものともせずに走り回る幻晶甲冑(シルエットギア)の姿を見たシュメフリークの人々が、とても納得いかなそうな表情を浮かべていたことを、ここに記しておく。

人間たちがあれこれ働いている横で、ハルピュイアたちもまたのんきにはしていられなかった。彼らは彼らで逃れてきた隣村の住人たちを受け入れねばならない。そうして誰もが慌ただしく、しばらくの時が過ぎ去ってゆくのだった。

そんな建築作業のさなかのこと。とっぷりと日の落ちた夜の森、煌々と燃え盛る篝火を囲んで多くの者たちが集まっていた。

「いろいろな理由があるが、こうして共にいるのだからな！　ならばやるべきことはただひとつ、皆で飯を食おう！」

「地の趾が考えることは乱暴であるな。わからなくはないが……」

それはひどく混沌とした空間だった。当然のこととして、この村で暮らすハルピュイアたちがいる。なかでも長の立場につく風切のスオージロの姿が目立っていた。ハルピュイアの集まりがひとつでないのは、そこに隣村の者たちもいるからである。

「ほほう！　空だけあって鳥が多いのか」

「我らの糧であるな」

並んだ料理は鳥を材料にしたものが多かった。野草なども取り入れられていて、それなりに彩りもある。しかし地上では見かけない種類の鳥だ。ハルピュイアにとっては馴染み深く、人間たちにとっては物珍しいものである。皆恐る恐るといった様子で口に運んでいた。

「確かに我々は生き残った。だが、鷲頭獣（グリフォン）が……」

「こちらの群れも戦いにおいて鷲頭獣を失っている。譲れるほどの余裕はないのだ」

ハルピュイア同士の話は、自然と彼らの相棒のことへと移っていた。

イレブンフラッグス軍との戦いにおいて、張り巡らされた卑劣な罠によって多くのハルピュイアが囚われの身となった。同時に鷲頭獣も捕まっており――非常に危険度が高く、そして利用価値の少ない魔獣は優先的に処分されてしまったのである。

騎獣と共に空を翔（か）けるのが当然であるハルピュイアにとっては、半身を失ったかのごとき痛みがある。互いにどこか沈鬱な空気を拭えず、羽ばたきも精彩を欠いていた。

「やぁや、こうしてゆっくりと話すのは初めてでしょうか」

「はは！　飛空船（レビテートシップ）は便利だが気の利いた場所ではないからな！　うむ、しかしこの料理はなかなかいけるな」

「慣れない食べ物だというのに豪快にいきますね」

ハルピュイアたちとは空気感が違う、それが人間たちの集まりである。

もっとも多いのはシュメフリーク王国に所属する者たちだ。彼らのまとめ役だと自らを紹介した『グラシアノ・リエスゴ』が、エムリスの正面に座って話していた。

「なぁに食っても問題ないのだろう。なぁ、キッド？」

「んー。俺は大丈夫でしたけど」

傍らに問いかければ、キッドがうなずき返す。グラシアノは興味深げな様子で、いつも眠たげに細めている目をわずかに開いた。実際にハルピュイアと共に暮らしたというのは、得がたい経験であり情報である。

そうして彼らの会話の真ん中に、長い影が割り込んだ。根元を追いかければ、篝火に照らされて伸びる影はスオージロへとつながっている。場は自然と均衡を取り、3人が車座に座る形になっていた。

「地の趾が村に、これほどまでに多くいるとは。考えもしなかったことだ」

「ほう？　まぁ改めて紹介しておこう。俺の名はエムリス、通りすがりの冒険者だ！」

「若旦那、それじゃめちゃくちゃですよ」

あきれたように頭を抱えるキッドとエムリスを見比べて、スオージロは得心する。

「なるほど、これがお前の群れをまとめる者か」

「ああ……うん？　まぁなんとなくそういう感じかな」

詳しい説明は投げた。その間にもエムリスは上機嫌で肉を食いちぎりつつ、スオージロに向き直る。

「ハルピュイアというのもなかなか面白そうだな。ちらっと見たのだが、自ら飛ぶというのはどういう感じなんだ？　教えてくれ」

「目を開けたときより当然のことだ、どうともな」

「はは！　なるほどな。確かに俺たちとは違っているか！」

次は逆にスオージロがエムリスと、周囲の人間たちの集まりを見回した。

「……『水の大地』にお前たちが住んでいることは、よく知っていた。かつて抜け落ちた羽根は水の大地に届き、地の趾がそれを拾い上げた。以来、我々は品物を交わし互いに敬意をもって過ごしてきた」

ふとエムリスに視線で問いかけられ、グラシアノがうなずく。

「お聞きのとおり。私どもシュメフリーク王国は空の大地との関わりを、交易をおこなってきました。彼らが知る地の趾とは私どもを指す言葉でしょう。古くより隠し通してきた秘密でもあります」

「いいのか？　今おおっぴらに話しているが」

「あらゆる国がこの空の大地を目にした今、隠すことにもはや意味などございましょうか」

それもそうだと肩をすくめる。そのとき、話を聞いていたキッドが身を乗り出してきた。

「ところで若旦那、どうしてシュメフリークの船団と？　俺が落ちてから何があったんですか」

「む？　そうだな。お前が落ちた後に、イレブンフラッグスのやつらと一当てしたんだが。さすがに数が違う、そのときはさっさととんずらこいたのだ。ふらついているところに彼らと出会った、今度は射かけてこなかったからな！　話のわかるやつだと思って同行した」

「相変わらずてき……豪快ですね」

「私どもとしても感謝しております。エムリス様がいらっしゃったおかげで、こうして友の窮地に馳せ参じることができました。さらにあの魔竜の顎門からも逃れられたのです」

話を聞いていたスオージロが目を細める。

「この空に現れたのは侵略者ばかりではない。お前たちはなぜここに」

「……飛空船。この新兵器は恐ろしいものでございます。私たちが船の存在を知ったとき、まずは空の大地を心配しました。必ずや誰かがたどり着き、皆の耳にも入りましょうと。それはやがて悲劇につながるのではないかとも……」

「残念なことだが、杞憂では終わらなかったな」

「はい。我が国でも船の建造を急ぎましたが一歩及ばず。警告は手遅れになってしまいました」

「まったくの無駄でもなかった。こうして翼を並べているならば」

「なるほどな。すると目的は貿易の保護か？」

「貿易そのものもさることながら、我らは古き友が心安らかにあることを望んでいます」

律儀なことだとエムリスは苦笑を浮かべる。しかしそんな律義さは嫌いではない。食べ終えた鳥の骨を投げ捨てつつ、もうひとつの国について考える。

「俺たちは冒険で、シュメフリークは付き合いが長い。そこでイレブンフラッグスだ。アイツらの目的はなんだ？　ただの冒険にしては喧嘩(けんか)を売りすぎだ。まるで空飛ぶ大地から全員を追い出そうとしているようだったぞ」

「……それは。若旦那、それにグラシアノさんも。聞いてほしいことがある」

キッドは表情を引き締め、その場にいる者たちを見回した。彼は知っている。この大地に埋もれる最大の秘密、西方世界(オクシデンツ)のすべてを熱狂させうる虹色の輝きについて。知らせるならば今をおいて機会はないだろう。

「……この大地には『源素晶石(エーテライト)』の鉱脈がある。散歩のついでに蹴っ飛ばせるくらい当たり前に転がってるんだ。それもケチな量じゃない、どれくらい『埋まって』いるのかは想像もつかないくらいに！」

やはりスオージロには理解しがたいようだったが、エムリスとグラシアノはすぐさま事態を呑み込んでいた。飛空船(レビテートシップ)に関わった者でその価値を理解できない者などいるはずがない。

「なるほどな、だとしたらあの大軍にも納得だ。確かにアレは、今となっては恐るべき価値を持つ。イレブンフラッグスは商人あがりだと聞いていたが……随分と張り込んでいる。まったく大地の底を突き抜けるまで掘り起こすつもりなのだろうな」

「いかに彼らでもそこまでは」

「言いすぎかもしれないけど、少なくともやつらはそのためにハルピュイアを追い出そうとした。力で押し通そうとしているんだ、話の通じる相手じゃないよ」

グラシアノは悲痛な面持ちで黙り込む。それはシュメフリークも目撃した事実であり、彼らと敵対せざるをえない理由だった。

「まったくつまらんやつらだな、冒険よりも先に金勘定とは」

「いやーそれも勝手だと思いますけど若旦那」

キッドのあきれたような視線を無視してエムリスは胸を張った。

「ならばお前たちは虹石を掘らないのか？　それだけ価値あると言っておきながら」

ハルピュイアからしてみれば道端の石くれに熱中しているようなもの、理解は難しくとも周りの様子から察せられることはある。だからこそスオージロは確かめねばならなかった。

エムリスとキッド、グラシアノたちシュメフリーク軍。彼らが多くのハルピュイアを助け出したのは事実である。だが欲望とは容易に人の考えを曲げうる。ましてやハルピュイ

ア を傷つけたのも同じく人なのだ。油断なく、表情を変えず。風切は最も前を飛ぶ。

エムリスはわずかに眉を上げて考えていたが、すぐにニィっと笑みを浮かべた。

「ハルピュイアよ、お前たちとは多少あったがな。まぁキッドも無事なことだし些細なことだろう。確かに源素晶石は価値が高い。が、そんなものはどこでも拾えるものだ！　土産にするならもっと空飛ぶ大地らしいものがいいな。そのほうがエレオノーラたちも喜ぶだろう！」

「いやどうでしょう。何持って帰ってもまず怒られると思いますけど」

「気にするな！　それはそれだ！」

勢いだけで生きる彼らとは違って、グラシアノは落ち着いたものだった。

「確かに重要なものではございますが、高き空の友と比べられるものとはとても。それに必要とあらば、皆様を通じて手に入れましょう。古くより我々は品を通じてきたのですから」

「ほう！　それは悪くない考えだ。どうだ、俺たちも一枚噛ませてくれないか」

「お力添えをいただいたとあっては、無下にもできかねますね」

悪だくみを巡らせながら笑い合う親玉たちの後ろで、部下たちは顔を見合わせて天を仰いでいた。

「手を取る相手としてイレブンフラッグスは向きではなかろう！　大西域戦争でもいろい

ろと暗躍していたようだしな」

「注意すべきはかの国だけではございますまい。空の大地の持つ価値に気づいた今、あらゆる国が船を差し向けること必定」

源素晶石についての事実はまだ狭い範囲の秘密のままである。それもいつまで秘密のままか。すでに大規模に動き出している国もいる以上、日和見を決め込んでいる国々もいつまでも黙っているとは思えない。うかうかしていては空飛ぶ大地は西方諸国（オクシデンツ）の狩り場と化してしまいかねなかった。

「どのみちすでに飛竜戦艦（ヴィーヴィル）もあるか、厄介極まりない。ジャロウデクのごとき大国でもなければあのようなものは作れまいと思っていたが……」

「あれは一体何でございましょうか？　おそらくは飛空船（レビテートシップ）の一種なのでしょうが」

飛空船、それは最新鋭の機械である。人間にとって未知であった空を進む船。それが生み出されてよりまださほどの時も過ぎていない。ほとんどの国が輸送用飛空船（カーゴシップ）の模倣がせいぜいであるこの時代、純戦闘用飛空船を建造していたジャロウデク王国はさすが大国の名に恥じないものといえよう。

それゆえ同じようにできる国が多いとは思えない。ジャロウデク王国の衰退に伴って流れ出たものがある、と考える方が自然だった。

「アレはかつて、クシェペルカ王国への侵略においてジャロウデク王国が用いた戦闘用飛空船だ。むしろ対要塞兵器とでも言うべきかもしれん。やつの炎は恐るべき威力を持ち、砦(とりで)を焼き幻晶騎士(シルエットナイト)を蹴散らし、大きな爪あとを残していったからな」

「そのときの竜が生き残っていたと？」

「それはありえない。ジャロウデク王国の飛竜は戦いの中で墜(お)ちた。だからこそやつらは敗れ去ったのだからな。もはやあの国に飛竜を建造するだけの余力はないだろう」

「で、ありましょうな。風の便りに戦(いくさ)の始末の采配で揉(も)めていたと聞きます」

グラシアノがうなずく横で、エムリスがぽつりとつぶやいた。

「一度作られたものはたとえ失われたとしても、いずれまた誰かが作り上げる……か」

怪訝(けげん)な表情を浮かべるグラシアノに笑い返す。

「ああ。配下の騎士……騎士か？　うんまぁそんな感じのやつが言っていたことだ。ともあれ誰が操っているのかは知らないが厄介なことだ！　この空飛ぶ大地にあっては向かうところ敵なしだな。正直、戦うすべが思いつかん」

「あなたがたの船は非常に強力でしたが、それでもですか」

「火力が違いすぎる。まるで羽虫と魔獣を比べるようなものだ。加えて『子』飛竜まで引き連れているとあっては、近寄ることすら簡単ではない」

有効な手段を持ちえないのはシュメフリーク、ハルピュイアの誰もが同じくである。

しかしエムリスたちは密かに異なる考えを持っていた。思い浮かべるのはイカルガの姿。常識を食い散らかし暴れる鬼神と乗り手があれば、再び飛竜戦艦とも戦えるのではないか。今この時はないものねだりだとしても、そう考えずにはいられない。

妙な期待を持たせても仕方がないと、エムリスは首を振って考えを追い出すと話を変えた。

「さてもここには、それだけの魔物を引きつける餌があるわけだからな。顔を伏せていても通り過ぎたりはしないならば、自ら動くまで。しかしどうにも手が足りない。国許に伝えたいところだが今この場を放っておくわけにもいかんしな」

「若旦那、やはりすぐにでも伝えるべきだ。あとはできれば援軍を送ってもらって……」

「当然の考えだ、キッド。だが往復だけでもかなりの時間を食うし、決断を下すにはなおさらだろう。ここは嵐のさなか、悠長に便りを待っている間にも大地の持ち主が決まりかねんぞ」

空飛ぶ大地をめぐる動きはひどく目まぐるしい。その中でも優勢と思われたイレブンフラッグスが焼かれて墜ちた今、飛竜の立ち位置が頭ひとつ飛び抜けたのは確かである。キッドは不満げに眉根を寄せた。

「じゃあ俺たちがここにいたところで変わらないってことでしょう」

「そうでもないぞ。他はともかく俺たちは飛竜を見知っているからな。知識とは時に大きな武器となりうる。無謀を防ぎ勝機を見出すことができるのだ。獲物を知るのは狩りの第一歩だろう？　……なんだその顔は。悪いか、じいちゃんの受け売りだ！」

「いえ、どちらかというと楽しんでますね？　若旦那の悪い癖が出てきたなと思って」

「むぅ……」

　あきれて見せつつ、キッドとしても止めるつもりはない。これはエムリスの勝手から始まった旅ではあるが、結果として事態が終わる前に打ち込めた唯一の楔となりえた。困難はあれど強固な壁に罅を入れ、いずれ崩すことも不可能ではないだろう。その結果、事態の只中にいるがゆえに身動きがとれなくともだ。

「せめてもう1隻、船があれば伝言を送れるのだがな」

　単に戦力というだけならばシュメフリーク王国軍がある。だからといって彼らに頼むのは難しい、何しろエムリスたちは留学先から単身飛び出してきた悪ガキなのだからして。加えてなるべく借りを作りたくないという思いもあった。

「ないもの尽くしだな。ここまでくれば、やるべきことはひとつだ」

「若旦那？」

「俺もあまり好きな手ではないが致し方ない。俺たちはこれより全身全霊をかけてやつらの……邪魔をするぞ！　その間になんとしても本国に報せを入れる！」

「はぁ。やっぱそうなりますよねぇ」

　キッドと騎士たちがそろって溜息を漏らす。なかなか困難な冒険になりそうであった。

「微力ながら私どもも手をお貸ししましょう。彼らに大地を明け渡すわけにはいきません」

「古き友にはもてなしを与え、無礼な侵略者からは翼を奪う。これは我らが向き合うべき戦いだ」

シュメフリークも、ハルピュイアも乗り気である。

かくして空飛ぶ大地の片隅に小さな同盟が起こった。彼らは共に、荒れ狂う嵐に立ち向かってゆくのである――。

◆

空飛ぶ大地からであっても夜空の星は変わりなく瞬いて見える。森が微(かす)かに色づいているのは木々から漏れる虹色の光のせいであろう。

ふと、森に巨大な影が蠢(うごめ)いた。

光を浴びて動くのは、巨人。鋼の鎧を身にまとい、結晶質の筋肉によって動かされる人工の巨人兵器――幻晶騎士(シルエットナイト)だ。

それらは闇夜に目立たぬよう全身を黒塗りにしている。黒く塗りつぶされた鎧に、彼らの所属を示すものは何も見えない。誇りの拠りどころはなく示すべき大義もない。ただ望むのは持ちうる武力を、暴威を振るうことのみ。

進む先、森を抜けたところは人の手によって拓かれていた。木々は掃（はら）われ簡易な建物が作られたそこは——『鉱床』である。空飛ぶ大地が産出する、現代で最も価値ある資源といえる源素晶石（エーテライト）の鉱床だ。

人々は勤勉に従事し、掘り起こされた鉱石が運ばれてゆく。そんな景色を見て、鋼でできているはずの黒塗りの鎧が歪（いびつ）に笑ったような気配があった。

雄叫（おたけ）びのような吸気音。筋肉が奏でる甲高い調べを引き連れて、襲撃が始まる。法弾が飛び交い破壊の限りを尽くし。その日、空飛ぶ大地に作られた鉱床のひとつが失われた。

盤面には数多（あまた）の繰り手（プレイヤー）がいる。それらは決して、約束（ルール）を守る者ばかりではない——。

吹き荒れる嵐の先を見通す者はなく。

第八十四話　飛竜級戦艦二番艦『リンドヴルム』

『孤独なる十一国（イレブンフラッグス）』領、第五源素晶石（エーテライト）鉱床。

かつてハルピュイアの村があったこの場所は、今ではすっかりと姿を変えていた。木々が生い茂っていた豊かな森は拓かれ建物が並び、人間たちが忙しく行き交っている。彼らは採掘に従事する鉱夫たちである。

街の周囲は掘り返され、淡い光を放つ鉱脈の姿が露わとなっていた。掘り出されるのは虹色の光を漏（も）らす鉱石――源素晶石。

これは厄介な性質を持っており、放置しておくと空気中のエーテルに溶け出して周囲に高濃度のエーテル大気を発生させてしまう。そのため鉱夫たちは皆専用の防護装備を身に着けねばならなかった。主に頭の周りを覆うものだが、これが動きにくく不評を呼ぶ代物である。とはいえ着けずに作業していると、ものの数分で激しい不調に襲われ、放置すれば意識を失い死の危険すらあるのだから、文句をつけている場合でもないだろう。

しかしながら空飛ぶ大地においては、どういうわけか源素晶石が溶け出す勢いが非常に弱い。だからこそ鉱石として掘り出し扱うことも容易なのである。西方諸国（オクシデンツ）における莫大な需要の後押しもあり、空飛ぶ大地は瞬く間に欲望たぎる地へと変貌したのだった。

鉱床街の周囲には幻晶騎士（シルエットナイト）が歩哨（ほしょう）として立っている。

イレブンフラッグス製最新鋭機『ドニカナック』。標準的な体形に背中からは背面武装（バックウェポン）を伸ばした模範的な東方様式機（イースタン・モード）である。

魔導兵装（シルエットアームズ）の切っ先を上げる、彼らの警戒は空に向けられていた。これはイレブンフラッグスが各地に擁する鉱床に最近、とある報せが回っていることによる。

その内容とは——。

始まりはまばゆい光と、降り注ぐ飛空船（レビテートシップ）の破片によって唐突に告げられた。鉱床街の上空に停泊していた輸送用飛空船（カーゴシップ）が突如、何ものかの攻撃を受けて撃沈されたのである。たったの一撃で船のどてっぱらに穴が開き、破片を撒（ま）き散らしながら落下する。燃え盛る船体が直下にあった建物を押し潰し、鉱夫たちが悲鳴を上げて逃げ惑った。

あわてふためくドニカナック隊が押っ取り刀で魔導兵装を向けるより早く、原因が姿を現す。

節に分かれた船首をくねらせ、帆を張った翼を大きく広げた人造の魔獣——飛竜戦艦（ヴィーヴィル）が悠然と地上を睥睨（へいげい）していた。

背面武装の間合いに入るよりも早く飛竜戦艦が腹を開く。続々と飛び出す多数の影。竜闘騎(ドラッヘンカバレリ)——まるで飛竜戦艦を縮めたような姿だ——は魔導噴流推進器(マギウスジェットスラスタ)から甲高い噴射音を響かせると、鉱床街の上空を我が物顔で飛び回り始めた。

やや遅れて、無礼な客人を地上からの法撃が出迎える。しかし練度も精度もお粗末な法撃が、高速で飛翔する竜闘騎を捉えることはない。まばらな炎は空しく火の粉を散らし、竜は悠然と飛ぶばかりだ。むしろお返しとばかりにうねるように首を巡らせ地上へと炎弾を吐きかけていた。

そうしてドニカナック隊の注意が空に向いている間に第二の矢は放たれていた。彼らがそれに気づいたのは、すでに刃の間合いに入った後のことである。

木々の合間を駆け抜ける白銀の巨人。とても武具とは思えぬ流麗な姿を持つ、それはパーヴェルツィーク王国制式量産機『シュニアリーゼ』の雄姿であった。

「ち、地上にも敵が！」

泡を食ったドニカナック隊があわてて背面武装を下げる。選択肢などないも同然、めったやたらに法弾をばら撒くのみ。まばらに飛んだ法弾が地面に刺さり火柱を立てる。残念なことに炎がシュニアリーゼを捉えることはなく、まれに向かったものもあっさりと盾に防がれていた。

その間にも距離を詰めきったシュニアリーゼが反撃に出る。起き上がった背面武装が次々に法撃を放ち、まばゆい法弾がドニカナックを打ち据えた。双方共に法弾を撃ち続けているものの命中率の差は一目瞭然、倒れるのはドニカナックのみだ。

「くそう！　なぜこうも一方的に……!?」

自棄（やけ）じみた叫びも後悔も間に合わない。すでに両軍は魔導兵装（シルエットアームズ）の間合いを割り込み格闘戦へと入っており。

シュニアリーゼが槍を構え、ドニカナックが剣を抜き放つ。鋭く繰り出された槍の一撃がドニカナックの腹を抉（えぐ）る。高い膂力（りょりょく）に加えて突撃の勢いがある、途中で止められなかった時点で勝負は見えていた。生き残ったドニカナックも次々と槍の餌食となり果てる。

街を護（まも）っていた幻晶騎士（シルエットナイト）が倒されたことで、住人たちから抵抗の意思が根こそぎ失われていった。街へと侵入したシュニアリーゼが巨大な槍を建物に向けると、鉱夫たちがあわてて飛び出してきた。人の6倍もの大きさを持つ幻晶騎士を相手取って抵抗する者などいない。黙って指示に従うのみだ。

◆

ふと陽射しが陰ったことに気づいて見上げると、帆布のはためきとともに飛竜戦艦（ヴィーヴィル）が前進していた。街の一部で飛空船（レビテートシップ）の残骸が燃え盛っているものの、全体として大きな損害はない。飛竜はまるで舌なめずりをするように、船首を不気味に巡らせたのである。

――絶叫のような噴射音が遠ざかってゆくのを見上げ、影は木々の間に身を潜めた。樹木が放つ奇妙な光に満ちた森であっても死角はある。彼らは暗がりからじっと戦いの様子をうかがっていたのである。

「かぁーッ！　相っ変わらずイレブンフラッグスはつっまんねぇなぁ。あんなもん案山子(かかし)以下じゃねぇか」

「シュニアリーゼ……『北の巨人』を相手取ったとはいえお粗末に過ぎますな。しかし……」

見上げた空の中を、甲高い音と共に竜闘騎(ドラッヒェンカバレリ)が通り過ぎてゆく。小飛竜たちの中央には母船である飛竜戦艦が鎮座しており、王者然とした威圧感を放っていた。

「実に因果なものでございます。まさか我らが『アレ』を敵に回そうとは」

「くく、まったくだ。やつぁこの島じゃあ無敵だぁな。まともに相手するべきでもねぇし」

そうして影たちは動き出し、背後の茂みへと駆け込んでいった。茂みの中には巨人が息を潜めていた。頭からつま先まで、闇そのもののような暗い色に塗り上げられた幻晶騎士。特徴はなく所属を示すこともしない、影に沈んだ存在。

それらは動き出すと、竜の餌場に背を向けて慎重に遠ざかってゆく。決着のついた戦場など、すでに用はなかった。

「我らの仕事もやりづらくなりますな。しばらくは空の見張りを密にします」

「そうかもしれねぇ。ま、のんびり剣の手入れとしゃれ込もうぜぇ。ちょいと忘れたころにでもつっつけばいいってな。そのころにゃあのんきに腹をさらしてるかもしれねぇっしよ」

影は去り際に首を巡らせ、空に佇(たたず)む飛竜戦艦(ヴィーヴィル)をにらむ。多数の竜闘騎(ドラッヘンカバレリ)を従えた空の支配者。その圧倒的な姿を前にしても恐れるような気配はなく、むしろどこか楽しむような色があった。

「今はせいぜい食って太っておきなぁ。そのうちに挨拶に行っからよ！」

笑い声と共に影は闇へと紛れてゆく——。

◆

飛竜戦艦。

完全な戦闘用として設計されたこの船は通常の船に比べても内部に余裕がない。だというのに船橋は意外なほど贅沢(ぜいたく)に作られていた。理由は中央に堂々と座る人物にある。

「ご報告申し上げます！　イレブンフラッグス領にある鉱床が、またひとつ我らが手中に落ちました！」

　実用を第一とする飛空船(レビテートシップ)の船内では異彩を放つ、豪奢(ごうしゃ)な座。そこに着く若い女性に向かい、壮年の男性が頭(こうべ)を垂れる。女性――パーヴェルツィーク王国第一王女『フリーデグント・アライダ・パーヴェルツィーク』は、肩にはかからないほどの髪を軽く揺らしながらうなずいた。

「ご苦労である。いつもながら見事な手際であるな、バルテル竜騎士長」

「はっ！　恐悦至極に存じます」

　大柄な体躯(たいく)をピシリと律儀に折り畳み、天空騎士団(ルフトリッターオルデン)竜騎士長『グスタフ・バルテル』は再び深く一礼する。

　視線を彼から外して硝子(ガラス)窓の外へ。飛空船の墜落による火災はすでに消し止められ、街は白銀の騎士たちによる統制のもとにある。

「竜の力……強力すぎるというのも考えものだ」

　飛竜戦艦は強力無比なる破壊兵器であり、同時にあまりに強力に過ぎた。その戦闘能力を発揮すれば奪うべき街ごと廃墟と化すことは想像に難くない。そのための陸上戦力、シユニアリーゼの投入である。

　街に暮らす鉱夫たちはただの雇われであって忠誠心も何もない。適度な報酬を約束すれば手中に収めることはたやすく、数日内には鉱床の再稼働がなる見込みだった。

「して、騎士たちに怪我はないか？」

「は！　ご心配には及びません。むしろ容易に過ぎて騎士たちの腕が鈍らぬよう、心砕かねばならぬほどかと」

「実に頼もしい限りであるな。これほどの働き、私も応えねばならぬところだが……なにぶん辺鄙(へんぴ)な地だ。国許(くにもと)に戻った暁には十分な褒賞を期待してくれてよい」

「殿下の慈悲深きお心を受け、皆いっそう奮起することでしょう」

　王女は満足げにうなずく。彼女たちの計画は順調に進んでいた。すでに複数の拠点を手中に収めており、再稼働した鉱床からは着々と源素晶石(エーテライト)が掘り起こされている。じきに本国への輸送計画が動き出すだろう。

「これだけの源素晶石があれば、より多くの船が作れる。そうすれば……」

　言いかけの言葉が唐突に途切れた。通路から響く、気の抜けるような足音を聞きつけたからだ。グスタフが素早く立ち上がり振り返った。無頓着な様子で扉が開く。

「あ～。それがですよ、イレブンフラッグスの幻晶騎士(シルエットナイト)なんですがねぇ、ありゃあひどいもんです。中途半端もいいところ、法撃戦仕様機(ウィザードスタイル)に換装した意味も薄いときた。どうせ真似るならもっと調べりゃいいと思うんですけどね、私は」

　ぺたりぺたりと間の抜けた足音が室内に踏み入ってくる。声の主は、それなりの立場を示しているはずの立派な衣装をだらしなく着崩し、いかにもだるそうな雰囲気を放っていた。

行動が失礼を越えて不審者のそれであるが、王女はむしろ面白がるような笑みを浮かべている。

「ほう、一目で見抜いたのか？　さすがはかの国にて随一と評されただけはあるな、『コジャーソ卿』」

悠然と構える主とは対照的に、グスタフは隙のない態度を男――『オラシオ・コジャーソ』へと向ける。あからさまな警戒を知ってか知らずか肩をすくめると、オラシオはなんでもないように話しだした。

「いやいや、種を明かせば簡単な話なんですがね。貴国に拾われる前にあちこちを回っておりまして、そこで目にしたのですよ。これぞジャロウデク王国の黒騎士すら凌駕する、なんてぇ謳いながらガラクタを見せられたときには実に辟易したもので」

王女がにやりと笑みを浮かべる。

「ふっ、それは貴殿にはさぞ滑稽に映ったことであろうな。しかしコジャーソ卿、それを言えば我が国とてそう大差はなかろう？」

「やぁまさか。何より貴国は、今に驕ることなき冷静な目を持っていた。それに……」

王女の好奇に満ちた視線を受け止め、彼は精一杯姿勢を正してみせる。

「彼らは商人、実に値切り交渉が得意のようだ。私の持つ技を正しく評価いただけたのは、フリーデグント第一王女殿下をおいて他にはございませんので」

「つまらぬ世辞などよいぞ。貴殿がもたらしたものは、見合うだけの価値があった」

「非才なるこの身なれど、お力になれたとあればこれに勝る喜びもなく」

「それは随分(ずいぶん)としおらしい言い分だな。何しろこの竜の船も竜闘騎(ドラッヒェンカバレリ)も、貴殿の力添えなくば形にならなかったのだ。もっと誇ってもよいだろう」

「滅相もございません。流浪の身を拾い上げ取り立てていただいた恩に、わずかでも報いていれば、望外の喜びにございます」

「ふ、わざとらしいことだ。だが今はそういうことにしておこう」

見え透いたやり取りを終えたところで、オラシオはふと顔を上げ、意外なことにグスタフへと向き直る。

「と、いうところなんですが。ひとつバルテル竜騎士長のお耳に入れたいことがございまして」

「……私に用事があるとは珍しいことだ。何か竜騎士に問題でも？」

「滅相もない。皆様の働きは見事ですよ。それよりも少々気になる点がありまして、ご忠告にあがった次第で」

どうにも胡散臭(うさん)い雰囲気が漂うが、オラシオはこれが常態である。グスタフはあきれを表情に浮かべないように努めなければならなかった。

「そう。先の戦いでイレブンフラッグス以外にも奇怪な船があったとか。なにやら帆も持たず、炎を吐いて進んだそうで……まるで私どもの飛竜戦艦のようじゃあないですか」

「確かに報告は受けている。よもや貴様の作とは言うまいな？」

「いやぁ、話はもう少しややこしい。ところで少々昔話をよろしいでしょうかね？」

グスタフが微かに振り返り、フリーデグントがうなずく。

「存分に。貴殿の過去には興味がある」

視界の端で、王女が椅子に肘をついただらしない姿勢をとるのを捉え、グスタフは微妙に苦々しい表情を浮かべた。

「あれは先の戦での話です。前の雇い主……ジャロウデク王国は強大だった。幻晶騎士は恐ろしく、何よりも史上『初めて』！　飛空船を用いたのですからね。もはや負けようがなかったと言っていい。なのに負けた、なぜだと思います？」

何やら途中で奇妙な強調が入った気がするが、王女はさらと流して答える。

「そうだな。敵であるクシェペルカ王国とて腐っても大国だった。それに確か戦いの中で王族を取り逃がしたのだろう？　不手際があったのだな」

「いいえいいえ、間違いもいいところ。そもそもクシェペルカ王国は最初の段階で滅んでいるのです。王族と言っても箱入りの姫が一人かそこら、大した問題とはなりえなかった。答えは単純なもので……手を貸した者がいたのですよ。それも私の、この飛竜に匹敵する力をもって」

息を呑む。与太話などと一笑に付せようか。実際に西方随一の大国であったジャロウデク王国は奈落に墜ちたのだから。

「……つまり、同じことがここでも起こるというのか？」

グスタフは平静を装っていたつもりだったが、声にわずかな強張りが乗ることは避けられなかった。だというのにオラシオは気だるそうな、いつもどおりの様子でいる。

「さぁて。何せ私は鍛冶師、後ろで聞こえた噂話にございますから、どれほど真実があるかはわかりません。しかし……注意はなされたほうがよろしいかと」

「覚えておこう。今後見かけたときは、貴殿にも伝えればよいか」

「そいつは大変に助かります。私もこの身の力及ぶ限り手助けをお約束いたしましょう」

捉えどころがない。それがグスタフの、オラシオに対する評価であった。

そもそもオラシオという男は、ふらりと国許に現れるや飛空船に関する深い知識をもって急速にのし上がってきた人物であった。

大西域戦争後の西方諸国の例に漏れず、飛空船技術を求めていたパーヴェルツィーク王国は諸手を挙げて彼を受け入れ、言われるがままに資金を用立てた。迂闊の誹りを免れない行動だったが、結果として彼の提言により建造された飛竜級戦艦二番艦『リンドヴルム』は、まさしく触れ込みどおりの猛威を振るっている。

かくも有能であることに一切の疑いはないが、その真意は不明瞭なまま。どこまで信頼できるのか、疑念は常に残る。

「おっと、それではそろそろ失礼いたしましょう。戦い終わった竜たちの面倒を見ねばなりませぬゆえ」

どうにもだらしのない一礼を残してひょこひょこと扉をくぐる。去りゆく後ろ姿を見送り、王女はついにこらえていた笑い声を漏（も）らした。

「まったく面白い男だな」

「腕前と知識においては疑うべくもなく。人柄は下の下ですな」

「素性がそうであるゆえ心配するのはわかる。だが少なくとも飛竜に執着し、源素晶石（エーテライト）を求める点で考えは一致しているだろう」

「はっ……」

強くは反論せず、真意は心に秘めた。

見極めねばならない。ただ意味もなく有能なだけの人間などこの世にはいないのだ。オラシオはその力をもって、何かを成し遂げようとしている。それがパーヴェルツィーク王国に、フリーデグント王女にとって有益であるとは限らない。

飛竜戦艦（リンドヴルム）と天空騎士団（ルフトリッターオルデン）。圧倒的な航空戦力こそパーヴェルツィーク王国を最強たらしめる手札である。それを握るのはだらしのない男ではなく、王女たるフリーデグントでなければならない。

「いかなる謀（はかりごと）があろうと。我ら天空騎士団ある限りご心配には及びません」

「期待しているぞ」

飛竜戦艦が長い首を翻（ひるがえ）す。竜闘騎（ドラッヒェンカバレリ）を収納し、次の獲物へ向けて帆翼（ウイングセイル）を開いた。

◆

低いうなりを漏らしながら重装甲船（アーマードシップ）が進む。そこにかってのような威厳は感じられず、今はただ巨体を縮こまらせるかのように息を殺していた。

「なんということだ！　重装甲船が2隻も失われただけでなく、鉱床までも次々と!!」

荒々しく机を叩く音が船橋に響く。船の主であり、イレブンフラッグス構成都市の評議員の一人である『サヴィーノ・ラパロ』。この地へとやってきた評議員たちの中では思慮深い様子で通してきた彼も、たび重なる損失を前に冷静さを失っていた。

「イオランダめは船と運命を共にし、トマーゾの坊やは逃げ出せたものの死に体とな。ほっほ！　困ったもんじゃなぁ」

対照的にからかうような声が起こる。サヴィーノは怒りに歪（ゆが）んだ表情を浮かべ、バネ仕掛けのような勢いで振り向いた。

「余裕ぶっている場合などではない!!　2隻の損失だけでも計り知れず、そのうえ……。

このありさまで、投資をどう回収するというのだ!?」

「うしゃしゃ、喚いたところで黄金は生まれ出ぬぞ」

けらけらと笑い声を止めない奇怪な老人『パオロ・エリーコ』。彼もまた評議員の一人であり、残る1隻の重装甲船(アーマードシップ)を預かる身であった。

「そんなことはわかっている……ッ！　だがなパオロ、これが黙っていられる状況か!?」

「そうさなぁ、まさかパーヴェルツィークがのぅ。大西域戦争(ウェスタン・グランドストーム)の折にすら黙り込んでおったというに」

「……しかも飛竜戦艦(ヴィーヴィル)だ！　一体どこからその技を……いや、あの男か。だからあのときに情報を聞き出して処分しておけと言ったのだ!!　うかうかと逃がしてからに……!!」

まるで火に油、サヴィーノの怒りはとどまるところを知らずに勢いを増し続ける。4人いた議員たちの半分がいなくなり、場の均衡は崩れるのみ。彼の怒りを収める者はここにはいない。

「ほっほ！　いや痛快なぁ。まるで重装甲船が兎(うさぎ)のごとき扱いよ。相手が鷲(わし)ならぬ竜では致し方ないもんじゃな！　かっかっかっか！」

「…………くっ」

ひどく癇(かん)に障る笑い声である。怒りに任せて怒鳴りつけかけて、サヴィーノは寸でのところで言葉を呑み込んだ。イレブンフラッグス軍に残る重装甲船は2隻、すでに半減している。パオロの振る舞いが妙に挑発的であるのも、彼を頼らざるをえない状況を踏まえてのものなのだろう。実に食えない老人である。

サヴィーノは大きく深呼吸して怒りを静めると、壁に張り出された地図へと向かった。バツ印が目立つ。略奪された鉱床街はひとつやふたつではない。

「戦略を見直さねばならん。飛竜戦艦がある以上、パーヴェルツィークは今後も鉱床を狙い続けるだろうからな」

敵が飛竜戦艦を有する以上、空の戦いでは勝ち目がないと言って過言ではない。だからといって陸上戦力でも分が悪い。パーヴェルツィーク王国の騎士は北の巨人などとも呼ばれる精兵なのである。八方塞がり、広大な地図の中には一本の活路も見出せなかった。

「さても竜を下すに、力ずくは愚行であろうなぁ」

キシキシと笑いを漏らすパオロを努めて無視し口を開きかけた、そのとき。慌ただしい物音と共に伝令の兵士が駆け込んでくる。憔悴した様子の彼は上ずった声で報告した。

「さ、先ほど八番鉱床から連絡があり……。敵に襲われ、全滅したとのことです……！」

「おのれパーヴェルツィークめ!!　どれだけ調子に乗っているのだ!!」

再び机を殴る音が響く。サヴィーノの怒りはごく自然なものだと言えよう。だが兵士の憔悴は別の場所にあった。彼は首を横に振ると、その恐るべき事実を告げる。

「逃げ延びた者が口々に証言しております……。鉱床を襲ったのは竜ではなく……その、

『狂剣』であったと」

サヴィーノはおろかパオロすら絶句し、場に沈黙が降りる。

この地で耳にしようとは想像だにしなかった、その『異名』。それは空飛ぶ大地の混乱を深める、新たなる災厄の到来を告げるものであった。

◆

法弾が炎の尾を引き宙を走る。

「貴様ら、一体どこの手のものだ！　ここをパーヴェルツィーク王領と知っての狼藉か ッ!?」

言葉に代わり戦棍の一撃が応えた。とてつもなく重い手ごたえ、盾で受けたはずのシュニアリーゼが怯む。ほんの数合も打ち合えば、敵の精強さを知るに十分だった。

突如として現れ、鉱床街へと襲撃を仕掛けてきた正体不明の幻晶騎士。所属を示すものは何もなく、色合いも工夫のない黒一色。外見にしても優美とは程遠く、面覆いは打ちっぱなしの鋼板で視界を通すための穴だけが不気味に開いている。どこの誰とも知れぬ亡霊というわけだ。実にわかりやすく敵であった。

「おおかたイレブンフラッグスの残党であろうが……飛竜戦艦なくばたやすいと思われた

とすれば、随分な屈辱だ！」

シュニアリーゼの操縦席で騎操士が表情を歪める。敵は誇りも何も持たぬ暗闇に生きる者たちである。誇り高き北の巨人たちにとっては唾棄すべき存在だ。

「その覆いを引き剥がし、素顔をさらしてくれよう!!」

槍を回し突きを放つ。何者をも刺し貫く槍の一撃は、しかし空しく宙を切った。かわされたと気づくやすぐさま穂先を翻し、内側に滑り込もうとする黒騎士を横薙ぎで牽制する。飛びのいた敵の動きを追いかけ、逃げた先をめがけて背面武装が法撃を放つ。完全に捉えたかと思われた攻撃は、戦棍の一薙ぎによって吹き散らされた。

「くっ……この街を護っていた者よりもよほど腕が立つな。なぜだ、なぜそれほどの力がありながら!!」

忸怩たるものを抱くも、黒騎士は無言で襲いかかるのみであった。

白銀の鎧をまとうシュニアリーゼ。流麗な姿は西方にその名を知られ、槍捌きにおいて並ぶ者なしと評される。

対する黒騎士の装いは柄の短い戦棍と軽盾のみだ。間合いにおいてはシュニアリーゼが圧倒するものの、黒騎士は両手ともに鈍器として自在に繰り出し強烈な圧力をかけ続けてくる。

「我らが攻めきれないだと……っ!?」

さらに背面武装（バックウェポン）の使い方も巧みだ。攻撃と法撃を巧みに織り交ぜ、こちらの動きを的確に崩してくる。シュニアリーゼの乗り手はすぐに気づいていた。敵幻晶騎士（シルエットナイト）の能力よりも、騎操士（ナイトランナー）の腕前こそが脅威なのであると。ますます理解に苦しむ。これほどの腕前があれば影に甘んじる必要などあるはずがない。

いずれにせよ難敵を向こうに、余計な考えを巡らせる暇はなかった。パーヴェルツィーク王国にとって障害になるならば打倒するのみである。

「おおおおおおっ!!」

裂帛（れっぱく）の気合いとともにシュニアリーゼが踏み込む。全霊を賭した槍の一撃は最高の鋭さを持ち、もはや回避など許さない。だが黒騎士には届かなかった。差し出されたのは小型の軽盾。頑強さは足りずとも取り回しに優れた盾が槍の一撃を強引にかいくぐる。そのまま穂先を滑らせ、致命的な攻撃をそらしてのけた。

間合いの内側に踏み込まれたことを悟り、シュニアリーゼがとっさに盾を引き寄せる。

次の瞬間、黒騎士の背面武装が火を噴いた。

シュニアリーゼの防御は間に合った。しかし槍を突き出していたところに衝撃を受け、体勢を大きく崩してしまう。騎操士の表情が歪（ゆが）んだ。これほどの隙を見逃すような敵ではない。

当然の結果として、シュニアリーゼは追撃に叩き込まれた戦棍（メイス）をかわせなかった。肩口へと強烈な一撃が打ち込まれ、メキメキと音を立てて装甲が歪む。衝撃は内部へと浸透し結晶筋肉（クリスタルティシュー）が砕け割れた。

片腕がだらりと垂れ下がり盾を取り落とす。もはや体勢を整えるどころではない。無防備な獲物となり下がったシュニアリーゼへと法撃が叩き込まれた。爆炎は装甲を吹き飛ばし、北の巨人が踊るような動きで倒れてゆく。

「馬鹿な!?　おのれぇッ!!」

味方が倒されるさまを目にし、シュニアリーゼの騎士は槍を振り回して敵を牽制（けんせい）し、法撃を撃ち放った。近寄れば黒騎士の思うツボだ。距離を引き離し味方が態勢を整える時間を稼ぐ——。

そんな彼らの思惑を無視して、黒騎士たちが奇妙な動きを見せた。有利であるはずだというのに、じりじりと後退を始めたのだ。

シュニアリーゼの騎士たちは思わず安堵（あんど）するとともに、心中には疑問が渦巻いていた。彼らは数を減らし、今しも絶体絶命であったというのに。先ほどまで激しく攻め立ててきた動きと矛盾するではないか。

そのとき、下がり続けていた黒騎士が二手に分かれた。真ん中に開いた道を、1機の幻晶騎士が悠然と歩いてくる。シュニアリーゼの騎士たちは今度こそ絶句した。

それはあまりにも馬鹿げた幻晶騎士（シルエットナイト）だった。頭に、胴体に、肩に腕に腰に脚にくまなく『剣』を装備した、奇怪極まりない装いをしていたのだ。

だがシュニアリーゼの騎士に侮る気持ちは湧いてこない。むしろ真逆、彼らは黒騎士たちの正体を知るとともに絶叫していた。

「れ、連剣の装……!?　貴様ァ！　まさか『黒の狂剣』だと……ッ!?」

答えはなく、魔剣が抜き放たれる。陽光に煌（きら）めく数多（あまた）の白刃、それが北の騎士が目にした最期の光景になった。

無残にも斬り散らかされたシュニアリーゼの残骸を踏み越えて、黒騎士たちが進む。

目指すは背後にある鉱床街だ。虹色の輝石をたっぷりと抱えた家畜を前に、黒騎士たちは容赦なく暴れ回った。

わずかな見逃しも許さぬとばかりに徹底的に建物を破壊する。パーヴェルツィーク王国のように支配するなどという考えは微塵（みじん）もない。純粋な破壊と略奪だけがそこにはあった。

地上最強の巨人兵器を相手に、護（まも）る者なき街は無力だった。黒騎士たちは思うさま物資や源素晶石（エーテライト）を奪い去ると、遅れてやってきた飛空船（レビテートシップ）にそれらを積み込んで悠々と去っていったのである。

──闇に踊るものがいる。

黒騎士たちはなんの計画性もうかがわせない気まぐれさで空飛ぶ大地にある拠点を次々と襲撃していった。敵に回す勢力すら選ばない。彼らの動きは空飛ぶ大地にただただ破壊をばら撒(ま)く、病魔のごときものであったのだ。

◆

2隻の飛空船が並んで空に浮かんでいた。片方はごく普通の船であるが、もう片方がまったくもって意味不明なことになっていた。何しろ船体から剣を突き出した、悪趣味な姿をしているのである。

その船の銘を『剣角の鞘号(ソードホーン)』。最近の空飛ぶ大陸を騒がせる、黒騎士たちの母船である。

船橋にて、船長席で寝こけていた『グスターボ・マルドネス』は部下からの声に目を覚ました。

「隊長(おかしら)、渡し舟への荷渡しは予定どおりに終わりました」

「おーう？　ごっくろう。ふぁぁぁわ。……んじゃあ出発すっか」

『剣角の鞘号』は友軍と別れ、空飛ぶ大地に漕ぎ出してゆく。各地で略奪の限りを尽くしている黒騎士ことグスターボたちであるが、奪った物資はこうして別の船へと移すことで常に身軽な状態を保っていた。この作戦は彼らの神出鬼没さに一役買っている。

「今回の稼ぎも上々でしたな」

「結構なことじゃねぇか。なんせ故郷には腹ぁすかせたやつらがいっぱいだからよ、しっかり仕送りしてやんねぇとな」

「稼ぎ頭の辛いところです」

略奪の限りを尽くした結果でなければ、もう少し殊勝に聞こえたかもしれない。

かつては大国としてその名を知られたジャロウデク王国であったが、先の敗戦によって一気に転がり落ちていた。本来は国内を安定させることで精一杯であり、とても空飛ぶ大地まで手を伸ばす余裕はない。さりとて指をくわえて見ているのも躊躇われ——かくして少数にして精鋭である『剣角隊』のみがこの地に送り込まれた。

剣角隊——それは『死の剣舞』グスターボを隊長として、彼と共に最前線から最前線へと渡り歩く歴戦の兵たちによる独立愚連隊である。弱体化著しいジャロウデク王国が持つ、唯一にして最強の刃といってもよい。

そうして単なる嫌がらせであったはずが、神出鬼没でありながら狂った武力を誇る剣角隊は、予想をはるかに超える成果を叩き出してしまったのである。そも、気まぐれに一突きで心の臓を貫いてゆく辻斬りなど誰にも防ぎようがない。

そうして剣角隊によりもたらされた源素晶石（エーテライト）は苦境にあえぐジャロウデク王国に一時の安定をもたらした。そのために故郷では彼らの評価が天井知らずに上がっていたりするが、遠く異境の地にあっては関係のない話である――。

航空士（ナビゲータ）が難しい表情でイレブンフラッグスより強奪した地図をにらんでいたが、やがて顔を上げた。

「隊長（おかしら）、そろそろめぼしい獲物も減ってきましたよ」

「んだろーな。どんな馬鹿でも警戒を強めるだろっし、何よりやつが動く」

「……飛竜戦艦（ヴィーヴィル）、でございますな」

「イレブンフラッグスぁどっでもいっけど、パーヴェルツィークが黙ってるこたぁねぇだろうな」

見境なく破壊をばら撒（ま）いてきた剣角隊はあらゆる勢力から畏怖とともに憎悪されている。しかし迎え撃とうにも、『彷徨う兇刃（さまよきょうじん）』とも仇名され恐れられるグスターボを倒しうる騎士は多くない。残る手段は丸ごと焼き払うのみ。

「さすがにアレはなぁ。天の高くじゃあ、俺っちの剣も届きゃしねぇし」

逆に言えば、届きさえすれば倒せると考えているあたり、彼が狂人たる所以(ゆえん)であろう。

「これは本格的に身を潜める必要がありそうですな」

「んでもよう、竜の巣穴だって一回はつついてみねぇとならねぇ。おそらくは古い馴染(なじ)みがいるだろうからよ」

彼らにとって唯一の脅威である飛竜戦艦(ヴィーヴィル)。

だがパーヴェルツィーク王国にあの船が作り上げられるはずがない。母国ジャロウデク王国ですら飛竜戦艦に関する技術の大半を喪失しており、建造は困難なのである。だからこそいるはずなのだ。世界で唯一それを可能たらしめる、あのやる気なさげな男が。

「俺っちとしちゃあどうでもいいんだけどよ。ま、うちの王様(ボス)の手前もある。ちょっとシメてかねぇとな?」

身に着けた多数の剣をじゃらりと鳴らし、剣の魔人グスターボは狂暴な笑みを浮かべる。恨みというほどのものはない。だがそこには確かに因縁が絡んでいた。

「したら当面はちまちま嫌がらせに出るとして……あ～、つっまんねぇな。もうちっと食いごたえがあるやつぁいないもんかね」

「ははっ。隊長(おかしら)を満足させられる騎士なんて、この世にいるんですかね?」

グスターボの強さをよく知る隊員たちはそろって首をかしげていた。彼らとて幾多の修羅場をくぐってきた豪の者であるが、隊長はさらにものが違う。だからこそ彼を慕って人が集まり、剣角隊ができあがったのである。

「ああ、いるさ。まだまだいる。ここじゃあねぇだろうけっど」

意外なことにグスターボは笑った。口の端を歪め、心底楽しげに。彼に心酔する部下たちをして心胆を寒からしめるような笑みだった。

一時、グスターボの心は遠くクシェペルカの地へと飛ぶ。瞼に映るのは銀の鳳を掲げた強敵たち。思い起こすのはたった2本の剣でもって立ちはだかり、彼の剣を打倒した紅の騎士――。

「まだまだ砥がねぇとなぁ」

いずれ来る再戦のために。彼が戦いへと向かうのは亡き養父の遺志を継ぎ、祖国を護るためであった。だが同時に、己を研ぎ澄ませるための試練を求める戦闘狂としての性もまた、確かにあったのである。

そのとき、彼はふと違和感を覚えて顔を上げた。

「なんだ……？」

空は晴れ渡り陽光が降り注いでいる。だというのに日が陰ったような気がしたのだ。

最初は雲が出てきたのかと思った。だが直後に気づく、あれほどに鋭い形を持つ雲などあるはずもなく――あれは船であると。

空に在る船の唯一絶対の死角、上空にそれはある。風を巻き起こさず爆炎を吐いて進む船。遅れて推進器(スラスタ)の立てる騒音が届く。その甲板から巨大な影が飛び上がった。

日の光を背負い黒々とした陰影と化した巨人。つかの間真っ赤な炎を吐き散らすと、あろうことか空を駆ける。

「…………!!」

ぞくりと、肌が粟立(あわだ)つような悪寒が走った。ありえないと叫ぶ理性を蹴りつけ、彼は自身の予感を信じて動く。

「船内(うち)は任すんぜ!」

「お、応!」

言うなり駆け出した。飛ぶような速度で通路を駆け抜け、待機中の幻晶騎士(シルエットナイト)の操縦席へと飛び込む。曲芸的な動きで身を翻(ひるがえ)して座席へ。起動桿を蹴り倒しながら、間髪入れずに動き出す。

直後に叩きつけるような振動が来た。空を進むはずの飛空船(レビテートシップ)が地震に見舞われるはずがない。昇降機の動きを待ちきれず、グスターボは甲板上へと飛び上がった。

「どこだぁっ!?」

見回すも甲板に異常は見つけられない。だがそんなはずはない、先ほど確かに何かが降り立って——。

視界の端をわずかに影がよぎる。ほぼ勘に頼った動きで剣を振るった。

「しゃらっしゃあぁッ!!」

直感の導くままに放った一閃。軽い手ごたえとともに炎の朱が散り巨大な影がぐるりと回る。常識の外を飛び、それはわずかに距離をとって甲板に降り立った。

剣を構えたまま凝視する。それは蒼い騎士であった。

空の深くを表すような濃い色合いに、縁取りにある金がまぶしい。やたらと大ぶりな肩装甲と奇妙に扁平な頭部が特徴的である。陽炎を吐き出し炎を収め、背にある妙な付き方をした装甲板を折り畳む。

剣のひとつも持たない素手のまま、ゆっくりとグスターボに向き直った。面覆いの奥に眼球水晶のぼんやりとした光がある。金属と結晶により形作られた巨人の鎧、幻晶騎士。幻像投影機を通してすら感じられる圧力に、我知らず口元に笑みが浮かんだ。

「単騎で飛び出て乗り込んでくるってかぁ!?　いいぜ、気合い入ってんじゃねぇかよ!!」

たったの1機で、しかも宙を駆けて敵船に乗り込むなど狂気の沙汰だ。躊躇いなく実行したということはそれだけ自信があるということ。彼はすでに強敵であることを微塵も疑っていなかった。

「おいおい！　ここは俺っちの船だぜ。余計な荷物はお断りなんだけっどよ！」

剣を突きつけ、軽い警告。

「それは失礼をいたしました。突然の無礼はお詫びします」

返ってきた言葉は、耳を疑うほどに可憐であった。幻晶騎士(シルエットナイト)の拡声器を通してすらわかる、幼子のように透き通った声音。さしものグスターボも混乱し、斬りかかることも忘れてにらみつけた。

「噂の空飛ぶ大地に来たはいいものの、実は道に迷ってしまいまして。よければ教えていただきたいことがあるのですが」

「…………は！　はははははは！　随分(ずいぶん)と！　ふざけてくれんじゃねぇか!!」

グスターボは幻晶騎士の操縦席で腹を抱えて笑っていた。言い訳にしても無茶苦茶だ。自分のことは棚に上げて、頭がおかしいのではないかとすら思う。だが彼はそういう馬鹿が大好きなのである。

ひとしきり笑うとそれを収めて、じっくりと蒼(あお)の騎士を眺め回す。

「おうおう、幻晶騎士で飛んできやがったな？　随分いろいろ積み込んだ騎士だ。そういう戦い方をするやつらには覚えがあるぜぇ」

クシェペルカ王国への侵略戦にて戦った、奇妙で強力な騎士たち。目の前の蒼の騎士がその仲間であることを、彼はほとんど確信している。そうして特徴的な騎士に乗っているのは、彼もまた同様だ。

「僕も聞いたことがありますよ、連剣の黒騎士……いいえ、『黒の狂剣』さんとでもお呼びすれば？」

「なんとでも。へっ、なるほど、なぁるほどな。そりゃあそうだ、これだけ美味しい餌に寄りつかねぇわけがねぇか」

俄然面白くなってきた。つまらない雑魚ばかりを相手にして倦んでいた心が燃え上がる。『狂剣』と戦う者は、空を翔けて乗り込んでくるくらいに狂っていなければならない――。

「おめーの名前を聞かせろ。『剣』の使い手じゃあーねぇが、かなりヤるみてーだしよ？」

蒼い幻晶騎士が腕を広げる。

「『エルネスティ・エチェバルリア』、通りすがりの旅人です。こちらは僕の相棒『玩具箱之弐式』。よろしくお願いしますね」

「は？　バッカじゃねーの？　おめーみてーのがほいほい通りがかってたまっかよ！　グスターボ・マルドネスだ。俺っちとこの『ブロークンソード』が、ぶった斬ってやんよお!!」

「それは実にご遠慮したいところ！」

剣を抜き身を撓め、ブロークンソードが動き出す。同時にトイボックスマーク2の肩から爆炎が生み出された。

飛空船『剣角の鞘号』の甲板を舞台に、狂気と狂剣が交錯する。

第八十五話　剣と蒼（あお）は交錯する

下方に『剣角の鞘号（ソードホーン）』をにらみ、『銀の鯨二世号（ジルバヴェール）』は流麗な船体から狂暴な魔槍の牙をのぞかせていた。

「エル君また一人で飛んでっちゃうんだからー！　何かあったらあの船、すぐに墜（お）としてやる……」

ツェンドリンブルの操縦席に不穏な言葉が漏（も）れ出でる。出所である『アデルトルート（アディ）・エチェバルリア』は不貞腐れた様子でべったりと伸びをしていた。

『銀の鯨二世号』には『黄金の鬣号（ゴールデンメイン）』と同じく内蔵式多連装投槍器（ベスピアリ）が積まれている。いざとなれば魔導飛槍（ミッシレジャベリン）の嵐をもって敵船を粉砕する手はずだ。

すると開かれたままの伝声管からあきれたような声が届いた。

「アディさん落ち着いて。今はトイボックスしか飛べる機体がありません」

「わかってるけどー！　こんなことならシーちゃんも連れてくるんだった」

「飛翔騎士（あれ）を国外で使うには陛下のご裁可が必要です。下されれば騎士団が運んできてくれるでしょう」

船橋に詰めている『ノーラ・フリュクバリ』は答えつつ、一報は入れれども返事を待たずに飛び出してきたのだからして、今ごろ国許は大騒ぎになっているのだろうな、などと他人事のように考えていた。後ろで泡を食うのと最前線で綱渡りに手を貸すのと、どちらが楽かは人によるだろう。存外にノーラは今を楽しんでいる。

「自分でも少し、意外ではあるのですよ……」

つぶやきつつ、敵船上で暴れ回る騒動の元凶を見つめるのだった。

◆

白刃の閃き、爆炎の轟き。『剣角の鞘号』の甲板はさながら魔境と化していた。

「噂に名高い狂剣の実力……見せていただきます！」

「はん、知るかよ。招いてねー客はよォ、俺っちの船から下りてもらうっぜ！」

先手を取ったブロークンソードが剣を抜きざまに駆け出す。対する蒼い騎士は剣を抜かず、代わりに奇怪な構えを見せた。それは――。

「あぁ？　手ぶらだぁ!?」

拳を固めて前に出たのだ。剣に執着する奇人をしてぎょっとするほどに奇妙な行動。素手で殴りかかってくる幻晶騎士などまずお目にかかることがない。あるとしてもそれは武器を失った場合に仕方なくであり、最初から殴りかかるなどただの愚行である——はずだった。

「さぁご覧ください……『烈炎之手（バーニングフィスト）』！」

ただし、拳（こぶし）から炎を放っているとなれば話も別になろう。

馬鹿は考える。幻晶騎士（シルエットナイト）は強化魔法を適用して躯体（くたい）の強度を増している。ならば『武器を強化するより、本体の強化を増すほうが簡単なのではないか』と。

技術自体は銃装剣（ソーデッドカノン）や魔導剣（エンチャンテッドソード）の応用である。しかしそれを自前の拳でやろうとするあたり、馬鹿が馬鹿たる所以（ゆえん）であった。

「なんだか知らねぇが、しゃらくっせぇんだよ!!」

一瞬だけ度肝を抜かれたものの、グスターボは構わず剣を振り抜いた。たとえ炎を放とうが、彼の剣はすべてを切り裂く。

激突の瞬間、派手な炸裂音とともに拳から爆炎が噴き出した。真っ赤な炎が宙に軌跡を残し、正面からぶつかった剣が吹き飛ばされる。

「魔導兵装（シルエットアームズ）かよッ!?」

単に拳に炎をまとわせるだけではない。法弾のごとくに弾け、衝撃で彼の剣を吹っ飛ばしたのだ。剣を握った腕を跳ね上げられ、ブロークンソードが無防備をさらす。グスターボは幻像投影機（ホロモニター）に、トイボックスマーク2が残る片手を燃え上がらせるのを見た。

「……ッ!!」

悪寒が総身を貫く。反射的に鐙を踏み込むや、衝撃を逆に利用してブロークンソードが飛び退った。拳の間合いから外れると、トイボックスマーク2が追撃すべく身を沈めて。

「ちっ！　これでも食らってな!!」

グスターボは手品のような素早さで武器を短剣に持ち替える。即座に投擲。トイボックスマーク2が踏み込みを殺し、小刻みなジャブで飛来した短剣を弾く。バラバラと宙を舞った短剣はつなげられたワイヤーに牽かれ、するするとブロークンソードの手元へと戻っていった。

「さすがは狂剣。これくらいでは仕留めきれませんか」

「ったくてめーらは本当にロクでもねぇな」

グスターボの奥歯が軋む。己の剣を素手で弾かれたことが、いたく彼の癇に障った。

険しい表情のまま操縦桿についたレバーを弾く。ブロークンソードがキシキシと異音を立てた。剣をつかんだ補助腕が起き上がり両手両背に剣を構え。まさしく狂剣の銘を体現する姿へと変貌する。

「お次はこいつを受けてみやがれ!!」

吸排気音が轟と吼えた。一足飛びに間合いを詰め、白刃が幾重にも連なる。どれほど強力な拳であろうとも、それ以上の攻撃を叩き込んでしまえば済むこと。

さしものトイボックスマーク2も抗いきれず、推進器（スラスタ）を駆動し一息に距離を離して――。

「『執月之手（ラーフフィスト）』！」

ただ逃れるだけではない。トイボックスマーク2が平手を形作るや、突如として手首から炎が生まれ出で恐るべき勢いで宙を飛んだ。まさかブロークンソードが斬り飛ばしたわけではない。それは銀線神経（シルバーナーヴ）により接続され、本体からの制御のもとに飛翔しているのだ。

「んなろ！　妙な動きばっかしやがってよ！」

どれもこれもが戦い方の定石（セオリー）から外れている。グスターボは苛立ち交じりに剣を一閃（いっせん）、拳（こぶし）を破壊しようとして――手のひらが刀身をつかむのを目にして、表情をさらに歪（ゆが）めた。

拳につながったワイヤーが急速に巻き上げられてゆく。剣を奪うつもりか。ブロークンソードはむしろ逆らわず前に出た。これ以上野放しにすると何をしでかすかわからない、このまま仕留める。互いの距離が一息の間に詰まってゆく。もはや必殺の間合いに入り。

戦いの中で研ぎ澄まされた感覚が、わずかな引っかかりを拾い上げた。相手は迫りくる剣を恐れていない。なぜだ、考えるより早く剣を投擲（とうてき）。瞬くほどの直後、剣をつかんだままの拳から炎が噴き上がった。

あの拳は切り離した後も爆炎を操るのか。驚愕（きょうがく）を覚える暇もあらばこそ、噴き上がる激しい炎流が刀身を破断する。折れ飛んだ刀身がくるくると舞いながら、はるか後方へと流れていった。

「よくも！　やりゃあがったな!!」

空間に残る炎を切り裂き新たな剣を抜き放つ。致命的な拳は近くになく敵は無防備な姿をさらすばかり、借りを返すならば今だ。

――果たして本当に？　微(かす)かな引っかかりに目を凝らす。形が、違う！

肩装甲が大きく開いているのを見てとったグスターボは踏み込みで急制動をかけた。撓(たわ)めた脚を伸ばしきって真横に飛ぶ。

「『ブラストリバーサ』！」

直前まで彼のいた場所を衝撃波が突き抜ける。魔導噴流推進器(マギウスジェットスラスタ)を逆流させることで攻撃転用した衝撃波魔導兵装(シルエットアームズ)――『ブラストリバーサ』。

いかに剣の魔人といえど、幻晶騎士(シルエットナイト)ごと破砕するような威力を受けるわけにはいかない。陽炎(かげろう)に歪む空間を残し、両機は再び距離をとった。

「まさか避けられるとは。よい目をお持ちですね」

目の前では執月之手が悠然と本体に戻ってゆく。両腕を広げた無防備にも思える姿。いや、あれこそがトイボックスマーク２の必殺の構え。あらゆる状態から敵を瞬時に破砕できると確信を持てばこその姿なのだ。

残念そうな声音を聞いてもグスターボは怒ることもなく、代わりに口角が吊り上がっていった。

「へへ……やるじゃねぇか。正直よ、ちょっと舐めてたぜ？　俺っちの剣を折ったやつぁいつぶりか」

剣だらけとも言われるブロークンソード、剣を1本失ったところでまだまだ代わりはある。グスターボはこれまでのはしゃぎようが嘘のように静かに息を吸った。やがて臓腑の奥から湧き出るような笑いを漏らす。

「面白ぇ。面白ぇぜお前……!!　おう、まだまだイけんだろぉ!?　アゲてくぜぇ!!」

挨拶代わりに短剣を投擲。当然のように回避されるが、その間にブロークンソードが駆け出す。間合いはまだ敵のもの。返答として執月之手が飛翔を始める。

「そいつはもう見た……無駄だっぜ！」

致命の拳が届くより前にブロークンソードが一気に懐へと踏み込んでゆく。恐れることはない。執月之手は脅威であるが拳を飛ばしている間は近場に対応できない。そしてブラストリバーサは強力な装備であるがゆえに使いどころが難しい。威力と引き換えに魔力の消費が激しいはずである。よしんば撃たれたところで、使わせるほどに天秤は傾いてゆく。

「つまり剣が一番つえーんだよ！」

そうして積み上げられた結論は、他者には決して理解できないものとなり果てる。だが、これを妄信できるからこそグスターボは狂剣と呼ばれるまでに上り詰めたのだ。

迎撃すべく執月之手が動きを変える。しかし手遅れだ、ブロークンソードはすでに剣の間合いに敵を捉えている。そのときにわかにトイボックスマーク2が新たな動きを起こした。

降り立ってより背に折り畳まれていた装甲が補助腕（サブアーム）に支えられて起き上がる。盾と呼ぶには中途半端な大きさの装甲は、しかし剣を受け止めるには十分だった。機体の前方へと回り込んだ装甲は剣とも盾ともつかぬ動きをもってブロークンソードを阻（はば）む。

「まだ手札を隠しってやがっかよ！　だがそれくらいで……」

言葉の終わりを待たず、ブロークンソードが横っ跳びに身を翻（ひるがえ）した。剣の影を追うように執月之手が空間を突き抜ける。背後に回り込んだ執月之手は明らかに胴体を狙っていた。今度は剣を折るなどというぬるい動きではない。

「やっべぇな！」

視界を掠（かす）めるようにして執月之手が飛翔する。グスターボの前に立つのはたったの1機。だというのにまるで複数の手練（てだ）れに囲まれているような危機感があった。かつての好敵手であった紅の双剣とも異なる、底知れない不気味がある。

ブロークンソードが剣を構え直す。そのとき微かな軋みを耳に捉え、彼は表情を険しくした。幻像投影機をにらみつけて悪態をつく。

「……ちっ。あんまり余裕こいてもいられねーな!!」

剣を構え直すと、ブロークンソードが再度突っ込む。即座に執月之手が迎撃に出る——同じ過ちは犯さない、飛翔する拳へ向け短剣を投げつけて牽制。その間にさらに加速、間に合わないと見たトイボックスマーク2はむしろ自ら前進した。

ブロークンソードの補助腕がざわめく。複数の刃を重ねた動きは、微妙にタイミングをずらした多重斬撃となって敵を切り刻む。熾烈な攻撃をトイボックスマーク2が可動式装甲で防ぐ。肩の推進器が爆炎を吐き出し、体ごとぶつかるようにしてなおも前進。間合いは剣よりさらに近く、もはや接するような距離にある。

ちょうどその瞬間、巻き上げを終えた執月之手が腕に戻った。間髪を入れずに烈炎之手を起動。炎まとう貫手がブロークンソードを抉らんと迫る。ブロークンソードが身をひねる。無理やりに空間を確保し、補助腕による攻撃をねじ込む。炸裂音とともに燃える拳が剣を弾いた。

攻撃の速度だけなら素手のほうが速い。理屈の上ではそうかもしれないが、だからと言ってグスターボの剣戟を捉えてくるなど尋常の動きではない。グスターボをして表情を引きつらせるほどの無茶だ。

もはや互いに小細工を弄する余裕はなかった。

ブロークンソードがあらゆる角度から斬撃を繰り出せば、トイボックスマーク２が炎と拳でそれを弾く。魔導噴流推進器(マギウスジェットスラスタ)がうなり、密着するような至近距離から繰り出された飛び膝蹴りを剣の腹で受け。下から掬(すく)い上げるように襲いくる斬撃を踏みつけて宙に飛び上がる。トイボックスマーク２が鮮やかに宙返りを披露する。空中にいる間に執月之手を射出。迫りくる致命の拳がブロークンソードの追撃を阻(はば)む。

両者の間に炎が渦巻いた。思うさま斬り合ったところで、互いに飛び退(すさ)り距離をとる。甲板に奏でられた激しい吸排気音が流れてゆく。相手を圧倒せんと全力で戦い続けたために一気に魔力貯蓄量(マナ・プール)を消耗したのだ。

全力稼働を続ける魔力転換炉(エーテルリアクタ)が喘ぐようにうなりを上げた。吸排気音が轟(とどろ)き、戦うための魔力(ちから)をかき集める。

「ったく。安物のこいつにゃ源素供給機(エーテルサプライヤ)ついてねーからなぁ。しっかし俺っちの剣を耐え抜くかよ」

源素供給機は手軽に大量の魔力を確保できる反面、魔力転換炉に大きな負担をかける。かつてならばともかく今のジャロウデク王国にとっては手痛い負担であり、すでにほとんどの幻晶騎士(シルエットナイト)から撤去されていた。

それを踏まえても、ブロークンソードを魔力(マナ)が干上がるほどに動かしたのは久しぶりのことである。集団戦ならばまだしも、一対一で圧倒できなかった敵など双剣の騎士以来なのではないか。

立ちはだかる蒼(あお)い騎士をにらむ。

「奇妙さばかりが目につくがよォ。こいつの本質は距離だな」

奇怪な攻撃ばかりを繰り出してくる敵だが、何より厄介なのは攻撃の間合いが多彩なことだ。炎を放つ拳(こぶし)は自在に宙を舞い、近づこうとも強力な魔導兵装(シルエットアームズ)が待ち構えている。その多彩さがあたかも複数の敵と戦っているかのような錯覚を生み出し、相手の対処を惑わせるのである。

「いいぜ……すっげぇいいじゃねぇか」

腹の中から煮えたぎるような戦意と歓喜が湧き出てくる。困難な状況、強敵との戦いこそが彼をより研ぎ澄ませる。腑抜けた雑魚(ざこ)ばかりのこの地において、これほどの上物と出会えた幸運を噛(か)み締める。

濃密な時間。煮詰めたジャムのように粘りがあり、凝縮されている。もっと味わっていたいと思える——だからこそ渇望と同時に、彼の芯にある冷たい刀身が囁(ささや)いた。

「……………おい、エルネスティっつったな」

「はい。どうぞお気軽にエルとでもお呼びください」

「はぁ？　知るかよ。おめーと戦る(や)のは面白ぇ。だがちっとばかしよぉ、場所がよかねぇんだよ」

　問題は彼らの足元にこそあった。幻晶騎士(シルエットナイト)が全力全開で戦ったのだ。足場にされた飛空船はギシギシと不穏な音を漏(も)らし続け、いつ傾いてもおかしくはない。

　苦々しげなグスターボとは対照的に、トイボックスマーク２からはくすくすと楽しげな気配が漏れ出していた。そうだろうさ、と彼は表情を歪(ゆが)める。この船は彼ら『剣角隊』のものであり、乗り込まれた時点で一方的な不利は否めない。

　加えて言えば魔導噴流推進器(マギウスジェットスラスタ)を有するトイボックスマーク２は単体で飛行し、母船に戻ることもできるのだろう。だからこその余裕であり、加減を考えない動きである。

　トイボックスマーク２がわざわざ首をかしげてみせる。

「つまり降参していただけるということでしょうか？」

「バッカ言いやがれ!!　これ以上てめぇと戦っても意味がねぇんだよ。楽しいけどな。楽しいけどな！　俺っちも昔ほど自由な身分じゃないんだぜ？」

　とはいえこれほどの戦い、かつてであればグスターボも飛空船(レビテートシップ)の１隻や２隻惜しむことなく戦いを続けただろう。彼だけならばなんとかなるかもしれない――グスターボは冗談ではなくそう確信している――が、しかし部下はそうはいかない。そして彼は今や隊長なのであった。

ブロークンソードが剣を収める。

「ま、手ぶらで帰れとは言わねっさ。おめーが求める情報をくれてやる。それでここはお開きとしようぜぇ？」

思いのほかあっさりと退いたグスターボに、エルは笑みを収め怪訝(けげん)な様子を浮かべる。確かにエルは無理やりに地の利を得て有利な状態にあった。だからといって素直に負けを認めるほど『狂剣』が生易しい相手であるとは思えない。

「何を企んでいるのです？」

「あん？　ま、隠すほどでもねぇ。おめーらがいればこの大地は荒れる。確実にな。そいつは俺っちにも望むところさぁ」

剣角隊が望むものは混乱そのもの、海賊行為などついでの駄賃である。本国がどちらを望むかはさておいて、だ。それは何も自らの手に固執する必要はない。世界の果て、山向こうの眠れる魔獣を叩き起こしても一向に構わないというだけであった。

「なるほど。それでは情報をお聞きしてから判断しますね」

「はっ。ちゃんと情報はくれてやっから、とっととどっか行っちまえってんだ」

言い捨てるやブロークンソードが操縦席を開いた。中からグスターボがのっそりと顔を出す。幻晶騎士(シルエットナイト)を止め吹きすさぶ風に身をさらす、戦いをやめる西方共通の合図であった。

応じてトイボックスマーク2もまた操縦席を開く。中から現れた小さな人影へと声をかけようとして、その姿を見たグスターボが絶句した。今まで戦いの中で驚いたことは数あれど、ここまで奇妙なものを見たことはない。

「っかー!?　こんなちんちくりんが俺っちの剣に耐えたってかぁ!?　くっは、世の中広ぇな！」

「むむ。騎操士をやるのに背丈は関係ありません」

「限度ってもんがあんだろが！」

風に弄ばれる髪を押さえて、エルが憤慨してみせた。彼としては精一杯不満を表しているのだろうが、いかんせん見た目が可憐に過ぎる。

これがつい先ほどまで蒼い騎士を駆り凶悪な戦いを繰り広げていたかと思うと、誰だって頭を抱えたくもなるというもの。やはり山向こうには魔物が潜むのか。あながち噂ってわけでもねーな、とグスターボは本気で信じつつあった。

さておき。互いに幻晶騎士を降りそのまま歩き出す。目前まで近づいて、グスターボは改めて溜息を漏らした。

「くれてやる情報はふたつ。ひとつはこの地の名物だ。知ってるかもしれねぇが源素晶石があるぜぇ。それもザックザクと埋まってやがる。こいつにいろんな国が集ってきてるっつうわけだ。んで、もうひとつは……」

　表情をにやりとした笑みに変えて。

「案山子野郎どもの居場所だ。どうだ？　これでも不満かぁ？」

　エルもまたふんわりとした笑みを浮かべながら応じた。

「それはとてもありがたいことです。しかし、随分多くのことをご存知なのですね？」

「俺っちぁ剣しか持ってねぇ哀れな一兵卒だかんよ？　耳を澄ましておかねぇといろいろと困んだぜ」

「狂剣の名を轟かすあなたがどの口で。……よいでしょう、取り引きは成立です」

　にっこりと。歯を剥き出しに。二人対照的な様子で笑い合う。

「ひとまずよー、案山子野郎どものところへは先導してやる。だから、さっさとおめーの船に戻りゃがれ」

「どうせ同じ方向に行くのです。途中までこちらに乗せていただいても？」

「はぁーん？　疑ってんのか？　……好きにしやがれ。だが下手こいて船を傷つけてみな、そんときはそんときだぜ」

「ご安心ください、もうここでは戦いません。約束は守りますよ」

　グスターボは鼻を鳴らしたが、あえて追及することはしなかった。彼の判断基準は剣であり、人となりなどというものではない。そして今はもう剣を収めたのである。

そのとき、騒々しい音を立てて昇降機が上がってきた。載っているのは幻晶騎士（シルエットナイト）ダルボーサと、グスターボの部下たちである。

彼らはグスターボと威嚇（わらい）し合うエルの姿を見てぎょっとした表情を浮かべたが、すぐに気を引き締めて武器を構えた。グスターボに並び、そのままエルを取り囲む。

「おいてめぇら。下がれ」

そんな彼らに投げつけられたのは、グスターボのひどく不機嫌な声だった。

「し、しかし隊長（おかしら）!?　こいつは船まで乗り込んでくるようなやつですぜ!?」

「知るかよ。俺っちがそう言ってんだぜ。ここでの戦いはしまいだ、無様を見せんじゃあねぇ。それより客人に茶ぁ振る舞うぞ、急げ！」

「……は？　は、はっ!!」

部下たちは顔色を変えて、あわてて船内に戻ってゆく。

エルはそれを何か感心した様子で見送っていた。敵船で大勢に囲まれたというのに、この緊張感のなさも只事ではなかろう。

「あなたは意外に律儀なのですね？」

「あぁー？　別に大した理由じゃねぇ。おめーをぶっ殺すならよぅ、幻晶騎士に乗せて戦（ヤ）んのが一番面白ぇだろうからな」

グスターボもまた人のことを言えないくらいには酔狂なのであった。

トイボックスマーク2から発光信号を送って『銀の鯨二世号(ジルバヴェール)』に連絡をしていると、再び昇降機が上がる音が聞こえてくる。今度はやたらと体格のいい巨漢が机を抱えてきた。がっしりとした木造の机だ、そう軽くもないだろうに軽々と持ち運んでいる。他には椅子を抱えた者もおり、後には食器やポットを抱えたむくつけき大男たちが続いている。

なんだか妙に慣れた動きで準備が進んでゆく。見る間に野郎どもに囲まれたむさ苦しいお茶会の準備が整った。

グスターボが当然といった様子でどっかりと椅子に掛けたのはともかく、戻ってきたエルもまた迷いなく向かいに腰掛けた。和やかとも言いがたい、ひどく奇怪な空気が船上を流れてゆく。

「銘柄はうちのもんだが、それくらいは我慢しな」

「はい。おもてなしに感謝します」

ゆったりとした音を立ててカップに茶が注がれてゆく。後ろに控える部下たちは引きつった表情を隠せておらず、グスターボとエルだけがまったくくつろいでいる。これは二人の神経が少々イカれているだけで、部下たちの反応がごくごく当然のものであろう。

先にグスターボが茶を呷(あお)った。茶は同じポットから注いだものである、エルもすぐに続いた。グスターボが眉を跳ね上げる。

「……一応俺っちが先に飲んだがよ。躊躇(ためら)わねーとか、アホか？」

「心外ですね。まさか剣より毒のほうがお得意なのですか？　狂剣の方」

「あー？　んなことするやつぁ俺っちがソッコーぶっ殺すに決まってんだろ」

「でしょう」

　なぜ何を通じ合っているのか、周囲からはさっぱりわからない。ただ下手にツッコむと何が起こるかわからないため、黙っているしかないのであった。

　足元から船が向きを変える小さな振動が伝わってくる。これから両船はクシェペルカの船が泊まる場所へと向かう。

「……んで！　てめーらが暴れたおかげでうちの国はしっちゃかなんだよ！　うちの部隊も節約しまくってよぉ。幻晶騎士(ダルボーサ)なんざ安っちくて安っちくて大変なんだぜ？」

「それであなたたちだけがここに？」

「おう、出稼ぎにな。ここは宝島だかんよ」

「せっかくワクワクする空飛ぶ島なのに、俗っぽいお宝ですね」

「あ？　おめーは何が埋まってたら嬉しいんだよ？」

「……幻晶騎士(シルエットナイト)とか」

「いっらねー」

などと、船旅の間は大いに会話が弾んでいたりした。

そうしているとふと言葉が止まり、二人はそろって進路上に目を凝らす。はるか前方に染みのように広がってゆく黒。そこには迫りくる巨大な構造物が、輪郭を確かにしつつあったのだ。

◆

空を圧して爆音が轟（とどろ）く。炎の尾を引き竜は飛ぶ。

3隻の飛空船を並べてつなげたような異様な姿形。パーヴェルツィーク王国が誇る巨大戦闘飛空船『リンドヴルム』が巨体を震わせうなりを上げる。

「進路上に船影！　あの形状は間違いありません、『剣の船』です！」

「……ついに捉えたぞ『狂剣』め。いつまでも逃げおおせると思うな」

船橋にて、天空騎士団（ルフトリッターオルデン）竜騎士長グスタフはもたらされた報告を耳にし、ギシリと奥歯を鳴らした。

船体から剣を突き出すなどという悪趣味な飛空船（レビテートシップ）が他にあるとは思えない。あれがもたらした被害の数々を思えば、名を聞くだけでも腸（はらわた）が煮えくり返ろうというものだ。彼は自制心を総動員して凶相を収めると、背後の主を振り仰いだ。

「参ります」

「委細任せる。あれは我が国にとって大きな障壁となる、必ずや討ち取れ」

「御意！」

飛竜戦艦、ひいてはパーヴェルツィーク軍を統べる王女フリーデグントが鷹揚にうなずく。主命を背負いグスタフがさらなる戦意をたぎらせた。

「各船へ伝令！　やつを二度と地に立たせるな、ここで仕留める！　倒された騎士たちの無念を晴らすのだ！　左近衛船、右近衛船より竜騎士を展開せよ!!」

命令はただちに船内を駆け巡る。飛竜戦艦の両側に接続された船が横っ腹を開いた。天空騎士団左近衛・右近衛の竜闘騎たちは翼を広げ、勢いよく空へと飛び出してゆく。

飛竜戦艦を中心として竜闘騎が左右に広がり陣形を敷く。このまま敵船を囲んで押し潰す作戦だ。たった1隻の飛空船に対してはまったくもって過剰な布陣だが、それだけ必殺を期しているということであり、恨みが募っているということである。

彼らの戦意そのものであるかのように、竜闘騎に積まれた魔導噴流推進器が高らかな噴射音を奏でる。剣のように鋭い爪を構え、憎き敵へと殺到していった。

◆

飛空船『剣角の鞘号』の甲板では、机を挟んで二人が同時にカップを下ろしていた。グスターボはしばし黙って目を細め空の向こうをにらみつけていたが、やがてこらえきれない溜息を漏らして振り返った。エルネスティもまた似たような表情で顔を見合わせる。

「あー、その、なんだ？　あそこにばっちり見えてっと思っけどさ」

「とても……懐かしい感じですね。お仲間ですか？」

「そー思うじゃん？　ちっがうんだなぁこいつが」

自棄気味に残る茶を一息に呷って片付ける。

「なるほど、では敵ですか。困りましたね」

「本当におえねえったら。つってもあれが地上に降りてくんなら叩っ斬るんだけどなぁ。空はどーしよーもねー。逃げるっきゃねえわ」

「正しい判断です」

大敵を前に緊張感の欠片もない二人であるが、これでも極めて真面目にやっているのだから始末に負えない。

関わり方は真逆なれども、彼らは共に飛竜戦艦との縁深き者たちである。その力のほどは熟知しており、現状の装備では勝ち目が薄いことも重々承知していた。

仮に刺し違えるがごとき犠牲を覚悟すれば不可能ではないかもしれないが、今はそのような場面でもない。パーヴェルツィーク王国にとっては雌雄を決する戦いなれど、彼らにとっては不本意な遭遇でしかないのである。

「ま、来ちまったもんはしっかたねぇか」

グスターボが億劫(おっくう)そうに立ち上がる。部下たちがあわてて机を下げていった。彼はとぼとぼとブロークンソードへと歩き出し、途中で振り返ると背後に控えるエルの玩具箱之弐式(トイボックスマーク2)をにらむ。

「空かぁ。俺っちのブロークンソードも飛ばねぇかな？」

「トイボックスは僕のものです。あげませんよ」

「んな剣の少ねー機体は俺っちからお断りだっての」

ひらひらと手を振ってエルを追い払う。

「ま、こんなときにやることはひとつだろ。二手に分かれて、とんずらだ」

「致し方ありませんね。どうやらここでお開きのようです」

エルがトイボックスマーク2によじ登ってゆく。操縦席に滑り込む彼の後ろ姿を見送りつつ、グスターボはふと呼びかけた。

「おいエルネスティ！……案山子(クシェペルカ)野郎どもはあちらの方角にいる。こっから逃げ延びたら、後はてめぇで捜すんだな」

ブロークンソードの腕が空の一角を指し示す。大きな危険が迫っているというのに律儀なことだと、エルは本心から笑みを浮かべた。

「ありがとうございます。あなたもご無事で。本当はもう会うこともないのが望ましいのですけど」

「はは！　そんなこたぁ剣の向くままだ！」

　胸部装甲が閉じ、エルの姿が視界から消える。待機状態にあったトイボックスマーク2が急速に目覚めを迎えて動き出した。身を撓(たわ)め、踏み込むとともに両肩から高らかに炎を噴き出す。一息の間に上昇すると、そのまま母船へと舞い戻っていった。

「ったくあんなもんが飛んでくるわ飛竜が出てくるわ。今日は随分(ずいぶん)愉快じゃねーか」

　ブロークンソードが船内へと戻ってゆく。降下してゆく昇降機の振動を感じながら、グスターボの口元は徐々に歪(ゆが)みつつあった。

「……くくっ。そうだよ。やっぱ戦場(いくさば)ってのはこうじゃぁなくっちゃな」

　およそ考えうる最悪の危険に立て続けに襲われながら、それでもなお愉(たの)しげに笑う。それこそが剣の狂人グスターボなのである——。

『銀の鯨二世号(ジルバヴェール)』に戻ってきたトイボックスマーク2を喧騒(けんそう)が出迎える。昇降機が船倉へと下がると、そこにはノーラが待ち構えていた。

「大団長、ご無事で。船影は確認しています。一体状況はどのように？」

「面白い人と会いましたし、いろいろな収穫がありました……が、無粋な客がやってきたということです」

船倉に並べられたもろもろをかいくぐってアディがすたたと駆け込んでくる。勢いのままエルを抱きしめて。

「エールー君、おかえり！　なんだか見覚えのあるのが来てるんだけど！　ねー、あれって黒い船の仲間じゃないの？」

大量の小竜を吐き出し、飛竜はもはや大群といってよい規模で襲いかかってきている。接触までさほどの猶予もない。

「アディ、皆もよく聞いてください！　今度の飛竜戦艦(ヴィーヴィル)はジャロウデクのものではないそうです。むしろ彼らも追われている側だと」

「飛竜の情報が他国に漏(も)れたということですか。だとしても本当にアレを建造するとは」

隠しきれないあきれが、ノーラの声音に表れた。

確かに飛竜戦艦は強力無比な戦闘能力を誇るが、建造費もまたそんじょそこらの飛空船(レビテートシップ)の比ではない。かつて大国の名に恥じない力を誇っていたジャロウデク王国ならばともかく、まともな国ならば建造に二の足を踏むであろう代物である。

とはいえ実際に存在するのだから考えても仕方がない。切り替えて現状への対処を優先する。

「『銀の鯨二世号（ジルバヴェール）』ならば軽い分、速力ではギリギリ勝っているはず。アレがかつてと同じであれば、ですが」

「原型（オリジナル）と同じ程度、むしろ改良されている可能性を想定すべきです。一戦交えるとすれば正面からは避けるべきですが……」

「私、ツェンちゃんで備えてくる！」

「お願いします。僕たちは船橋へ。総員戦闘配置に！」

「了解！」

船員たちが一斉に動き出す。エルとノーラが船橋に入ると、伝声管に耳を澄ましていた船員が声を上げた。

「大団長、黒い船から発光信号が届いてます！　えー、『次はもっと派手にやろうぜ』……と」

「本当に面白い方ですね。丁重にお断りを返しておいてください。さて皆さん、ここからは全員そろって無茶をすることになりますよ。備えてください」

伝声管をさまざまな指示が駆け巡り、緊張が高まってゆく。そのころには飛竜戦艦の巨体も、左右から雲霞（うんか）のごとく迫りくる小竜も、はっきりと形がわかるほどになっていた。

「機関出力最大。全速力で突破します!!」

『銀の鯨二世号』と『剣角の鞘号（ソードホーン）』が示し合わせたかのように同時に加速を始める。飛竜の放った咆哮が戦闘開始の合図となった。

◆

「敵船、2隻とも増速!! 進路そのまま……つ、突っ込んできます!!」

「愚かな、空では自慢の剣とて振るえるわけもあるまいに。竜炎撃咆を用意せよ! 射程内に捉え次第焼き尽くす! 竜闘騎へ発光信号、射線を確保せよ!」

「はっ!」

グフタフは鼻を鳴らす。どのようなつもりかはわからないが、真正面から来るならば好都合である。悪名高き剣の魔人とて届かなければ脅威たりえない。空は竜が支配する世界なのだ。

飛竜戦艦が巨大な顎門を開く。船首内に並べられた大量の魔導兵装が連続して起動し、獄炎をこの世界へと招き呼んだ。

そのとき、直進を続けていた2隻の船が動きを変える。にわかに二手に分かれると別々の方角へと進み始めたのだ。予想できる動きである、竜闘騎の反応は素早かった。群れもまた二手に分かれるとそれぞれの船へと襲いかかる。

分かれた竜闘騎部隊の狙いの中心は、わかりやすく『剣角の鞘号（ソードホーン）』だった。『銀の鯨（ジルバヴェール）二世号』に向かったものは全体の3割ほどか。

「……おっとぉ。こいつぁ俺っちにばっかり来やがったな?」

「はは！　何しろかなり派手に略奪しましたから、恨み骨髄に徹していましょうなぁ」

「そりゃそうだが面白くねぇ。図体のわりにみみっちいやつらだぜ。ちっ、あんまり手札を見せたかねーんけっど」

「致し方ありませんな」

グスターボが船長席でふんぞり直したちょうどそのとき、伝声管の向こうから準備の完了を告げる報告が届いた。

「おーうし。パーヴェルツィークさんよぅ？　ジャロウデク王国が飛竜を敵にするってぇ考えなかったと思うか？　あめぇ、べったべたにあめーんだよ！」

船体からこれまで以上の振動が伝わってくる。『剣角の鞘号』の機関室では、船員たちが猛り狂う獣の手綱を必死になって取っていた。

「ダルボーサ、全機連結完了！」

「魔力流量増大、強化魔法規定値に到達！」

「機関準備完了、いつでも行けまさぁ!!」

グスターボが船長席から身を乗り出す。

「よしオラァ!! 気合い入れてけぇ！ 剣角隊のォ！ ……逃げ足見せてやんよォ!!」

「よっさほいさー!!」

『剣角の鞘号(ソードホーン)』が後部を開く。そこからのぞいているものは大量の紋章術式(エンブレム・グラフ)を刻まれた筒状の装置──大型魔導噴流推進器(マギウスジェットスラスタ)であった。

悲鳴のような吸気音。絶叫のような爆音。長大な朱の炎を噴き出して、黒の剣が非常識な加速を始める。十分な強化魔法をかけていなければ推進器(スラスタ)だけが船体を突き破っていたであろう、加減も何も考えない全力全開だ。

その姿を目にして、離れつつある『銀の鯨二世号(ジルバヴェール)』では船員たちがあきれたような表情を浮かべていた。

まさしく剣ならぬ矢のごとくに飛翔する『剣角の鞘号』。しかも当の剣角隊には余裕などまったくない。

「おい……コレ！ ちゃん……と！ 操船ってできてんっだろっ……うな！」

「ぶつから……なければ！ 操れなくても！ よい……かと！」

「はっはぁー!! 祈るか!?」

馬鹿が飛ぶ。

『剣角の鞘号』にはかつて初代飛竜戦艦(ヴィーヴィル)にて実用化された推進装置が形を変えて搭載されている。機能を絞りに絞っただけ性能は高く、戦力では到底及ばなくとも足の速さだけなら超飛竜級なのだ。

何かの冗談のような速度でぶっ飛ぶ『剣角の鞘号』を見た竜騎士たちが唖然(あぜん)とした表情で叫んだ。

「飛空船(レビテートシップ)が!?　竜闘騎(ドラッヒェンカバレリ)ではないのだぞ!!」

叫びはもはや悲鳴じみていた。『剣角の鞘号』がやっていることは限りなく暴挙に近いものだ。正気のまま挑めるようなものではない。

「……追うぞ!　この機を逃すなど竜騎士の恥だ!!」

仮にも飛空船にできることが、空の狩人として生み出された竜闘騎にできないわけがない。間違いなく命懸けになるが、目の前にやってのけた馬鹿がいる。竜騎士が度胸において後れを取るなど許しがたいことだった。

「『源素過給機(エーテルチャージャー)』を起動せよ!　各機最大速度にてやつを追え!　あの加速だ、少しでも傷つけばただでは済むまい」

うなりとともに竜闘騎に搭載された魔力転換炉(エーテルリアクタ)が出力を上げる。供給される魔力(マナ)が増大し、推進器がひときわ激しく炎を噴いた。軽量・大推力の利点を生かし『剣角の鞘号』を上回らんばかりの速度で喰らいつく。

史上空前、人類が到達した最高速における追走劇の幕が、ここに上がった。

黒い飛空船(レビテートシップ)が、竜闘騎(ドラッヒェンカバレリ)が彗星(すいせい)のごとく空を翔(か)ける。ほんのわずかでも加減を間違えると機体は分解しすぐさま空の塵(ちり)と化すだろう。こみ上げる恐怖を度胸と執念で乗り越える。

「……やつの、速度を、落とさねば……!!」

竜闘騎が顎門(あぎと)を開き法撃を放つ。宙に幾筋もの火線が伸びるも命中には至らない。互いに加減を投げ捨て未知の速度域に頭を突っ込んでいるのだ、狙いをつけるどころの話ではない。

「げっへぇ!? 気合い入ってんじゃねぇかよ!」

『剣角の鞘(ソードホーン)号』の船体がびりびりと震える。さしもの狂剣(グスターボ)も肝を冷やしていた。たった1発の法弾でも浴びれば無事に済むとは思えない。少し船体が傷つくだけでもねじれて分解しかねない、自壊一歩手前の速度を出しているのである。

「いいぜぇ……受けて、立ってやる! おい、ここは任せんぞ!」

「……ご武運を!」

「んなもんいくらでも持ってらぁ!!」

馬鹿は動く。狂気と狂風吹き荒れる甲板へと。いかなブロークンソードといえど、まともに立つことすらままならない。甲板にへばりつくようにして暴風に耐えるのが精一杯だ。補助腕(サブアーム)で機体を支え、剣の魔人は短剣を引き抜いた。

「オラ、こいつは勲章だ! くれてやっからブチ死にな!!」

馬鹿の狂気は今、極限に達する。

剣が斬るものは何か。風か、敵か、一体何を見出したのか、彼以外に知る者はなく。ただ結果として、ブロークンソードは操られるがまま短剣を投擲(とうてき)した。

ギュルギュルと回転しながら舞う短剣が空中に奇妙な軌跡を描き、異常なまでの正確さで後を追う竜闘騎へと襲いかかる。

「……!?」

すべてを速度に傾けていた竜闘騎に回避という選択肢はなかった。

竜騎士が叫びを上げる暇すらない。彼は自分が何をされたかもわからなかったかもしれない。極限に挑む速度の中、飛来した短剣が突き刺さって破壊されたなどと、理解しないほうがいいのかもしれない。

だが結果は残酷なまでに明白だった。短剣を受けた竜闘騎が一瞬で制御を失い、ねじれるように引きちぎれた。

悲劇は1機だけにとどまらない。砕け散った竜の躯体(くたい)は、そのまま凶器と化して後続の竜闘騎へと襲いかかった。少なからぬ竜闘騎が巻き込まれ空の藻屑(もくず)と化す。すべてを意図したわけではないだろう。しかし馬鹿が馬鹿を貫いた結果、阿鼻叫喚(あびきょうかん)の地獄が現出していた。

「ちくしょう！　ちくしょうがッ!!　散開！　散開ッ！」

被害を出した竜闘騎(ドラッヘンカバレリ)は進路を迂回(うかい)せざるをえない。その間にも『剣角の鞘号(ソードホーン)』はどんどんと距離を稼いでゆく——。

黒の船が馬鹿で突き抜ける一方、『銀の鯨二世号(ジルバヴェール)』にも竜闘騎が迫りくる。こちらを追ってきたものは比較的少ないとはいえ、飛空船(レビテートシップ)1隻を墜(お)とすには十分すぎる数だ。船に備え付けられた法撃戦仕様機(ウィザードスタイル)が動き、法弾幕を張って小竜の接近を阻(はば)む。竜闘騎はその快速、機動性を遺憾なく発揮し乱れ飛ぶ炎弾をかいくぐった。互いに法撃を浴びせ合いながら浮かぶ大地の空を翔(か)けてゆく。

「簡単には逃がしてくれないようですね」

耐久性と火力では飛空船が、速度では竜闘騎に分がある。このままではすべての敵を撃墜しなければ逃げ切ることができない。

方策を思案していると、突如として周囲の竜闘騎が離れていった。先ほどまでの執念を感じさせない唐突な動きである。訝(いぶか)しむ面々の中、叫びが上がった。

「大団長、あれです！　飛竜戦艦(ほんまる)が動き出してます!!」

報告を聞いたエルが表情を険しくする。硝子(ガラス)窓の向こうでは巨大な戦闘艦が長大な船体を傾けていた。

「小竜が離れた……なるほど。こちらに狙いを定めてきたということですね」

軋みとともに旋回を終えた飛竜が顎門を開く。奥底から湧き出てくるのは破滅の獄炎。史上最強の対飛空船・対城塞魔導兵装『竜炎撃咆』だ――。

恨み募るのは狂剣なれど、勝手に射程の外までブッ飛んでいってしまった。勢い狙いは『銀の鯨二世号』に向いてきたのである。

非常に迷惑なことではあるが降りかかる火の粉は払わなくてはいけない。エルは最後部まで続く伝声管を開くと声を張り上げた。

「アディ、準備を。合図とともに彼らに贈り物を差し上げてください」

「りょーかーい！　いつでも大丈夫よ！」

元気のよい返事とともに『銀の鯨二世号』の甲板が動きを見せる。ずらりと並んだ覆いが開き、中から凶暴な槍の穂先がのぞいた。互いに奥の手たる武器を向け合い張り詰めた静寂が流れる。

次の瞬間、飛竜戦艦の船首奥からひときわ強い光が漏れ出した。

「今です!!」

その機を逃さず、炎を放って槍が飛んだ。飛空船殺しの魔槍、内蔵式多連装投槍器から放たれた32本の魔導飛槍は次々に上空で向きを変えるや、今しも炎を放たんとした飛竜めがけて殺到する。

「クシェペルカの魔槍だと!?　狂剣と共に……？　ええい、考えるのは後だ。迎え撃て!!」

空に炎の軌跡を描いて飛来する多数の魔槍。飛竜戦艦であっても危険な攻撃を前にグスタフが叫ぶ。退避していた竜闘騎(ドラッヒェンカバレリ)が反応し迎撃に移るが時すでに遅し。伝えられる魔力(マナ)のすべてを速度と威力へと変換した魔導飛槍(ミッシレジャベリン)が、あっさりと竜闘騎を振り切った。

「間に合わんか！　構わぬ、もろともに竜炎撃咆(インシニレイトフレイム)にて焼き尽くせ!!」

構わず飛竜が炎を放つ。重装甲船(アーマードシップ)すら吹き飛ばした破壊の奔流が、槍とともに空を焼いた。まばゆい光に呑み込まれ魔導飛槍が消し飛んでゆく。

やがて光が収まった後、空には迫りくる何ものも残ってはいなかった。

「被害報告を。それと敵船を探せ、急ぐのだ！」

「はっ！」

伝声管の向こうからは喧騒(けんそう)だけが返ってくる。飛竜戦艦は巨体ゆえに把握に時間がかかる難点があった。

グスタフは遠望鏡をつかむと硝子(ガラス)窓に駆け寄る。見張りからの報告を待ちきれず、自らの目でもって周囲を探し回る。そうして見つけた。空の一点に瞬く炎の輝き、背を向け全力で去り行く敵船の姿を。

「なんということだ……竜の炎を避けたというのかっ」

彼には知るよしもない。『銀の鯨(ジルバヴェール)二世号』を駆る船員たちが竜炎撃咆の特性を十分に把握していることなど。さらに必殺の威力を秘めた魔槍の嵐すらただの誘導であり、かつ目くらましであったことなど。

鮮やかに切り札を使ってみせた敵船は、すでに竜の爪を逃れつつある。

「たかが1隻の飛空船（レビテートシップ）で飛竜戦艦（リンドヴルム）を手玉に取るとは。狂剣の他にも恐るべき手練（てだ）れがいるというのか……」

竜闘騎があわてて追撃に移る様子を見ながら、グスタフはおそらく逃げ切られるであろうことを悟っていた。

◆

しばし時が過ぎて。

すっかりと静けさを取り戻した空で、帰還した竜闘騎が翼を畳んでいった。舞い戻った竜騎士たちはうなだれ、グスタフへと苦しげな報告をおこなう。

「途中まで後を追いましたが、航続距離の限界によりそれ以上の追撃を断念しました……。我らの失態です、言い訳のしようもございません」

グスタフは何かを考えていたが、やがて口を開いた。

「お前たちだけではない。これは我ら天空騎士団（ルフトリッターオルデン）すべての敗北である」

竜騎士たちが言葉もなくうなだれる。飛竜戦艦(リンドヴルム)と竜闘騎(ドラッヒェンカバレリ)があれば、いかなる飛空船(レビテートシップ)とてもの数ではない。そう信じていた竜騎士たちにとっては、己の足元が崩れるような衝撃的な出来事だった。

「だが同時に、得がたい経験であり情報であった。リンドヴルムのみならず竜闘騎をも超えうる船がある。いずれの国であっても精鋭を送り込んでいるということだ」

この戦いはパーヴェルツィーク王国天空騎士団(ルフトリッターオルデン)にとって、完敗といってもよい結果に終わった。それは認めざるをえない事実だ。

だがまだ緒戦が終わったばかり。空飛ぶ大地をめぐる戦いには続きがある。戦いに必要なものは剣ばかりではない。多くの犠牲を払って得た情報は、必ずや後に生きることだろう。

「殿下の命を受けながらこの失態。面目次第もございません」

グスタフと竜騎士たちが並んで平伏する。王女フリーデグントは小さく首を横に振った。

「皆、面(おもて)を上げよ。私も目が覚める思いだ。飛竜は強力無比なる武具であるが、無敵には程遠いと知ることができた」

「殿下……」

「グスタフ、この空飛ぶ大地を狙う国は多い。ただ漫然と戦うだけで、これからも狂剣や襲撃者たちを退け続けるのは難しいだろう」

　飛竜戦艦の強力さは依然として健在である。だがあらゆるものには向き不向きがあり、それだけで安泰とは言えないということだ。

「まず自らの足元を固め直さねばならないな。……ハルピュイアといったか？　この地に住まう者たちと話をつける」

　この戦いを境目として、パーヴェルツヴィーク王国は戦略の修正を余儀なくされる。それはグスターボが望んだとおりに、空飛ぶ大地の混乱をさらに加速させてゆく契機となるのだった。

第八十六話　空より来る脅威

停泊する飛空船(レビテートシップ)を掠(かす)めるように巨大な獣が飛び去ってゆく。背に小さな人影を乗せた魔獣、鷲頭獣(グリフォン)は並んで停まる船を眺めて少しばかり邪魔そうな鳴き声を上げた。

空飛ぶ大地の住人ハルピュイアと地上の人間が同盟を組んだことにより、かつて小規模だった村は大きく姿を変えていた。森の一角には簡易ではあれ確かな港が設置され、大地の上には人間たちのための住居が軒を連ねる。当初は雨風を凌(しの)ぐ程度だった住まいも、時間が経つにつれそれなりにしっかりしたものへと作り替えられていた。

空に並ぶ飛空船の多くはシュメフリーク軍のものだ。これでもすべてそろっているわけではない。なかには偵察などさまざまな任務を帯びて離れているものもあった。

何もかもが急ごしらえながら、新しい関係が着実に積み上げられてゆく。そのうち最も目立つひとつが、小さな羽音を立てて木々の間を飛んでいた。

はたはたと羽ばたくエージロは探し物の途中だった。くるくると村の周囲を見て回り、お目当てを見つけるとにんまりと笑みを浮かべる。ひとつ羽ばたいて急降下。地面にぶつかる前に風を巻き起こして減速すると、そのままアーキッド（キッド）の肩へと着地する。慣れた様子でしゅとっと肩車の体勢に移り、びしっと指をさした。

「キッド！　ハイヨー！」

「おいこら俺は馬でも鷲頭獣でもねーぞエージロ。お前さ、自分で飛んだほうが早いんだから飛べよー」

「えー。でもこっちのほうが楽しい！」

「いや俺そんな暇じゃないんだけど」

『黄金の鬣号（ゴールデンメイン）』と合流したことにより、キッドはエムリスの側近としての立場に復帰していた。ハルピュイアとの同盟、シュメフリーク王国との折衝、さらにはパーヴェルツィーク王国や孤独なる十一国（イレブンフラッグス）への備えなど、考えやるべきことは無数にある。そんな中で勢い任せのエムリスが暴走しないよう手綱を取らねばならないのである。なかなかに多忙の身の上なのだ。

　とはいえ彼の事情など鳥の少女には関係なく。向きを伝えるために頭をつかんで左右に動かしてくるエージロをそっと押しとどめ、キッドは周囲に救援を求める視線を送った。

「ちょっと代わってく……」

「おっと船の掃除をしないとな」

「俺、幻晶甲冑（シルエットギア）を点検してくるわ」

「あっと若旦那がお呼びだー」

「お前らぁ……！」

なぜだろうか、決まって誰も助けてくれない。もう一度くきっと首を曲げられ、あきらめて歩き出しかけたところで、救いの手は意外な人物から差し伸べられた。

「いつもいつもふらふらと。何をしているのエージロ」

「ホーガラ！　いいところに来た……ぜ」

ハルピュイアの少女、ホーガラだ。笑顔で振り返ったキッドがすぐさま怯む。彼女の普段から引き締められた表情が、今はより鋭角に眉を吊り上げていたからだ。厳しい視線はそのままキッドへと向き、彼はすぐに逃げ出さなかったことを後悔し始める。

「お前もお前だ！　私たちの獲物なんだから勝手にうろつくな。見張るのが私の役目なのだぞ！」

「えっ、それもうナシでいいかと思ってたぜ。若旦那たちとも合流したし、一応は同盟を組んでいるんだ。おとなしく捕虜やってる場合でもないだろ」

事実、ハルピュイアと多少なり縁があり、かつ人間側の立場もあるキッドは橋渡し役として重宝されている。本人としては面倒事を投げられているだけのような気もしていたが。

「確かに私たちとの話し合いにも参加しているな」

「だろう？　だから……」

「しかし獲物が巣から逃げ出さないようにするのも私の役目だ。ではこうしよう、これからは私がお前についていってやる」

「どうして増える!?　じゃなくて。ホーガラだって村じゃ結構な立場なんだろう。俺の監視ばかりしてる場合じゃ……」

「見るのはお前だけじゃない。今は地の趾の考えを知ることも必要だからな」

キッドは思わずうなる。ハルピュイアから構いに来るキッドみたいな者は例外中の例外であって、以前より交流があったらしいシュメフリーク軍でさえまだ微妙な距離を置いて接している。ここで互いを知ることは無駄ではないだろう、仮にも同盟を組み動こうというのだから。

「……はぁ。わかった。そういうことならなるべく力になるよ」

キッドに逃げ道は残されていないらしい。そうして彼は深い溜息とともに降参したのである。彼に肩車されたまま話を聞いていたエージロがくりっと首をかしげる。

「じゃあ、皆で遊ぶの？」

「だから遊ばねぇって！」

徐々に緩みつつあったホーガラの眉が再び跳ね上がった。

「エージロ！　あなたは風切のもとに戻りなさい。もっと教えを受けてから……」

「えー。ホーガラがキッドを独り占めしようとしてるー」

「ちっ、違う！　私は風切(カザキリ)から受けた役目があるのよ」

「なんでもいいけど、俺はこのままなのか？　このままだろうなぁ」

当のキッドを置き去りに、2羽はしばらくやんやと騒いでいたのだった。


拠点となるハルピュイアの村から少し離れた位置に、飛空船(レビテートシップ)が浮かんでいた。シュメフリーク軍所属の哨戒船(しょうかいせん)だ。

広がる森の景色も見飽きてきたころ、彼らは空に変化を見つけていた。

「船影確認！　……規模は1隻だけです！」

「こちらからの航行予定は聞いていないな。所属は見えるか？」

船員が遠望鏡を伸ばしのぞき込む。針の頭のようだった影は見る間に大きさを増し、今ではコルク栓程度になりつつある。所属を示す旗があるならばそろそろ見えてもよいはずだ。

「随分(ずいぶん)速いな……。旗や帆はないか。所属が確認できない。敵船の可能性あり、警戒の発光信号送れ。しかし、ハルピュイアたちは信号の意味を覚えているんだろうな」

取り決めに従い、彼らは監視の役目を遂行する。船に備えられた魔導光通信機(マギスグラフ)が明滅し周囲に警戒を伝えた。しばしして、木々の間から鷲頭獣(グリフォン)が次々に舞い上がってくる。

「光った！　地の趾が使う合図だな。あれの意味は……なんだ？」

「覚えきれるか。ひとまず何かあったのだろう」

　空飛ぶ大地で暮らすハルピュイアたちは空中にあるモノを探すのが得意だ。すぐに近づいてくる船影を見出していた。

「また船とやらか。本当にどれだけいるのだ！」

「どこの地の趾か知らないが、『敵』だというなら地に返すまで。ゆくぞ！」

　鷲頭獣が長く鳴き声を上げ大きく羽ばたく。一気に速度を上げて不明船を目指す動きを見て、シュメフリーク兵たちがざわついた。

「ハルピュイアに動きが。不明船に向けて先行します！」

「あいつらまだ警戒を伝えたところだろう、囮だったらどうするつもりなんだ。仕方ない、周囲の監視を怠るなよ！」

　互いの文化も戦術そのものまでもが違う。一朝一夕に噛み合うものではないだろう。しかしふたつの種族はそれぞれにできることをやりながら、不器用に動き出していた。

　とはいえ不明船にとってそんな事情は知ったことではない。自らを迎え撃つべく近づく魔獣の存在に気づいてなお速度を緩めることなく、直進を続けてきたのである――。

「警戒信号だって⁉　まさかパーヴェルツィークが」

「いいや、船らしいが所属は不明らしい。哨戒がそのまま一当てやるようだな」

村はにわかに騒がしさを増していた。人間もハルピュイアも緊張感を湛えそれぞれに動き出す。『黄金の鬣号』を率いるエムリスもまた船長席に着いて表情を険しくした。伝わった情報では敵の規模は大きくない。まだ動くには早いと見て待機している。

「船は少ないのだろう。ならば鷲騎士の敵ではない」

「強さと戦いの結果は別だぜ、ホーガラ。油断しないに越したことはない」

「む……」

ホーガラの脳裏に先日の戦いが思い浮かぶ。実力では鷲騎士たちが勝っていたにもかかわらず、あわや全滅の窮地に追い詰められたのではなかったか。言い返すのを躊躇うだけの分別は彼女にもあった。

「それとエージロさん。船内は天井低いんだからそろそろ降りてもらえませんか」

「やだ」

エージロを肩車したままのやや情けない姿でキッドが長い溜息を漏らした。そうしていると周囲からざわめきが伝わってくる。状況が思わしくないのかとエムリスはうなった。

「いやな予感がするぞ。『黄金の鬣号』を動かし……」

そう命じようとした瞬間、上方監視の船員が悲鳴のような声を上げる。

「嘘だろ!? 突破され……速い、来る！」

窓の外、空を貫く弓矢のように飛ぶ船の姿がはっきりと見える。長大な炎の尾を引き連れて、不明船は馬鹿げた速度でもって村の中央を無理やりに突っ切っていった。轟(とどろ)く爆音が皆の鼓膜を震わせる。

シュメフリーク軍はおろかエムリスたちですら対応する余裕がない。しかし彼らは見た。まるで剣のように鋭い形状(シルエット)。極めて高性能であることをうかがわせる魔導噴流推進器(マギウスジェットスラスタ)の噴射。それによる『黄金の鬣号』に勝るとも劣らない速度性能――。

もしやの可能性が脳裏をよぎる。彼らが表情を引きつらせる暇すら与えず、次なる驚愕(きょうがく)が空に現れた。

「急いで上げろ！　のんびりしてる余裕はなさそうだ！」

「違う。若旦那、あれを！　何かが残って……!!」

不明船はただ通り過ぎただけではなかった。村のちょうど真上で、船からこぼれ落ちたものがある。

逆光を受けて黒い影と化したそれは、空中で大きく『四肢』を広げると、迷わず村のど真ん中目指して落ちてきた。まるで人に似た形を持つ存在、だが大きさはとても人間のものではなく――。

「幻晶騎士(シルエットナイト)が!?　冗談だろ!!」

幻晶騎士は空を飛ぶことはできない。パーヴェルツィークの竜(ドレイク)モドキやイレブンフラッグスの船付きならばともかく、人型の近接戦仕様機(ウォーリアスタイル)が飛べるわけがない。
そんな『常識』は、直後に起こった猛烈な炎の噴射によって吹き飛ばされた。

空の奥底のような深い蒼色(あお)をした機体が両肩から長大な炎を噴き出す。魔導噴流推進器(マギウスジェットスラスタ)の噴射によって一気に減速すると、慣れた様子で村へと降り立ったのである。

「あのような幻晶騎士(シルエットナイト)がありえるのか!? 船を泊めろ、こちらの幻晶騎士を呼べ！」

「地(ち)の趾(し)が使う人形か。許しもなく村に降りるなど！」

シュメフリーク軍が、ハルピュイアが、事態に追いつくべくあらゆるものが動き出す。

そんな極まった混沌の渦中にて、引き金となった蒼い幻晶騎士はといえば、まったく気負った様子もなく堂々と周囲を見回していた。

あわてた様子の鷲頭獣(グリフォン)が村の上空を飛び回り、シュメフリーク軍の幻晶騎士が押っ取り刀で駆けつける。迫りくる者たちをまったく無視して。蒼い幻晶騎士はゆらりと首を巡らせると、浮き上がりつつあった『黄金の鬣号(ゴールデンメイン)』を指さした。

「突然の来訪失礼します……。そこの船！ クシェペルカ王室所有『黄金の鬣号』とお見受けしますが、いかに!!」

シュメフリーク軍の動きが止まる。

問いかけの内容も引っかかるが、それよりも蒼い幻晶騎士から響いてきた声音が奇怪なほどに可愛らしいものだったからだ。とても拠点のど真ん中に飛び降りを敢行した蛮勇の持ち主の声とは思えない。ハルピュイアは人間たちの動きを見て警戒しつつ様子を見ている。

そうしてにわかに降りた静寂を、絶叫が切り裂いた。

「え……エルネスティぃぃぃぃぃッ!?!?」

◆

『黄金の鬣号』に先導されて『銀の鯨二世号（ジルバヴェール）』が戻ってくる。同じところで作られた姉妹船ともいうべき2隻だけあって、それらはよく似た姿をしていた。

振り返れば佇（たたず）む蒼い幻晶騎士。どことなくエルネスティの乗機『イカルガ』を思わせる感じもあれど、見慣れない姿の機体だ。これもまた新鋭機の類なのかと、ド派手な登場を思い出してエムリスは溜息を漏（も）らした。

「……いずれ誰かが追ってくるとは思っていたが、まさかお前とはな。銀の長（エルネスティ）！」

玩具箱之弐式（トイボックスマーク2）から降りてきたエルネスティが無駄に胸を張る。空から幻晶騎士ごと降りてくるなどという無茶をやってのけた騎操士（ナイトランナー）が、まさかこんな小さな少年であるとは。驚愕（きょうがく）し戸惑うシュメフリークの騎士たちを横目に、エムリスは軽い同情を覚えていた。コレが現れたからには、これからきっと、もっととんでもないことになるのだろうから。

「で、お前たちだけなのか？　よくここがわかったな」

「いずれ本国から騎士団が派遣されると思いますが、まずは僕たちだけです。場所は親切な人に教えてもらいました」

「は？　誰だそいつは余計なことを」

エムリスは首をかしげるが、エルがよくわからないことをしでかすのはいつものことだと、気にしないことにした。彼らが話している間に『銀の鯨二世号(ジルバヴェール)』から船員が降りてくる。

先んじて軽やかに飛び出してきたのはアディだ。エムリスやキッドの姿を見つけてぶんぶんと手を振り回している。

続いて藍鷹(あいおう)騎士団の団員たちが降りてくる。彼らは周囲の確認に余念がない。ひととおりの指示を終えたノーラがやってきて律儀に一礼した。彼らの姿を見たエムリスは機嫌を直す。調査と偵察こそ藍鷹騎士団の本分、複雑怪奇な空飛ぶ大地においては待望の能力である。

そのとき、船底が開いて巨大な人型が降ってきた。外套(マント)を翻(ひるがえ)し地響きとともに着地する2体の幻晶騎士(シルエットナイト)。一般的な機体としては妙に小さく、エムリスは違和感を覚える。

「……銀の長、また随分(ずいぶん)と新型を持ち込んだのだな」

「いいえ、新型はありません。客人と改造機だけですよ？」

「あん？」

噛み合わない会話を繰り広げる二人の横をすり抜けて、ぱたぱたと走ってきたアディがキッドのもとへ向かう。

「キッドー！　ひーさしぶり、元気してた……誰その子？」

「おうっ。あっ。えーといやそのなんというか」

手を振り返していたキッドは、自分が何を肩車しているのかを思い出してさっと顔を引きつらせた。最近すっかりとこの状態に慣れてしまい、しかも周りも止めないものだから油断していた。説明に困って動きを止めたキッドに、さらなる追い打ちがやってくる。

「……おい、キッド。そいつはお前の何だ？」

ホーガラは鋭いまなざしで彼をにらみ据えてくる。気のせいか先ほどよりさらに眉の角度がきつい。このままでは眉が垂直になるのではないか、キッドは場違いな心配を覚えていた。

「まぁちょっと落ち着いてくれ」

ここまで不機嫌になる理由はさておき、納得できる部分もある。ハルピュイアが人間を受け入れ始めたのはつい最近のこと、いかに同盟を結んだとはいえ大勢で押しかけてくれば思うところはあるだろう。いやそれとは別の意味合いもありそうだったが。

「こちらはアデルトルート。俺の双子の妹なんだけど、たぶん俺たちを追ってきた」

「む。同じ巣で育った者か」

「へー！」

ホーガラの表情から険が取れ、エージロが興味深げに身を乗り出す。

そんな彼女たちをアディはほうほうと眺めていた。ふいにその表情がふんわりと笑顔に転じて、キッドの中の警戒が強くなってゆく。こんなときのアディは大抵ロクでもないことを考えていると、よく知っていたからだ。

「ほほーん。ほほーん。皆なかなか可愛い。やるわね、キッド！　それで帰ってこなかったのね？」

「ちょっと待て。ちょっと待ってくれアディ。違うぞ、何か大きな勘違いを感じるぞ⁉」

「ずっと肩車しながら言われても説得力ないなー」

「……エージロ、ちょっと降りてくれ」

「やだ」

「ほっほーん。随分(ずいぶん)と懐かれてるんだー。ほーん」

「その言い方やめろ⁉」

「大丈夫、わかるわ。皆可愛いし！　私はいいと思うの、キッドにだって選ぶ自由があるものね。……でもエレオノーラ(ヘレナ)ちゃんがなんて言うかな？」

「ちょっ。いや。これと女王陛下は関係なくてございますですよ!?」

「うんうん。でも私はヘレナちゃんからキッドを連れ帰ってくれって頼まれてるから、ありのままを報告しないとね、うん。ほら騎士として」

「とってつけたように真面目ぶってんじゃねーよ!?」

まずい。何かはわからないが確実にまずい方向に進んでいる。キッドには謎の確信があった。しかし暴走を始めた妹(アディ)を止めるのは難しい。焦(あせ)ったキッドは周囲を見回し、傍(かたわ)らに長身の女性を見つけた。

「違うんですよ。ノーラさんならわかってくれますよね!?」

「はい、アーキッドさん。クシェペルカへの報告書は私にお任せください。抜かりなく仕上げてご覧に入れます」

「ちくしょう!　さては味方じゃないなアンタ!?」

女性陣を頼るのは絶望的な予感がする、ならば頼るべきは彼の小さな親友だ。

「なんとか言ってやってくれよエル。皆ちょっと勘違いしてるって!」

「わかっていますよキッド。ですから、女王陛下にお話しするときには僕も一緒についていってあげますね」

「お前もかエルネスティ……ッ!!」

この世に味方はいないのか。頭を抱えようにも肩にはエージロが座っていて、彼は途方に暮れるのだった。

「はっはっは!!　キッドだけ持って帰りたいのなら構わんぞ。何しろあんまりヘレナの機嫌を損ねるのもよくないしな！」

そうしてエムリスが腹を抱えて笑っていると、エルの笑みがそちらを向いた。

「時に。若旦那にはクシェペルカ王国ではなくフレメヴィーラ本国でお待ちの方がいらっしゃいますので、お願いしますね」

「おうっ!?　そ、そんくらいへっちゃらへーだ。だぜ……!?」

迂闊（うかつ）であった。一気に腰の引けた様子のエムリスだったが、さらにエルは『黄金の鬣（ゴールデンメイン）号』の船員たちを見回して。

「それに皆様にも、女王陛下より言伝が」

船員たち　は逃げ出した。

船員たち　は場からいなくなった！

エムリス　は逃げ出した。

しかし　マントの裾をつかまれてしまった！

「若旦那はダメですよ？」

「ぐっ、岩でも乗っているのか!?　さては強化魔法を使ってやがるな！」

マントを全力で引っ張ってもびくともしない。ほわほわと笑顔を浮かべながら小揺るぎすらしないエルネスティは、率直に言ってかなり不気味である。

彼ほど見かけと中身が一致しない者も珍しい。ちっさいからと侮ってかかるとでたらめに高い勉強代を支払う羽目になる。それをよく知るエムリスとしては迂闊に敵に回したくはなかった。焦る頭を叱咤し思考を回す。

「ふっ……まぁ待て、落ち着け銀の長。確かに俺は勝手に飛び出してきたように見えるかもしれない。だがこれは俺なりの考えに基づいてのことなのだ」

「なるほど。では国許へと報告するためにも、その考えというものをじっくりとお聞かせいただけますでしょうか」

早まったかもしれない。額を一筋の冷や汗が流れてゆく。エムリスの決死の戦いは、今始まったばかりであった。

◆

「……………………結婚？　誰と、誰が？」

アーキッド・オルターは訝しんだ。

並んではならない言葉が並んでいる、ありえないことが起こっている、そんな違和感が付きまとって離れない。愕然としたつぶやきを聞いたアディはしかし、自明を語るかのごとく胸を張った。

「誰って、私とエル君に決まってるじゃない」

「どして？」

「エル君が可愛いから！」

　ひっしと抱きしめられた腕の中でエルがうなずく。

「可能性として、アディの勘違いとか冗談とか気の迷いとかいつもの暴走とか？」

「ちゃんと本当のことですよ。実を言うと元々は新婚旅行のつもりでクシェペルカを訪れてからこちらに」

　キッドは口を閉じることも忘れてがくがくと首を動かしていた。肩車されたままのエージロが一緒に揺れている。そこでエルは何かに気づいた様子でぽんと手を打って。

「つまりキッドは義兄になるわけですね。これからはキッド義兄（にい）さんと呼びましょうか」

「やめてくれ！　絶対にやめてくれ！　マジでやめてくれ！」

「んぶふほっ。ふ、ふほははははは！　それはいい、いいぞキッド！　フッハ、銀の長が義弟だと？　最高に傑作だ！」

「他人事だからって、こっちは笑いごとじゃないんですよ若旦那ァ！」

　ついにこらえきれなくなったエムリスが腹を抱えて笑いだす。反比例するようにキッドの表情から正気と生気が失われていった。ひとしきり笑ったところでエムリスはしゅたっと手をかざして。

「よしキッド、義弟のことはお前に任せる！　じゃあ俺は船にもど……んごっ」

「だから若旦那、まだお話は終わっておりません」

「くっ、今のはいける流れだっただろう」

間髪入れずにマントをつかまれ呼び戻されるさまは、さながら縄につながれた飼い犬のごとく。残念なことに威厳もへったくれもないのだった。

「キッドー、だいじょうぶー？」

そうしてしばらく魂が抜けたように揺れていたキッドだったが、エージロにぺちぺちと叩かれて急速に目の焦点が戻ってゆく。

「……エージロ！　飛ぶぞ、羽ばたけ！」

瞬間、銃杖（ガンライクロッド）をつかみざま『大気圧縮推進（エアロスラスト）』の魔法を発動。風を巻き起こし、エージロの羽ばたきと合わせて一気に宙へと舞い上がり――。

「ちくしょうやってられるか！　……ぐあっ」

一瞬（ひとまたた）きも遅れることなく鋭い飛翔音が追う。キッドの足に絡みついたワイヤーアンカーが容赦のない力で彼を引きずり下ろした。

「ダメですよ？　キッドにも話があるのですから」

「おあああああ……」

すっぽ抜けたエージロがあわてて羽ばたく。彼女が呆然と見送る中、キリキリと巻き上げられるワイヤーの音に交じって悲しげな声が響き渡ったのだった。

ドタバタの一部始終を眺めていたホーガラが首をかしげる。

「わからない。地の趾というのは誰も彼もこんな感じなのか」

「うーん。他は知らないけど、うちだといつもどおりかも？」

なんでもないかのように答えたアディに、疑問は深まる一方である。やり場なく動かした翼を閉じ、いつの間にかごく自然に隣に立っていた彼女に改めて問いかける。

「お前はキッドの妹なのだろう。ではあのエルネスティ？　というのはなんなのだ」

「私の夫です」

「は？　あれが？　……いやそれはともかく。お前たちの群れを統べるのはあのエムリスという者だったはずだが」

そのエムリスは今、笑顔のエルに追い詰められている。どちらの立場が上か、ハルピュイアの目から見ても明らかであった。

「んー。それはほら、私たちは若旦那を捜してきたし？」

「地の趾は本当によくわからん……」

そうしてしばらく首を振るホーガラを見つめていたアディだが、そのうちに長く揺れる髪の毛に目を留める。ごわごわと羽毛の塊（かたまり）のように見える髪。先ほど空へと舞い上がったエージロを思い出す。

「ところで皆頭に羽根があるんだ？　へーすごいなぁ。ねぇ、ちょっと触ってみてもいい？」

「えっ」

ホーガラがアディの魔の手から逃げようと奮闘する一方、エルたちは立ち話に移っていた。もちろん話題に上がるのは空飛ぶ大地の近況だ。

「この大地全体が源素晶石（エーテライト）の鉱脈、ですか」

「そうだ。黄金が埋まっていたほうがまだマシだったかもな。飛空船（レビテートシップ）は便利な機械だ、世界をどんどんと狭くしてゆく。しかしな」

「行く先に快いものばかりが待っているとは限りません。争いの原因が転がっていることもあると」

「見てのとおりだ」

かつてこの場所にはハルピュイアだけが住んでいた。今では人が住み船が浮かび、様相は変わりつつある。空飛ぶ大地にある国も、すでに一国どころの話ではない。

「各国とも飛空船の増産はもはや避けえない流れです。その中で鉱脈の存在は、飢えた魔獣の前に羊を差し出すに等しい」

「はは！　たいそう腹を空かせていたようで、飛竜戦艦（ヴィーヴィル）なんてものまで出張ってきたぞ。見たか？」

「はい、とても元気に飛んでいましたよ。狂剣さんと戦っているときに横から首を突っ込んできたのですけど」

「は？　何をしているんだ」

　エムリスが珍妙な表情で黙り込むと、横にいたキッドが口を挟んでくる。

「そりゃ確かに源素晶石（エーテライト）は重要なものだけどさ。だからって元からいたハルピュイアたちを傷つけてまで奪う必要はないだろう！」

「そうですね……皆に同じだけの優しさがあれば、よかったのですけど」

　同じ大地、西方諸国（オクシデンツ）にあってすら各国は互いにいがみ合っていた。『新発見』の空飛ぶ大地で彼らがどう振る舞ったかは、聞かずとも想像がつく。

　そこに髪の毛を妙に毛羽立たせたホーガラと、何やらご満悦のアディがやってきた。

「ホーちゃんから聞いたわよ。会ったばかりのハルピュイアを助けるために大立ち回りをやらかしたって！」

「うっ。いやそこにはいろいろあってだな……なんだよその表情やめろ!?」

「地（ち）の趾でありながら素晴らしい働きだった。キッドがいなければ私も無事には済まなかったろう」

「ほほほーん」

再び逃げ腰になっているキッドを見て苦笑しながら、エムリスは視線をシュメフリーク軍へと転じる。

「そこで俺たちが組んだ相手がシュメフリークだ。昔からハルピュイアたちと付き合いがあるらしくてな、今後も貿易を通じて源素晶石を手に入れると。そこに一枚嚙む」

エルは目を閉じ小さく溜息を漏らした。

「この空飛ぶ大地で起こっている事態を放置しておくことは、いずれクシェペルカ王国、ひいてはフレメヴィーラ王国にとって致命的な結果を招きかねません。結果論ですが早い段階で楔を打ち込めたことには大きな価値があります」

「そうだろう。この俺の勘に狂いはな……」

「ですが」

ふわりと表情を笑みに変えれば、逆にエムリスが頰を引きつらせた。エルネスティが笑うとロクなことにならない、それは確かな経験則である。

「フレメヴィーラ王国銀鳳騎士団の先遣として、クシェペルカ王国エレオノーラ女王陛下より受けた要請に基づき、エムリス殿下のお身柄は確保させていただきます」

「おいおい銀の長！　話を聞いていたか。今ここを放り出すわけには……」

「ですので、この地の後処理については我々銀鳳騎士団にお任せあれ。殿下におかれましては後顧を憂うことなく怒られてきてくださいね」

「なんだと!? くっ……このちっちゃ卑怯者め！　さてはお前が楽しみたいだけだな!?」

「そのようなことはまったくこれっぽっちもございません」

ニコニコと微笑む小さな侵略者を前に、エムリスは全力で思考を回す。

先んじて動けたという点では確かに彼に功績があるものの、やはり飛び出してきた点を突かれると痛い。エルネスティはいろいろな点において手ごわいが、なかでも根回しを怠らないところが強みであった。彼の持つ能力を見せ札に、自身を十分に生かせる立場にするりと入り込んでいく。そうして気づけば恐るべき最高権力者が爆誕するのである。

正攻法ではまったく分が悪い、ゆえにエムリスは素早くやり方を変えた。

「まぁそう結論を急ぐなエルネスティ。この大地には敵が多く、味方は互いの様子をうかがっている。そこで幸いにも、キッドの頑張りによってシュメフリークやハルピュイアへの伝手ができた。やつらとの折衝担当まで人手が足りているか？」

「僕たちはあくまで少数の先遣隊。確かに、人手は壊滅的に足りていませんね」

エムリスは静かに己に向かって指を向ける。エルがうなずいた。

「殿下には国許に帰っていただきます。いただきますが、帰るまでは手を貸してもらうこともあるかもしれません」

「うむ。しかし何せ大事になりつつある、短い間では事が収まらんかもしれんがなぁ」

「それは困りましたねふふふふふ」

「まったくだなはははは」

奇怪な笑い声を漏(も)らし続ける二人を遠巻きに眺め、ホーガラは今日何度目かの首をかしげた。

「あれは何をやっているのだ？」

「悪だくみかな」

「地(ち)の趾(し)とはよくわからないものだ……」

ハルピュイアであれば風切(カザキリ)が先頭を飛ぶのが当然で、なかでも初列の判断は絶対である。高い立場にある者が入れ替わることがあるというのは、なかなか理解しづらい考えだった。

そうして彼らがわいわいと話していると、ズシン、ズシンと地響きが近づいてくる。

この場所にある巨大な存在は鷲頭獣(グリフォン)か、さもなくば人が操る鋼と結晶の巨人、幻晶騎士(シルエットナイト)である。そこから判断するならば、人型の姿をしているあれは幻晶騎士なのだろう。

歩いてくる2体とも魔獣の皮革から作られた外套(マント)を揺らし、どちらも奇妙に隙間の多い頭部形状をしている。

ふとエムリスは疑問を抱いた。これらは確か『銀の鯨二世号(ジルバヴェール)』から降りてきた機体である、ならばフレメヴィーラ王国かクシェペルカ王国に所属しているはずだが、まったく見覚えがない。もしや銀鳳(ぎんおう)騎士団によって作られた『新型機』かとも思うが、それにしてはらしくない。今ひとつ出自が見えないのだ。

「どうにも見慣れない機体を持ってきているようだが、お前の相棒はどうした？」

「国許(くにもと)です。陛下の許しが下りませんでした」

「そりゃあそうか。叔母上のことでもなくば、そうそう持ち出せんだろうな」

少しばかり当てが外れたのは確かだった。何しろエルと彼の乗機である『イカルガ』は、大西域戦争(ウェスタン・グランドストーム)において飛竜戦艦(ヴィーヴィル)を撃墜する戦果を挙げている。空飛ぶ大地においても切り札たりえただろうが、それだけに扱いには慎重を期す必要があった。歯がゆいところだ。

などと考えている間に、近づいてきた2体の幻晶騎士(シルエットナイト)が奇妙な動きをし始めた。片方はなぜか騎操士(ナイトランナー)が降りるでもなくしゃがみ込み、足元のアディと喋(しゃべ)っている。さらにもう片方はきょろきょろと周囲を見回しだした。どうにも幻晶騎士らしくない、妙に人間臭い動きである。

首をかしげるエムリスに気づいて、エルが手を振る。

「そうだ若旦那。僕たちのほうからも紹介したい者たちがいます」

「あの幻晶騎士のか？」

「ちょっと違いますね」

要領を得ない言葉に疑問が深まる。そうしているとアディを肩に乗せた幻晶騎士が間近まで歩いてきた。

「違いますよ若旦那ー。パールちゃんは私たちの弟子で、ナブ君はお友達です！」

「パール、ナブ……？　よくわからんが新たに弟子をとったのか？　団員ならともかく珍しいこともあるものだな」

アディやキッドがエルネスティの直弟子であったことは知っている。それゆえに彼らはエルに次ぐ実力者に育った。

しかし銀鳳騎士団が結成された後は弟子と呼べる者はいなかったはずである。その代わりにエルは騎士団長として、騎士団の全体を対象に訓練をおこなってきた。

疑問とともに見上げると、アディを乗せたまま巨人兵器がそばまでやってきて座り込む。

兜の隙間からのぞく数多くの眼。言いようのない違和感が募る。この期に及んでもいまだ騎操士が現れる気配はない。代わりになぜか、巨人兵器は自らの兜をつかんで取り外した。

『ソレ』を目にした瞬間、エムリスが目を見開きキッドが腰を浮かせた。ホーガラが警戒の構えを取りエージロはよくわかっていなかった。

――巨大な鋼の兜(かぶと)の下から現れたもの、それは幻晶騎士(シルエットナイト)並みに大きな『人の顔』だった。

人の手によって作られたものでないことはすぐさま理解できる。頬(ほお)の肉を動かし瞳を巡らせ口を動かす、生の肉でできた幻晶騎士などありえないからだ。

さらに特徴的であるのは、ソレの顔には4つの瞳が備わっていたことである。明らかに、人が生み出しうる理(ことわり)の外にある形だ。まさかと思いもう1体を見れば、同様に兜を脱いでいた。現れたのは活発そうな少年の貌(かお)。ただし巨大で、瞳が3つもある。

巨人たちの瞳がぐるりと動き、場にいる者たちを一瞥(いちべつ)した。

「馬鹿な！　銀の長！　これは……こいつらはなんだ！　決闘級に比肩する人間だと!?」

「魔獣……！　なのか？　でもアディが！」

巨人の肩に座ったアディは二人のあわてようを見てケラケラと笑っていた。ひとまず悪戯(いたずら)は成功といったところか。

「んーと、こっちが私の双子の兄のキッドで、こっちが先王陛下の孫のエムリス殿下よ。パールちゃん、ナブ君。ご挨拶しましょうー！」

「うむ。初めて眼に入る、我はカエルレウス氏族に連なる四眼位の小魔導師(パールヴァ・マーガ・デ・クォートスオキュリス)。百眼神(アルゴス)の眼に代わり、いまだ見ぬ景色を求める路の途中にある」

「俺はナブ。勇者(フォルティッシモス)となるにはいまだ遠くより見るが……小魔導師(パールヴァ・マーガ)の身を守るためにある」

　ぽかんと、エムリスとキッドは口を開いたまま固まり。すぐに正気を取り戻すと、先ほどにも増してあわて始めた。

「なんだって⁉　喋(しゃべ)った、喋ったぁぁぁ⁉」

「おい銀の長、一体このようなものをどこから連れてきたんだ⁉」

「ボキューズ大森海の奥で出会いました」

「はぁッ！？！？！？！？」

　エルの説明が混乱にさらなる拍車をかけている間、その横をすり抜けて小さな人影が飛び立った。

　ホーガラが止める暇もあらばこそ。エージロはばさりと翼を動かすと小魔導師の目の前へ進み出る。ナブがピクリと反応したが、小魔導師の瞳のひとつと目を合わせて動きを止めた。

　エージロは瞳をいっぱいに見開いて、巨人の少女の姿を隅々まで眺め回して。

「うわあああ！　でっかい地の趾(ちし)！　これもう地の趾じゃないよね。なんだろ、なんだろー？」

「む。我らが名は巨人族(アストラガリ)。百眼神の祝福を賜いし森の民だ。翼ある空の民よ、名は？」

「あたしはねー、エージロ！　あすとら？　えー、えー、えーと、じゃあでっかい人！」

「……見間違いともいえないか。お前たちからすればでっかかろう」

「俺たちの号はしっかりと見定めてほしいんだけどな」

「あははは！　でっかいでっかいでっかい面白ーい！　人なんだ!!」

ぱたぱたと嬉しそうに翼をはためかせてエージロが飛び回る。しかし小魔導師（パールヴァ・マーガ）の眼の前を忙しなく動くものだから、彼女は思わず眉根を寄せていた。どれだけ好意的な相手であっても眼の前をちらちら飛び回られてはたまらない。四眼位（クォートスオキュリス）ともなれば眼が多いのだからなおさら難儀である。たまらず口を開く。

「翼ある空の民よ。お前の喜びはわかったから、ちょっと落ち着くのだ」

「あははは！　ねーねー、あたし鷲頭獣（ワトー）連れてくるから！　一緒にお出かけしよう！ね？」

結果は火に油を注ぎ込むことにしかならず。とっても困惑した様子の小魔導師から助けを求める視線を送られて、ナブは困っていたしアディはなぜかほくほくとしていた。

「……はぁ。まったく、焦（あせ）っている俺たちが馬鹿みたいではないか。しかし決闘級の巨人たちか。恐ろしいものを見つけ出してきたな、エルネスティ。それとボキューズ大森海だと？　その話は後でゆっくりと聞かせろよ」

「若旦那がやんちゃを抑えていただけるというのならば、いくらでもお話しするのですが」

「このちっちゃ卑怯者め……」

そうこうしている間にもエージロはついに小魔導師の手にへばりついて、何が面白いのか巨大な指の間をするするとぐり抜けることに夢中になっていた。ホーガラはすでにエージロを止めることを完全にあきらめ、小魔導師は元気のよすぎる小鳥を相手にひたすら困惑していた。

「本当にエルはとんでもないことをしでかしっぱなしだな。俺たちが空飛ぶ大地に来たことなんて、なんでもないことのように思えるぜ」

「だって私のエル君だし！　キッドじゃあまだまだねー」

「そこを追いつきたいかっていうと微妙なんだよな」

そこでふと、キッドは引っかかりを覚えて顔を上げた。

「どしたの？」

「いや。結婚したってのにさ、呼び方は『エル君』のままなんだなと思って」

アディはしばし目をぱちくりと瞬いていたが、やがてゆっくりとうなずく。

「そういえばそうだけど……やっぱエル君はエル君だし？」

「まー、いいんじゃねぇの」

キッドは目を伏せる。二人してエルネスティの後を追っていたはずが、いつの間にやら随分と違った形にたどり着いてしまった。別の道を歩みだした者、ずっと隣にいることを選んだ者。時が流れ続けるのならば、そんな形も悪くない。

「改めてだけど。アディ、おめでとう」

「えへへーありがとう！　さぁ次はキッドの番ね！」

その瞬間、和やかな空気はオービニエ山地の向こうまで吹っ飛んでいった。キッドが一気に顔をしかめる。

「それはおいおい……機会があれば……もしかしたら……念のため考えておく」

「ちょっとー。そんなだからヘレナちゃんに指名手配されるのよー」

「人聞きの悪いこと言うな!?」

まだまだキッドが追いつくことはなさそうだった。いろいろな意味で。


「しかしこの顔ぶれはどういうことだ」

エムリスは周囲を見回してあきれたようにつぶやいた。頬(ほお)が引きつっているのを隠しきれていない。無理もない、今この場所にはハルピュイアに巨人族(アストラガリ)がおり、人間たちだって数か国の混成なのである。まず間違いなく人類史上類を見ないほど混沌とした集団ができあがりつつあった。

「銀の長。本当にこのままパーヴェルツィークとやり合うつもりか？　というかできるのか？」

「簡単とは言いがたいですが無理でもありません。そうですね、まずは一手……ノーラさん」

「はい」

名を呼ばれた瞬間、ノーラがどこからともなく姿を現す。

「『銀の鯨二世号』と人員をお貸しします。この地の物語を詳らかに」

「承知いたしました。我ら藍鷹騎士団にお任せください」

一礼を残し、直後に彼女の姿がかき消えた。藍鷹騎士団が史上最速の新鋭飛空船と共に放たれる。情報の収集は彼女たちに任せておけば問題ないだろう。

「さて、まだご挨拶のできていない方々がいらっしゃいますね。さっそく向かいましょう」

そうして彼は遠巻きに見守るハルピュイアとシュメフリーク軍のもとへと歩き出す。

◆

ばさり、ばさり。騒がしい羽音とともにハルピュイアが地に降り立った。

翼を持ち空を舞うことのできる彼らであるが、普段は2本の足をもって地上または樹上で過ごしている。特に最近は大勢の地の趾が木々の間で暮らしていることもあって、地上まで降りる機会は増えつつあった。

1羽、また1羽。集まったハルピュイアたちの表情には強い緊張がある。ひときわ力強い羽ばたきを残すのは彼らの騎獣である鷲頭獣（グリフォン）だ。上空を横切っては甲高い鳴き声を残してゆく。

そんな落ち着かないハルピュイアたちを背に、群れをまとめる風切（カザキリ）のスオージロは人間たちと向かい合っていた。

「この巣も賑やかになったことだ」

「ええ……しかしさすがにこれは」

対する地の趾――人間たちの群れのひとつ、シュメフリーク王国軍の取りまとめであるグラシアノ・リエスゴは緊張を超えて小さく震えていた。彼に続くシュメフリークの騎士たちも似たり寄ったりである。鍛え上げた精神力をもってギリギリのところで耐えているような状態だ。

ズン、と重量のある足音が振動とともに伝わってきた。びくっと騎士たちの肩が跳ねる。これが人造の巨人――巨大騎士、幻晶騎士（シルエットナイト）の足音であればどれほどよかったことか。

現れる2体の巨人――見上げればそこに『貌（かお）』があった。そこだけ見れば年若い少年少女に見えなくもない。ただし3つや4つの瞳を持ち、幻晶騎士並みの身長があるとなれば話は大きく変わってくる。巨大で異形。この場にいるあらゆる存在にとってそれらは異物であった。

畏怖の視線が集まる中で、巨人族(アストラガリ)の一人である小魔導師(パールヴァ・マーガ)が口を開く。ナブは彼女の後ろに控え、人間たちの顔を眺めまわしていた。

「初めて眼に入る。翼ある空の民の長よ、そして異なる国の戦士たちよ」

「……ほう」

「しゃ、喋(しゃべ)るのか!? 本当に、巨大な人だと……」

彼女が語りかけたときにシュメフリーク軍が幻晶騎士(シルエットナイト)を動かさなかったのは、ひとえに巨人の足元に立つ人物が目に入ったからである。

「ははは、驚いただろう! 俺もついさっき会ったばかりなんだがな、なんでも国許(くにもと)に来た客人たちらしい。随分(ずいぶん)と巨大だが氏族を代表する立場にいるらしくてな。つまり俺たちと同じだな! ははは!」

とまぁ、エムリスは終始笑っているのである。そんな説明だけで納得しろというのか、グラシアノは思わず叫びかけてぐっと呑み込んだ。

「ふむ。これは三頭鷲獣(セプルグリフォン)を呼ぶべきか」

そんな狼狽(ろうばい)著しい彼をよそに、スオージロは果たして表情筋が備わっているのか疑わしいほどの無反応でいる。

グラシアノは部隊指揮官であると同時に、シュメフリーク王国という国を代表する役目を負っている。醜態をさらすわけにもいかず精神力の限りを振り絞っていた。

「なぜ……ここに？」

「しばらくご厄介になるので、ご挨拶に来ました！」

どこからか妙に可愛らしい声音の説明が飛んできたが、何ひとつとして説明になっていない。幻晶騎士に肩を並べるような巨人と普通に会話できているという事実だけで頭がおかしくなりそうな気分である。

そのとき、すっと視界に飛び込んでくる影があった。ばさりと翼を広げた姿、幼いハルピュイアのエージロである。彼女は周囲の都合などまったく考えず、小魔導師の周りをぐるぐる飛び回りながら話しかける。

「ねーねーでっかい人！　あたしのワトーを紹介するから、あっちの森に行こうよ!!」

「む？　う、うむ。わかったから眼の前を飛ぶのはやめてくれ……」

「歓迎しているのはわかるけど、これはな」

人々に衝撃を与えた巨人、小魔導師の困惑も、元気いっぱいの小鳥には毛ほども通じないのであった。さすがに振り払うわけにもいかず、４つの瞳が救いを求めて頼れる師匠を捜す。

「ふふふ、任せなさーい！　とぉうっ！」

「ひゃうっ!?」

声とともに影が駆けた。影は小魔導師の肩越しに飛ぶと、そのままますぽっと空中のエージロを捕まえる。あわてて小魔導師(パールヴァ・マーガ)が差し伸べた手の上にすたっと着地した。

腕の中で目を丸くしているエージロを、満面の笑みを浮かべたアディがのぞき込む。

「ダメだよー目の前を飛んじゃ。小魔導師(パール)ちゃんが目を回しちゃう」

「むー。そうなの？　ねぇ、君はキッドの妹だよね」

「うん、アデルトルートよ。アディって呼んでね」

エージロが首をかしげていると、アディの笑みが徐々に深まってゆく。

「ふふふ……ぱたぱたと動いて可愛いわね……」

とうとう髪をなで始めたアディに、エージロはもそもそと腕の中から抜け出して、すいっと空を横切る。そのままキッドの後ろに回り込むと背中にぴたりと隠れた。

兄のじとーっとした視線が、妹を射抜いた。

「アディ、反省」

「どういうことっ⁉」

じゃれ合いを無表情に眺めていたスオージロだったが、やがてゆっくりと小魔導師とナブを見上げる。

「巨大な者たちよ。我が雛(ひな)が苦労をかけたようだ」

「よい。……眼の前さえ飛ばなければ」

「眼はな……」

小魔導師が一気に疲れた様子で、溜息を漏(も)らしつつ座り込む。そうして見ると身長こそ違えど当たり前の娘のようだった。まさに大きさこそが異様なのはともかくとして。ナブは護衛の役を忘れておらず律儀に立ったままだ。

すると、より大きな羽音とともに巨大な影が落ちた。振り仰げば1匹の鷲頭獣(グリフォン)がまさに舞い降りんとしている。ワトーと名付けられた若い個体である。

小魔導師が不思議そうに見つめていると、ワトーは彼女に近寄り嘴(くちばし)を優しく押し当てた。

「このワトーはエージロの友だ」

「ほう。翼の民は獣を乗りこなすのだったな。……獣よ、お前の友は少々元気すぎるぞ？　共にあるのも大変であろう」

ワトーが小さく鳴いて首をかしげる。一方、噂の乗り手はキッドの背中に隠れたまま、絶賛大騒ぎの最中であった。

「むー、キッドが可愛い子を独り占めする。いいもん私には小魔導師(パール)ちゃんがいるし！」

「人聞きの悪いこと言うな!?」

そうしてどんどん混沌の度合いを増してゆく場を見回して、グラシアノは長い、とても長い溜息を漏らしたのだった。

「……我々は古くからハルピュイアとの付き合いを持ち、人より多く不思議に触れているつもりでしたが。まったく世界は広いことです」

「確かにそのとおりだ！　まぁどちらかというと、銀の長がやりすぎのような気がするが……おっとそうだ。こいつの紹介がまだだった」

巨人を見上げていたグラシアノの視線が導かれるまま一気に下がる。エムリスの笑みを通り過ぎてさらに下へ。そこには明らかに場違いな雰囲気の小さな子供がにこにこと微笑んでいた。

衝撃で飽和しきったグラシアノの思考にわずかな疑問符が浮かぶ。スオージロはもちろん首の角度以外、何も動いていない。そうして子供――エルネスティは朗らかな笑顔をわずかも崩すことなく、ダメ押しの一撃を放った。

「初めまして！　ハルピュイアの風切、シュメフリーク王国の方。僕はフレメヴィーラ王国王下直属、銀鳳騎士団団長エルネスティ・エチェバルリアと申します。このたびはエレオノーラ・ミランダ・クシェペルカ女王陛下より要請を受け、遠征中のエムリス殿下へと連絡するための使者として参りました！」

「……！！？？」

ここまでさんざんに積み上がったこの世の不思議が、一気に脳裏から吹っ飛んでゆく。

なんだその肩書きは！　――と、グラシアノは喉まで飛び出しかけた言葉を、精神力を総動員して食い止めた。危ういところであった。彼の背後で聞き耳を立てていたシュメフリーク軍兵士たちも一気に顔色を青ざめさせている。

思わずエルをまじまじと見つめる。グラシアノとて国許(くにもと)ではそれなりの役職を受ける身である。そんな彼が指揮に立っているのは、ひとえにシュメフリーク王国が空飛ぶ大地を重く見ているからに他ならない。

しかし聞こえてきた台詞が確かならば、およそ騎士という言葉とつながらないこの可愛らしい少年はその実、馬鹿げたほどの権力を持つとてつもない危険物ということになる。

さすがに特盛りすぎて疑わしくすらあるが、彼を紹介したエムリスは当然の様子で聞いていた。これまでの振る舞いや話しぶりからして嘘をついているようには思えない。いずれにせよ、グラシアノは騙(かた)りの可能性を捨てた。彼を緊張させる原因はクシェペルカ王国、なかでも女王の名前が出てきたことにある。

――クシェペルカ王国、それは大西域戦争(ウェスタン・グランドストーム)の覇者であり西方に名を轟(とどろ)かす大国である。

かつてのジャロウデク王国のように侵略的な気配はなく友好的に諸国と接しているが、その振る舞いは否応なく西方諸国(オクシデンツ)に大きな波紋を呼び起こす。シュメフリーク王国とは直接国境を接しているわけではないとはいえ、事は本国にまで影響を及ぼしかねない。そんな大国より正式に送り込まれた使者を無下(むげ)に扱うなど、あってはならぬことなのである。

「群れの先を飛ぶ。風切(カザキリ)の位置にあるスオージロだ」

彼の葛藤などどこ吹く風、ハルピュイアのスオージロは何ひとつ変わることなく。

グラシアノは溜息を噛(か)み殺した。今だけは人間たちの力関係とはまったく関係のないハルピュイア族が無性に羨(うらや)ましい。

「……私はシュメフリーク王国飛空船軍団長、グラシアノ・リエスゴです。我が国は古来より島に住む翼の民、ハルピュイア族と関わりを持っており、かかる窮地に手を差し伸べるべくやってまいりました」

精一杯取り繕ってみたが、彼は傍から見た自分が正常に振る舞えているか、今ひとつ自信が持てないでいた。すでに気になることは山積みになっているが、まず片付けておくべきことがある。座り込む巨人を見上げて。

「……エチェバルリア騎士団長殿。その、つかぬことをお伺いしますが。あの巨大な……人たちは一体？」

「彼女たちは客分です。現在は見聞を広めるべく諸国漫遊の途中にあり、僕たちが案内として同行しているのです」

「森の外はいまだ見ぬ景色に満ちている。さらに空の上にまで大地があろうとは。我の瞳を通じ、百眼神(アルゴス)もことのほか興味を示しておられよう」

「カエルレウスの森では見かけない獣が多くある。うん、戦い甲斐がありそうだ」

「二人とも、よかったですね」

「うむ！」

「ああ！」

聞きたいところはそこじゃないし和まれても、と喉まで出かかったもののなんとか呑み込んだ。状況がおかしすぎて突っ込み方にすら困るありさまだ。藪をつついて何が出るか、想像のつく者はいまい。

そう、世界は広い。翼を持ち空を飛ぶ者がいれば、幻晶騎士ほどに巨大なものがいても不思議ではないのかもしれない。グラシアノはなんだか妙に遠いところを眺めながら、そうやって自分を納得させていた。

そんなやり取りの間、背後にいるシュメフリーク軍の兵士たちは内心で彼を応援しまくっていた。この魑魅魍魎はびこる魔界で矢面に立ちたくない、その一心で。

ちょっとばかし世界の深遠さに埋没しそうになったところで、グラシアノはあわてて気を取り直す。

「エォッホン！　えー、いち早く空の大地を目指された、女王陛下のご慧眼に感服いたします。エムリス殿下には途中、苦境において多くのお力添えをいただきました」

「承知しています。しかしながら事は多くの国が絡み規模を増しており、このまま殿下のご裁量のみで進めるわけにもいかなくなってまいりました」

「それは……」

グラシアノの脳裏に警鐘が鳴り響く。エムリスとは協力体制を築けたが、果たしてこの小さな使者はどのように振る舞うのか。そのとき、それまで黙って成り行きを見ていたスオージロが口を開いた。

「あの『騎士』とはお前の群れの者か」

「はい、キッドから聞きました。彼は銀鳳騎士団の一員であり、僕の弟子であり友人です。あと本人は嫌がってますが義兄です」

「ではお前はどのように飛ぶ。空を求めるか、虹石を求めるか」

ざわりとスオージロの翼が蠢いた。彼だけではない、ハルピュイアたちもそろってエルを見つめている。敵意とまでは言わないが、強い意志のこもった視線だ。

グラシアノが息を呑む。静かな緊張に包まれる中、エルはなんでもないかのように微笑んだ。

「いろんなお話を聞きたいですね」

「む?」

「大地が空を飛んでいる、不思議なことです。どうしてなのか気になりますし、それに地上とは違うものがいっぱいありそうですね。ですから是非、ハルピュイアの皆様に話を聞いて回りたいです」

「おい銀の長、話が違うぞ。完全に遊びに来ているじゃないか」

「新婚旅行中ですから」

「お前、ちょっと自分の立場を思い出せ」

「若旦那にだけは言われたくないです」

だんだんと話が明後日の方向に向かいだす。まったくついていけないグラシアノが反応に迷っていると、再びスオージロが口を開いた。

「地の趾(ちし)よ、この空は誰のものでもない。あらゆるものが飛ぶことを妨げられず、また妨げるべきでもない。翼をもごうとするものに、我々は爪を向けるだろう」

「はい！　ところで、飛ぶのは翼ではなく推進器でもいいですか？」

「……なに？」

初めてスオージロの表情が揺らいだ。何を問いかけられているのか、怪訝(けげん)さが浮かび上がる。彼には意味の分からない問いかけもエルにとっては非常に重要であり。

「魔導噴流推進器(マギウスジェットスラスタ)というのですけれど、魔法を応用した推進器なのです。僕たちには翼がありませんし、幻晶騎士(シルエットナイト)はなおさら。ですので推進器の出力で飛んでいるのです。それでも大丈夫でしょうか？」

「……飛び方は自由だ」

「よかった。ではあちこち観光に行きましょう！　ついでに他国の方々ともお話できるといいですね」

「優先順位はそれでいいのか。銀の長」

「ダメでしょうか」

「うむ。構わん」

一体彼らはどこに向かおうとしているのか。昨日まではハルピュイアと空飛ぶ大地の行く末を憂いていたはずである。それが今日はピクニックの候補地を選んでいるかのようだ。落差のあまり、グラシアノの胸中にこれまでとはまったく別種の不安が生まれていた。

「これが大国の余裕というものなのでしょうか……」

この場にグスターボがいれば腹を抱えて大笑いしたかもしれない。彼の望むとおりに、空飛ぶ大地の混沌は深まってゆくのだから――。

第八十七話　禁じられた大地

広げられた帆翼（ウイングセイル）が空を遮（さえぎ）り、地上に影を落とす。パーヴェルツィーク王国が築いた拠点の上空に、飛竜級戦艦二番艦『リンドヴルム』は静かに佇（たたず）んでいた。

「はぁ～やんなっちまうねぇ、まさか飛空船（レビテートシップ）を相手に取り逃すなんて。なんだよあの速度、馬鹿じゃねぇのかって。いや船に剣ついてるって間違いなくアイツだろ、あの剣馬鹿。つまり馬鹿じゃねぇか……」

リンドヴルムを見上げて、男が一人愚痴りに愚痴っていた。それなりに高い身分を表す仕立てのよい上着を無頓着に引っかけている、彼の名はオラシオ・コジャーソ。飛空船の生みの親であり、今はパーヴェルツィーク王国に身を寄せている。

敵の飛空船を取り逃したという失態は彼の耳にも入っている。というより竜騎士長グスタフから嫌味とともに対策を命じられたところであった。

「二番艦は一番艦とは使い方が違うんだってのに。ちゃんと聞いてるのかねあの竜騎士長サマは」

手に持つ紙束をぱらぱらとめくり、目当ての資料を探し出す。

「とりあえず竜頭騎士は動くようにしたから、後は騎操士(ナイトランナー)サマに任せるかねぇ。はぁ、やることが山積みだ」

部下に指示を投げつけ、彼はとぼとぼと作業に向かうのだった。

そのころ、拠点の中心にある砦(とりで)では。

来客向けに設えられた部屋で待つ王女フリーデグント・アライダ・パーヴェルツィークのもとへと、兵士が一報を携えてやってきた。

「失礼します、殿下。例の代表者が来ております」

「ようやくか。すぐに通せ」

王女は待ちかねたとばかりに客を招き入れる。騎士たちに案内されて現れたのは、1羽のハルピュイアであった。体格に恵まれた精悍(せいかん)な印象の男だ。そして種族の特徴でもある背に伸びる長い髪が目を引く。

人間たちに囲まれていながら彼は臆することなく進み、部屋の真ん中で仁王立ちに止まった。

案内してきた騎士たちが戸惑いを浮かべた。ハルピュイアの男は立ち尽くし、人間たちの中心にいる王女をじっとにらみつけている。

「俺は風切(カザキリ)の位置につく、モルメーだ」

「パーヴェルツィーク国王が第一王女、フリーデグントだ。ようこそ翼ある民、歓迎しよう」

フリーデグントはにこやかに応じた。ハルピュイアに人間の序列はわからないし、礼儀も異なる。細かい作法にこだわるつもりはない。大事なのは言葉を交わすことだ。

「お前が空にある石の竜の主か？」

「ふうむ？　正しくは飛竜戦艦（ヴィーヴィル）、またはリンドヴルムという。どうかな、大空にふさわしい見事な姿だろう？」

「風が囁（ささや）いていた。我らが村を攻め、焼いた侵略者。あれらを討ち滅ぼしたのが石の竜であると。次は石の竜の力をもって火を放つか？」

周囲の騎士たちがじんわりと緊張を高めてゆく。礼儀作法が異なるとしても、モルメーの態度は話し合いのそれではない。これだけの人数を相手に一人で暴れるなど自殺行為であり、まさかという思いもある。同時にハルピュイアという異種族が相手であるため、考えを計れないでいた。

漂い始めた殺気の中心で、ハルピュイアが態度を変えることはなく。対する王女はさも悲しそうに顔を伏せた。

「かのイレブンフラッグスがハルピュイアに狼藉（ろうぜき）を働いたことには、我々も大変に心を痛めている。かような振る舞いは恥ずべきことであるが、不心得者はどこにでもいるものだ。ゆえに我が竜の炎で掃（はら）い去った」

「…………」

モルメーは表情を変えないまま彼女を見つめていた。

「だが勘違いしないでほしい。我々はそのような野蛮なやり方を嫌っている。諸君らと共にありたいと願っているのだ。時に、ハルピュイアたちは森の木々に住処を作ると聞いたが？」

「……そのとおりだ」

「つまり君たちの足元には誰のものでもない地面が広がっている。木々は君たちに、大地は我々に。分かち合うことができるのではないかな」

モルメーはしばらく黙り込んだ。意図する中心は何かを考えるが、そう簡単には見えてこない。

「それだけならば好きに歩けばよいこと。森を焼く必要などないはずだ」

「そうだな。そもそもを言えば我々が求めるのはこれの在りかなのだ……こちらに」

王女が合図を送ると、控えていた侍従が静かに進み出て厳重に封じられた箱を差し出した。丁重な手つきで開き、中に収められている虹色の光を放つ鉱石を確かめる。

「我々はこれを源素晶石（エーテライト）と呼んでいる。どうやら空飛ぶ大地のあちこちに転がっているらしいと聞く」

「虹石だな。確かに見かけることはある」

「ほほう、素晴らしい。どうやら君たちにとっては価値がない石ころのようだな？　そこでだ、特に多く集まっている場所があれば教えてくれないか。もちろん対価を用意しよう。そうだな、新たに村を作るのはどうだ？　地面には人間も暮らすかもしれないがそれだけだ。諸君らはこれまでどおりに暮らすことができる」

　モルメーが眉根を寄せた。素早く周囲に視線を走らせる。彼我の戦力差、巣を失った同胞たち、得るものと失うもの。さまざまな思いが脳裏をよぎった。

　やがて彼は決意し、その言葉を口にする。

「……『禁じの地』と呼ばれる場所がある」

「その言葉は正しいのか？　また随分大仰な呼び名だ」

「かの地には、我々の知る限り最大の虹石がある。この石の竜ですら比べ物にならぬほど大きい、といえば伝わろうか」

「！　……ほほう。それが本当ならば、凄まじいばかりだが」

　それまでは余裕を崩さなかった王女ですら、飛び出てきた言葉に衝撃を隠しきれないでいた。身を乗り出さないように苦労しながら続きを促す。

「かの地に近づくハルピュイアは、誰もが奇怪な恐れを抱いて翼を止める。何者も近づけない……ゆえに禁じの地だ」

「どういうことなのだ、それは？」

「誰にもわからぬ。何しろ近寄れぬのでな。だがお前たちの求めには応じたはずだ」

フリーデグントは考える。多くの疑問を残す言葉だ。だが本当にそれだけの源素晶石（エーテライト）があるのならば確保は必須である。間違っても他国に先んじられるわけにはいかない。決断の時だった。

「いいだろう。後は我々がこの目で確かめる」

「風はそろった。そう考えてよいのだな」

「ああ、約束は結ばれた。すでに焼かれた森はいかんともしがたいが、これ以上君たちの住処が脅かされることのなきよう、我々の飛竜が護（まも）りを与えよう……」

かくしてパーヴェルツィーク王国の王女とハルピュイアの風切（カザキリ）は、不敵に微笑み合ったのだった。

◆

「王女殿下より我ら天空騎士団（ルフトリッターオルデン）に命が下された。『禁じの地』に赴き、これを調査せよと」

「はっ。私にお命じになるということは、右近衛（リヒティゲライエンフォルゲ）をもってあたると？」

竜騎士長グスタフ・バルテルの言葉を聞いて、右近衛長『イグナーツ・アウエンミュラー』は胸中の自信を隠しもせずに尋ねた。

「そのとおりだ。実を言うと、最初は殿下が飛竜でもって向かわれようとしてな……」

「まずご自身が動かれるのは殿下の美点かとは思いますが、それでは我ら騎士の立つ瀬がありませんね」

「左様、さすがにお諫(いさ)めした。よって飛竜は動かせぬ」

「問題ありません。我らと『輝ける勝利号(グランツェンダージーク)』にお任せを」

近衛隊とは王女フリーデグント直属の部隊を指し、左・右近衛の2部隊を合わせて天空騎士団を構成している。イグナーツはそのうち右近衛を率いる騎士団長にあたる人物だ。天空騎士団竜騎士長であるグスタフが右腕と目す青年である。

満足げだったグスタフがふと表情を引き締めた。

「……イグナーツ。お前たちに頼むのは、これがただの偵察ではないからだ」

「禁じの地とは羽付き(ハルピュイア)たちから伝えられた話と聞き及んでいます。つまり我らを嵌(は)めようとしていると？」

「そこまで直接的な意味はないかもしれん。だがやつらの言いようもあまりよい意味には取れなかったからな」

「承知しました。その正体、しかと見極めてまいります」

不敵な笑みを残し、イグナーツは出撃の途についた。

パーヴェルツィーク軍の拠点から1隻の飛空船（レビテートシップ）が出航する。

船首から突き出た長大な槍状の構造物が特徴的な、その船の名は『輝ける勝利号（グランツェンダージーク）』。右近衛の旗艦にしてパーヴェルツィーク軍にその名を知られる武闘艦である。

起風装置（ブローエンジン）により吹きつける風に帆を膨らませ、『輝ける勝利号』は一路『禁じの地』を目指す。

空飛ぶ大地は広大だ。パーヴェルツィーク王国とて全体を知っているわけではなく、いかなる障害があるとも知れない。十分に警戒しながらの航行は、予想に反して大した障害とも遭遇しなかった。

「拍子抜けとは言うまいが。それにしても遠いことだな」

「空飛ぶ大地が広いほど、鉱脈も数多くあるということです。喜ばしいことではありませんか」

船長席に着いたイグナーツのぼやきに、副官が肩をすくめて返す。

「いかなる障害が行く手を阻（はば）むかと楽しみにしていたのだけどね、こうも平穏では退屈なのも仕方がないさ。さて、そろそろ目的地も近いはずだが」

「あの山を越えたあたりですね」

「よし、一息に越えるぞ。高度を上げる、船内に通達せよ」

「はっ！　伝令！　山上まで高度を上げる、周囲のエーテルが濃くなってくるぞ。各自防護服を身に着け船体の異常に気を配れ！」

　船橋に詰めた船員たちが復唱し、伝声管へと命令を伝えてゆく。高純度エーテルを流し込まれた源素浮揚器（エーテリックレビテータ）が浮揚力場（レビテートフィールド）を強め、船体をさらに浮かび上がらせる。空飛ぶ大地に突き出た山々を越え、『輝ける勝利号』はさらなる高みへと昇っていった。

「船員、船体各部ともに問題ありません」

「よろしい、さすがは右近衛だ。あとは羽付きがでたらめを言っていないことを祈るばかりだね」

　山肌を流れる雲が垂れ込める中、『輝ける勝利号』は薄灰色の空に突入する。視界はひどく悪い。十分に訓練を積んだ船員たちにとっても緊張は免れない。船は速度を落とし慎重に進んでいった。

　やがて雲が途切れる。そうして開けた視界の先、彼らは真実と出会った。

「あれは一体……何なんだ？」

　イグナーツは訝（いぶか）しむ。船の進路上には切り立った『何か』がある。山にしては奇妙な形状で、まるで柱のように突き出ているのだ。ハルピュイアたちが示した情報からすると、どうやらこの突き出た物体こそが目的地であるらしい。

「岩か……？　いいや、違う……！　あれは、まさか」

すぐには理解できなかった。残る雲に霞(かす)んでいたこともある。しかし風が覆いを流し去ったとき、彼らはようやく突き出た物体の正体に気づいた。

「あ、ありえるのか!?　あれがすべて、『源素晶石(エーテライト)』だとでも!?」

空飛ぶ大地のほぼ中央、山脈に囲まれた盆地のような場所に『ソレ』はあった。まるで棘(とげ)のように三角錐(すい)が天へと伸びており、うっすらとした虹の光を常にまとっている。

「か、閣下……。あれは」

「わかっている。飛竜戦艦(リンドヴルム)どころの話ではない。あれほどに巨大な源素晶石塊など今まで見たことがないぞ！」

彼らが狼狽(ろうばい)するのも無理はない。船のある場所から源素晶石までの距離にて大きさを推定すると、太さだけで飛空船(レビテートシップ)の全幅などはるかに超え、高さに至っては飛竜戦艦の数倍にも及んでいる。史上空前の規模を持つ源素晶石塊が、彼らの目前にあった。

実に長い間絶句していた騎士たちだったが、やがて言葉を取り戻した。

「まったくもってたまげましたな……いくら羽付きにとって意味がないものとはいえ。これだけの源素晶石があれば、どれほどの船を生み出せましょうか」

「あきれるよ。船では数えられん。一国が軽く百年、いやそれどころではないほど動くだろうな」

「しかも地上に出ているだけでこれです。地下にはどれほど埋まっていることか……」

驚きを通り越してあきれを感じる。イグナーツは人目をはばからず笑い声を上げた。人間、あまりにも規模が大きなものを前にすると馬鹿馬鹿しさが先に立つものらしい。

「ははは……！　禁じの地だと？　本当にとてつもない秘密を抱えていたものだよ！」

「まさしく最高の宝でございますな。お知らせすれば、殿下もことのほかお喜びになるでしょう」

「そうだ。しかもこの地にはハルピュイアが近寄らないのだろう？　願ってもない、ここは我らパーヴェルツィークの所領となるべき地だ！」

「まさか他国には渡せませんね」

『輝ける勝利号（グランツェンダージーク）』は動き出し、ゆっくりと超巨大源素晶石塊の周りを確かめながら飛ぶ。塊（かたまり）は山地に囲まれた、すり鉢状の地形の中央から突き出した形で存在している。周囲には雲がたなびき、地には木々が生い茂っていた。

そのとき、伝声管の向こうから緊迫した声が届く。

「監視より報告！　地上から何か上がってくると！」

「ふふ。当然、何事もなきはずもなしか。さぁ竜騎士たちよ、我らの戦場だ。伝令、総員に出撃準備！」

「応！」

伝令が走り、臨戦態勢にあった竜騎士たちはすぐさま動き出していた。船が腹を開き、中から次々に竜が飛び出してゆく。船から離れた竜闘騎(ドラッヒェンカバレリ)が翼を広げて羽ばたいた。

素早く空中に陣形を描く飛竜を見送り、イグナーツは遠望鏡を伸ばしてのぞき込む。木々の周囲にわだかまる雲が不自然にかき乱されている。その中にぼんやりと巨大な獣の影が確かめられた。

「あれは羽付きたちの乗る魔獣というものでは？　やはりやつら、我らにたてつくつもりでしょうか」

「決めるには早い、やつらも一枚岩ではないのかもしれないしね。それに羽付きだとしても……我らの『友人』ではないのならば、遠慮する必要などない」

イグナーツは獰猛(どうもう)な笑みを浮かべる。そこにはいかなる障害をも叩き潰してみせるという、右近衛を率いる者としての矜持(きょうじ)が見てとれた。

そのころ、陣形を描いて進む竜闘騎が上がってくる魔獣たちと遭遇しようとしていた。

「魔獣というものか。羽付きめ、待ち伏せか？　……いや、様子がおかしいな」

距離が近づき魔獣の姿がはっきりしてくるにつれ、騎操士(ナイトランナー)が表情を歪(ゆが)めてゆく。

彼らも知識としては知っていた。ハルピュイアが騎獣として用いる獣は鷲頭獣(グリフォン)といい、獣としての猛々しさの中にも知性ある風格と優美さを備えていると。

だが今向かってきている獣はその対極ともいえるもの。鷲頭獣とは異なり、その姿を表すならば醜悪の一言に尽きる。

それは四つ足の獣としての姿と、一対の翼を備えていた。鷲頭獣と比べて一回り以上は大きな体躯（たいく）を持ち、全体がごわついた体毛に覆われている。奇怪なのが頭部だ。それは3つの首を備えている——それだけならば三頭鷲獣（セブルグリフォン）も同じだ——が、すべて形状が違うのである。

ひとつは獅子に似てうねるような鬣（たてがみ）を持っている。ひとつは山羊（やぎ）に似てねじくれた角を持っている。残るひとつは鷲（わし）に似て歪（いびつ）な嘴（くちばし）が突き出している。

およそこの世にある魔獣の中でも抜きん出て奇怪な姿を備える、未知なる獣——名を『混成獣（キュマイラ）』といった。

「なんだあれは……あのような獣がこの世にいるのか」

「わからんが、言葉も持たぬ獣に容赦は無用。一気に蹴散らすぞ！」

奇怪さに言葉を失ったのも束の間、竜騎士たちはすぐに戦意を取り戻していた。応じるように竜闘騎が魔導噴流推進器（マギウスジェットスラスタ）の出力を上げる。

加速して一気に接近すると、魔導兵装（シルエットアームズ）を魔獣の群れへと叩き込む。混成獣はまったく避ける様子もなく撃たれるがまま爆発に包まれ、空中に炎が渦巻いた。

「ふん、見かけ倒しか。あっけないものだ、竜闘騎の敵ではない」

「所詮は獣だ……いや待て、墜ちた様子がないぞ」

周囲を飛び戦果を確認しようとしていた竜騎士たちが異常に気づく。

魔獣を直撃した炎はいまだ空中にわだかまったまま、死骸が落ちてゆく様子はない。勝利を確信していた彼らのもとに緊張が戻ってくる。

次の瞬間、炎を蹴散らし混成獣が躍り出た。法撃を受けたことによる被害は毛が焦げた程度だろうか、恐るべき耐久力だ。3つの頭部がそれぞれ勝手に吼えまったく衰えぬ戦意を露わにする。

「法撃を食らえば飛空船だって無事では済まないのだぞ!?」

魔獣たちは怯むことなく前進を再開する。力強く羽ばたきまっすぐに竜闘騎へと向かっていった。対する竜闘騎は再び法撃を放ち迎え撃つ。

幾たびも炎の華が咲き乱れ——だが魔獣たちの動きに衰えは見えない。

「突っ込んでくるばかり！　こいつら知能ってものがないのか!?」

「しかししぶとい……いつになったら墜ちるんだ！」

不気味さは尽きることがない。だが竜騎士たちは自らの優位を確信していた。混成獣の速度では竜闘騎に追いつくことはない。どれほどの耐久力があろうとやがて限界が来るだろう——。

だが魔獣というものは凶暴であり、残忍であり、そして狡猾だった。

混成獣の3つの頭のうち鷲の頭が嘴を開く。しわがれたような奇怪な鳴き声が響き、魔法現象が発動した。大気操作の魔法が凶暴に吹き荒れ、魔獣の巨体を一気に加速させる。持続時間はさほどでもない、だがわずかな距離を詰めるのには十分だった。

「馬鹿な!?」

残る口が一斉に開く。耳障りな音とともに魔法現象が巻き起こった。

獅子の口から長く伸びる炎が、山羊の角から轟く雷鳴がそれぞれほとばしる。圧倒的な破壊の嵐。たとえ盾を構えた幻晶騎士であっても耐えられはしないだろう、それが空を舞う竜闘騎であればなおさら。

1騎の竜闘騎が爆炎に包まれる。魔獣の牙は彼らが抱く幻想を吹き飛ばすのに十分だった。

「この……獣風情が!!」

竜闘騎が激しい加速とともに肉薄する。竜脚を伸ばし、爪の代わりに取り付けられた鋭い刃を構えた。格闘戦の間合いだ。混成獣もまた爪を振るうが、速度で勝る竜闘騎を捉えられない。幾筋もの剣閃が魔獣を切り裂くもののやはり致命傷には至らず。無尽蔵にも思えるほどの生命力だった。

「しぶとい！　いい加減に……！」

業を煮やした竜騎士はついに生物最大の急所、首元に狙いを定め。

振るわれた一閃（いっせん）は魔獣の牙によって受け止められた。獅子の貌（かお）が強靭（きょうじん）なあごで刃を噛（か）み止め、竜闘騎（ドラッヒェンカバレリ）の動きを封じる。そのまま圧倒的な膂力（りょりょく）でもって首を振り、飛竜をぶん回した。

さらに山羊（やぎ）の貌が大口を開けた。口腔に構成される魔法術式。魔力は現象へと転じ、角から雷撃がほとばしる。竜闘騎の翼が、脚が弾け飛ぶ。翼を失った飛竜がもがくように蠢（うごめ）きながら大地へと落ちていった。

竜騎士たちは奮戦した。何度も法撃で魔獣を打ち据え、竜脚をもって切り裂いた。いかに頑強な混成獣（キュマイラ）とて不死身ではない。1匹、また1匹と討ち取られてゆくが、それでも獣が怯（ひる）むことはなかった。

自身がどれほど傷つこうとも混成獣は暴れることをやめない。命尽きる瞬間まで魔法を放ち爪を振るい、目につくものすべてを破壊するという狂気に取り憑（つ）かれている。そこに理性は介在せず、ただただ純粋な暴力だけがあった。

竜騎士たちの背筋を冷たいものが走る。戦いはどちらかが絶えるまで続くだろう、と。

飛空船（レビテートシップ）から戦況を見ていたイグナーツが表情を険しくする。

「これが羽付きたちの怯（おび）える理由か。確かに一筋縄ではいかなさそうだが、我が国の百年のために退いてもらうぞ」

船長席から立ち上がる。察した副官がすぐに伝令を飛ばした。

「近衛長が出撃される！　竜頭騎士を準備せよ！」

「この場は任せたぞ」

「承知いたしました。ご武運を」

船橋を出たイグナーツはそのまま船倉を抜け、船首へと向かった。通常の飛空船ならば船首像（フィギュアヘッド）へと通じるだろう道。しかし『輝ける勝利号（グランツェンダージーク）』は異なっている。操縦席へと乗り込んだイグナーツが伝声管を開いた。

「位置についた。始めてくれ」

後方の通路が閉じる。直後、船首像の周囲がにわかに動き出した。折り畳まれていた帆翼（ウイングセイル）が左右に開く。装甲が開き、内部に収納されていた巨大な竜脚が現れる。竜脚は爪を開くと、船体から突き出した槍状構造をつかんだ。

「固定解除、噴射防御板（スラストディフレクター）閉じます！」

「発進台（カタパルト）上げ、準備よし！」

飛空船本体との接続が外れ、船首像とその周囲が固定器ごと前進する。

「近衛長、いつでも」

「よし。切り離し後、本船は安全圏まで退避せよ。では参る！」

イグナーツは一息に鐙を踏み込んだ。魔導噴流推進器から激しく噴き出した炎が飛空船の防御板を炙る。次の瞬間、発進台の固定が外れ船首像は爆発的な加速度をもって空へと飛び出していった。

突き出た長大な槍、巨大な竜脚に広がった翼と翼竜を思い起こさせる形だ。これこそ右近衛長機、竜頭騎士『シュベールトリヒツ』である。

「魔獣とやらめ、これ以上の狼藉は私が許さない！」

シュベールトリヒツは竜闘騎の倍の全幅がある大型機である。さらに内部には魔力転換炉を2基搭載しており、増大した出力による圧倒的な加速性能を誇る。

轟と噴射音を響かせ、槍を構えた竜が飛翔した。

混成獣の1匹に狙いを定め、一気に距離を詰める。恐るべき速度で突き出された槍が強靭な魔獣を正確に捉えた。獅子の貌が吼え、開いた口に槍が突き刺さる。暴力的な勢いは魔獣の頑強さなど歯牙にもかけず一息の間に貫いた。首と身体が引きちぎられ、残った首が悲鳴を上げながら落下してゆく。

「お前たちには我らの勝利になってもらうよ」

行きがけに混成獣を蹴散らしたイグナーツの姿に、竜騎士たちが勢いを取り戻す。

「おお！　さすがは近衛長！」

「後に続け！　一槍となって敵を穿つぞ！」

竜闘騎がシュベールトリヒツの後ろにつく。美しい楔形陣形を描いた竜騎士たちは猛然と魔獣の群れに斬り込んでいった。

圧倒的な突撃能力を有するシュベールトリヒツが加わったことで、竜騎士たちは目に見えて勢いを増していた。魔獣の群れを翻弄し、着実に傷を負わせてゆく。そうして勝利は竜騎士たちのものになるかと思われた――。

――それは突如として起こった。

戦いの場に咆哮が満ちる。空間そのものを震わせるかのようなうなりが、その場にいるあらゆるものへと襲いかかった。

「くっ……なんだ、これは!?　まだ魔獣がいるのか！」

「どうなっているんだ!?　耳を、覆っても……!!」

咆哮というにはあまりにも奇怪に過ぎる。ただ音として広がるだけではない、耳を覆ったところで止まらずに伝わってくる。それは頭痛ともまた異なり、例えるならば頭の中に無理やり何かをねじ込まれるような不快感を伴っていた。

「上がってくるぞ！」

苦しみの中にあった竜騎士たちは、見た。高まる不快感とともに強烈な気配を放つ何ものかが現れようとしている。

木々の間から突き出すように翼が現れる。続いて持ち上がる巨大な首。岩石じみた甲殻に覆われた先端部が開き、乱杭歯を露わとする。再び咆哮が広がり、竜騎士たちはさらなる苦痛に苛まれた。

「くうっ……はは！　なるほど、あれしきではたやすいと思っていたところだが、親玉がいたということか……！」

イグナーツは歯を食いしばりながら不敵な笑みを浮かべた。どれほどの困難を前にしても、その闘志が損なわれることはない。

その間に巨大な翼を羽ばたかせ、ソレは空へと上がってきた。周囲の景色を歪めるほどの猛烈な気流。圧倒的な巨体が魔法現象によって空に支えられている。

飛び立ったことで全身がはっきりと見える。甲殻が折り重なった異様な頭部。金属質の光沢を帯びた眼が多数見える。長く伸びた首の根元にはずんぐりとした胴体があり。突き出た甲殻からは薄い羽を広げ、それとは別に短く不格好な腕があった。

竜騎士たちは言葉を失い、その奇怪な獣を見つめていた。歪ではあれど、その『形』から連想されるものがある――。

「馬鹿な!!　あれは、あれではまさか。まるで竜(ドレイク)ではないか！」

「いいや。あれこそが真なのだろう。我らのように象(かたど)ったものではない、生きた竜……」

だが竜騎士の一人が不満げな声を上げた。

「だとしても不快ですな。あのような不格好な竜など」

言われて改めて見てみれば、確かに言い伝えにある竜とは異なる印象を受ける。多くの場合にあるようなトカゲに似た形ではなく、もっと説明しづらい違和感があった。いうなればこれは『竜モドキ』であり、奇妙なちぐはぐさを抱えている。いかに魔獣といえど、見知った生物とは根本的な違いを感じていた。

「どうあれ敵であることは確か。ならば我々の仕事は変わらない」

イグナーツは歯を食いしばり手足に力を入れる。シュベールトリヒツが推進器(スラスタ)を動かし、飛翔を再開した。

「竜モドキに混ざりもの。確かにここは禁じられるべき地だ。しかし我々にも退けない理由があってね！」

竜闘騎(ドラッヒェンカバレリ)たちもまた動き出し、シュベールトリヒツに続く。

応じるかのように竜モドキが咆哮を上げた。竜騎士たちは思わず耳を塞(ふさ)ぐが、やはりまったく遮(さえぎ)ることができず不快感が湧き起こる。だが魔獣にとっては不快なものではなかったようだ。混成獣(キュマイラ)たちは直前までの制御不能な獰猛(どうもう)さが嘘のように従順な様子で、竜モドキに付き従うかのごとく集まった。

そびえ立つ巨大な源素晶石塊(エーテライト)を背景に、竜頭騎士に率いられた飛竜の群れが飛ぶ。それを迎え撃つのは竜モドキと異形の魔獣の群れ。奇(く)しくもどこか似た姿を持つ、ふたつの集団が真っ向から激突する。

◆

木々の間を風が駆け抜ける。

振り仰げば巨大な獣が翼をはためかせていた。鷲(わし)に似た頭に四つ足の胴、さらに巨大な翼を備えた空の猛禽(もうきん)——鷲頭獣(グリフォン)である。

ホーガラはつられて自分も翼を広げかけて、気づいてやめた。彼女の相棒であった鷲頭獣は先日の戦いにて倒された。卑劣な策略があったとはいえ、怒っても後悔してももはや遅い。

彼女はハルピュイアの1羽、自らの翼で空を飛ぶこともできる。しかし共に空を進むことはもうどうやっても叶わない。ぎゅっと手に力がこもり、つかんでいた獲物がびくっと震えた。

「ホーガラ！　いたいいた」

そうしてどれくらい森に立ち尽くしていたのだろう。自らを呼ぶ声を耳にして振り向いた。

「……キッドか。何の用だ」

「用って。狩りにしては遅かったから、どうしたのかと思ってさ」

「少し獲物の活きがよかったんだ。見てみろ、立派だろう」

ぐいと突き出された獲物を見てキッドは表情を引きつらせる。ぱっと見の印象でいえば鶏が近く、空飛ぶ大地にしては珍しく走りに長(た)けた姿をしている。ただしとてつもない違いがあって。

「えーと、首が2本あるように見えるんだけど。しかも前後に」

「ああ、おかげで非常に目ざといんだ。木々と一体となり風を読んで飛び、素早く倒さないと狩れないのだぞ？」

「そ、そうか。さすがだな」

何やら得意げにしているホーガラには申し訳ない気持ちだが、なかなか不気味さが先に立つ生物である。とはいえこれに躊躇(ちゅうちょ)しているようでは空飛ぶ大地で生きてゆくことなどできない。それに食べたらたぶん美味しい。

「村に戻ろう。ちゃんとついてきてよ」

そんな風にキッドが頭を抱えている間に、ホーガラはさっさと翼を広げていた。出遅れた彼はあわてて銃杖を握る。

1羽と1人が村まで戻ると、そこでは幻晶甲冑を着込んだ船員たちが『黄金の鬣号』に荷物を運び込んでいる最中だった。キッドは作業を見守っている巨漢と小柄な人物のもとへと駆け寄る。

「エル、若旦那！　どこかに出航ですか？」

「お、戻ってきたかキッド。うむ、銀の長が周囲のハルピュイアに会おうと言いだしてな」

「『銀の鯨二世号』は貸し出していますので『黄金の鬣号』にお願いしようと思って」

「なるほど、味方探しに行くんだな」

うなずくキッドに、エルネスティは曖昧な笑みを浮かべる。

「藍鷹騎士団から連絡が来ました。イレブンフラッグスは勢力を縮小し、代わりにパーヴエルツィーク王国が勢いを増していると」

「西方諸国では北側にある国だな。国土は広いが雪と氷に閉ざされ難儀していると聞く」

「飛空船の技術は彼らにとって楽園への渡し船であったことでしょう。だからこそ飛竜戦艦まで投入してきた」

入れ込みようのほどがわかるというものである。それだけに飛空船と、必需品である源素晶石（エーテライト）への執着は激しい。

「各国の間で採掘村の奪い合いが各地で激化しているようですしね」

「つくづく盤遊戯（ボードゲーム）の好きな連中だ」

「どの国も、最大の目的は源素晶石を得ること。それだけを望むならば理にかなっています……が」

「ハルピュイアにとっても、俺たちにとっても好ましくはないな」

「パーヴェルツィークは名目上、ハルピュイアを尊重しているようです。すべてがうまくいっているとは言えないようですが」

ホーガラの表情が曇る。

「他にも焼かれた巣があるのだろうか」

「そう多くはないと。イレブンフラッグスは鳴りを潜めているようですから。気をつけるべきはパーヴェルツィークですが、いずれにしろ気づいたら周囲のすべてを取られているのだけは避けたいですね」

「そのためにはハルピュイアとのつながりが不可欠だ」

エムリスが気合いとともに拳（こぶし）を打ち合わせる。

「それで、僕たちだけで向かっても警戒されるだけです。橋渡しとしてハルピュイアのうちどなたかに来てもらえないかと、スオージロさんにお願いしていて」

「橋……？　ああ、枝を渡るのか。それならば……私が行こう」

「よろしいのですか？　僕たちとしては助かりますが」

「構わない。風切(カザキリ)には伝えてこよう」

鷲頭獣(グリフォン)を失ったホーガラはここにいても戦力として役に立つことができない。それならば他の巣に赴いたほうがましだろう。

しかし常の威勢を欠いた彼女の様子を見て、キッドはわずかに気がかりな思いを抱いたのだった。

◆

右近衛長イグナーツ・アウエンミュラーが駆る竜頭騎士シュベールトリヒツを先頭に、竜闘騎(ドラッヒェンカバレリ)の群れが飛翔する。

対する竜モドキ(ドレイク)は低いうなりを漏(も)らすと高度を上げた。飛竜では比較にならないほどの巨体が重々しく舞い上がる。

混成獣(キュマイラ)たちはギャアギャアと吼(ほ)えながら竜モドキの周りに集まっていた。

「我らの利は速度にある！　騎士たちよ一撃離脱で臨むぞ！」

魔獣の群れめがけ、魔導噴流推進器(マギウスジェットスラスタ)の噴射音も高らかに飛竜たちが斬り込んでゆく。魔獣の頑強さは先ほどまでの戦いで嫌というほど思い知った。ちまちまとした戦い方では勝利などおぼつかない。

噴射音が甲高さを増してゆく。シュベールトリヒツの持つ大型騎槍（グロースランス）は高い強度と重量を持つ。速度の乗った突撃を受ければいかに頑丈な混成獣とて耐えられはしない。そして速度では飛竜が圧倒する以上、穂先を逃れるすべはなく――。

だがこの場にはまだ登場人物が残っている。強烈な存在感をばら撒（ま）き続ける竜モドキ。竜騎士たちもその脅威は認識しており、十分な警戒を払い距離を残していたはずだった。

竜モドキがその秘めたる能力を発動する。空間に響いたのは音ならざる音、声ならざる声。人間たちには感知しえない、だが混成獣の動きは劇的に変化していた。獰猛（どうもう）ではあれど散漫だった動きが明らかに意図あるものへと転じる。

1匹が鷲（わし）の頭で吼えると、すぐさま幾重にも咆哮（ほうこう）が連なりだした。つむがれた大気操作の魔法現象はたちまちのうちに重なり、空に巨大な暴風の塊（かたまり）が生み出される。

「群れるか、獣め！」

それは1匹で起こしたものより威力も範囲も段違いに強力だった。さしもの竜頭騎士とてまともに受けるのは危険すぎる。

イグナーツは瞬間、大型騎槍の固定（ロック）を外し竜脚でもって振り回した。大気が速度と摩擦を起こし急激な抵抗を生む。それは制動（ブレーキ）となり同時に進路をねじ曲げた。代償として恐るべき負荷が機体をもぎ取ろうと襲いかかるが、竜頭騎士の強化魔法でもってねじ伏せる。

「捉えられると思うな！」

再び加速。迫りくる暴風から逃れ魔獣たちの背後まで突き抜ける。右近衛長の動きに、後続の竜騎士たちも即座に反応した。それぞれに暴風を逃れると魔獣たちから距離をとる。

「……ハハハ、これが魔獣というものか。なんと恐るべき獣であることだ。それでこそ竜騎士の獲物にふさわしいというもの！」

一向に衰えぬ戦意を剥（む）き出しに、イグナーツは竜頭騎士を回頭させる。

再度の攻撃に臨む、しかし無策で突っ込んでは先ほどの二の舞である。距離を置きながら混成獣（キュマイラ）たちの動きを、竜モドキ（ドレイク）の動きを観察する。

混成獣に備わった獅子の頭が牙を剥き出しに吼（ほ）え、山羊（やぎ）の頭が無表情に嘶（いなな）く。そこに獣性以外のものは見出せない。しかし先ほどの攻撃はただの本能では成しえないものだった。

「あれは獣の技ではないな。となれば竜モドキが補ったということか」

歪（いびつ）な竜モドキは翼を広げ悠然と空にある。混成獣たちを従え、誰がこの空を統べるものかを告げている。人であり騎士である竜騎士たちにとっては認められないことだ。

「この源素晶石（エーテライト）は殿下と我が国に捧げられるべきものだ。退いてもらう！」

竜頭騎士からの発光信号を受け、竜闘騎(ドラッヒェンカバレリ)が陣形を組み直した。槍のように一点を突く形から広がった形へ。重ねられた魔法現象は脅威だが原理上数を撃てない。ならば狙いを絞らせなければよいのである。

飛竜が次々に身を翻(ひるがえ)す。魔獣たちを囲むように接近し。

迫りくる槍の穂先に向け、混成獣たちはしかし魔法現象を起こさない。代わりに、獣たちの中心にある竜モドキが寸詰まりな首を巡らせた。

直後、イグナーツの脳裏を強烈な悪寒が貫いた。そのとき彼はなぜか竜モドキの瞳が自身を捉えていることを確信していた。

同時に湧き起こる雑音。頭の中で何かが引っかかれているような音が反響する。攻撃に備え集中力を高めていた騎操士(ナイトランナー)たちにとっては煩(わずら)わしいことこの上ない。

「なんと邪魔な！　これが竜モドキの能力なのか⁉」

この状態で突撃を敢行するのは極めて危険だ。得体の知れない能力をイグナーツは脅威と感じる。だがしかし。竜モドキが備える能力の本質は、彼らが考えているようなものではなかったのだ。

「…………レ…………ヨ……」

高まり続けていた音がふいに形を変える。それは戦慄(せんりつ)すべきもので、かつひどく奇怪な感触だった。脳裏に満ちていた雑音が急激に形を成す。ぼやけていた視界が一瞬で焦点を結ぶように、音が集まり『意味』を成す。

「……去……レ……ヒト……ヨ……」

それは耳に届いた音ではなく、突如として脳裏に『意味』として浮かんだものであった。言語という前置きを抜きに理解だけを得る、異様極まる体験が竜騎士たちに襲いかかる。

かかる事態は想像の埒外(らちがい)にあった。これが竜(ドレイク)モドキが口を動かして喋(しゃべ)ったというのならば、驚きはしても理解はできたかもしれない。だが出会ったのは未曽有(みぞう)の怪奇現象であったのだ。

「右近衛長！　こ、これは……!!」

「なんだ、なんだよ！　気持ち悪い、俺の頭から出ていけよ!!」

騎士たちの動揺が伝わったかのように竜闘騎(ドラッヒェンカバレリ)の進路がぶれた。

竜頭騎士の操縦席では、イグナーツが歯を食いしばり己を律していた。彼の精神とてきわどいものだ、一歩間違えれば部下のように取り乱してもおかしくはない。

だがそれは右近衛長としての矜持(きょうじ)が許さなかった。右近衛の象徴、竜騎士像たるシュベールトリヒツを駆る自分は誰よりも誇り高く飛ばねばならない。無様をさらすことなどあってはならなかった。

「これが竜の操る言語だと!?　……栄えあるパーヴェルツィークの竜騎士よ！　恐れる

な、どれほど異様であろうともたかが！　たかが竜が喋っただけだ！」

『意味だけが浮かび上がった』不思議は無視する。さもなくば精神がもたない。理解できる範囲に踏みとどまり、可能な行動を選択する。

「全騎、竜の手綱を握り直せ！　獣の動きを警戒せよ！　仕掛けてくるぞ！」

動揺著しい竜騎士たちを取り残し、混成獣（キュマイラ）が動き出していた。それらは竜モドキの声に導かれているのだろう、迷いない動きで迫る。

「……去らぬ……か。……愚か……ものめ」

竜モドキが翼を広げる。その巨体を空に支える強大な魔法現象とは別に、新たな風を巻き起こした。急激に大気が集ってゆく。景色を歪（ゆが）める密度にまで集うと、周囲に紫電をまとい始めた。

イグナーツは顔色を変えて鐙（あぶみ）を踏み込む。竜頭騎士は進路を変えると一息に加速した。わずかに遅れて竜騎士たちが後に続く。同時に竜モドキが風雷の魔法を放った。渦巻く大気が空を歪め、雷鳴とともに翔（か）け抜ける。逃げ遅れた竜闘騎が法撃に呑み込まれてゆく。巨体を有する竜モドキの魔法能力は圧倒的だ。機体は一瞬で圧壊し、粉々になって飛び散っていった。

竜騎士たちに同胞の死を悼む余裕などない。

間を置かず混成獣が襲いかかってくる。山羊（やぎ）の頭が吼（ほ）え、雷鳴を呼び起こした。空に伸びる雷の鞭が飛竜を打ち据える。

飛竜たちとてやられるばかりではない。法撃を放ち応戦するが、攻撃は集中を欠きいかにも散漫であった。

ここで混成獣を相手取ろうにも、獣たちの中心に竜モドキがある限り竜騎士たちの勝機は薄い。奇怪な意思によって思考をかき乱されながら獣たちの襲撃を凌ぐのは、いかに精鋭たる右近衛軍にとっても困難であった。

「……後退だ。母船まで下がる！」

ゆえにイグナーツは決断を下した。

空を灼く雷鳴をかいくぐり速力にものを言わせて飛竜が獣の包囲を突破する。

窮地をくぐり抜けた飛竜たちを、しかし混成獣たちは追うことはしなかった。竜モドキの低いうなりに誘われるように戻ってゆく。

獣たちが舞う背後には、史上最大級の源素晶石塊が佇んでいた。竜モドキの巨体すら霞むほどの存在感に、イグナーツはその場を離脱しながら歯を軋ませる。

「とてつもなく厄介だな、竜モドキめ。せめて言葉あるならば答えてみるがいい、貴様は何ものだというのだ……！」

誰に聞かせるつもりもなかった悔し紛れの捨て台詞。

しかし吐き捨てた瞬間、それまで一方通行であった意思が突如として向きを変えた。

「クク……ク……」

脳裏に響いた意思は、明らかに『嘲笑(ちょうしょう)』を意味していた。何を拾ってのことかは明白だ。イグナーツの思考が怒りで鋭さを増す。

「我は……竜なるものの王なり……ここは……我らの地……ヒトよ……去るが……いい……」

竜モドキ――否、『竜の王』の貌(かお)が不気味に歪(ゆが)んだ気がした。

イグナーツはまるで笑みのようだと思い、すぐにその考えを振り払った。いかに高い知能を有していても、まるで人間のように笑うとは思えない。竜の感情は騎士たちの胸に振り払えない不気味さを残していたのである。

飛竜たちの姿が小さくなってゆくのを見送り、『竜の王』の巨体が降下を始めた。巨大な源素晶石塊の周囲、生い茂る森の中へと。混成獣を従え、魔獣たちの姿が視界から消えてゆく。

帰投した竜騎士たちが『輝ける勝利号(グランツェンダージーク)』へと回収されてゆく。速度を緩め帆翼(ウイングセイル)を畳んだ竜闘騎(ドラッヒェンカバレリ)から格納庫へと運び込まれていった。

竜頭騎士は飛空船(レビテートシップ)を追い越す位置まで進むと帆翼を広げ空気抵抗により減速する。飛空船と進路を合わせ、追いついた船の先端部にある発射台へと収まった。帆翼（ウイングセイル）と竜脚を畳み、装甲に収まる。

そうしてひとつの形に戻り、『輝ける勝利号（グランツェンダージーク）』は回頭を始めた。『禁じの地』を離れパーヴェルツィーク王国の拠点を目指して進む。

船橋に入ったイグナーツを副官が迎えた。几帳面な敬礼の中にも抑えきれない動揺が見てとれる。

「右近衛長、ご無事で！　しかし一体アレは……」

船橋の部下の視線がイグナーツへと集中した。魔獣の巨体は遠くからでもよく目立つ。船員たちも気が気ではなかったことだろう。彼は肩をすくめると答える。

「いわく『竜の王』だと。ふざけた名乗りを聞いたよ」

困惑する副官を眺めて苦笑する。戸惑っているのは自分も同じだと。

「やれやれ、なんと困ったことだろうか。世界を支配するほどの源素晶石（エーテライト）が、まさか『竜の王』の御所に転がっているとはね」

「困難ではありますが、先んじてこれを察知できたのは僥倖（ぎょうこう）かと」

「そうだ、まずは殿下にお伝えせねばならない。ここは禁じられるだけの理由があり、同時に求めるだけの理由もあるとね」

『輝ける勝利号』は船首を翻（ひるがえ）して山を下ってゆく。

後には竜のうなりも獣の雄叫（おたけ）びもない、静けさだけが残されたのだった。

◆

竜騎士と魔獣たちによる戦いの余韻が過ぎ去った後。

雲をまとう山頂からゆっくりと降りる1隻の飛空船（レビテートシップ）の姿があった。船体に描かれた紋章には十一杯の盃。『孤独なる十一国（イレブンフラッグス）』所属の船だ。

「素晴らしい。素晴らしいものだ。なんと美しい景色だろうか」

「キキ。確かに美しき金の実がなる景色だのう。捌（さば）けばいかほどになろうか、一旗増えるどころではないじゃろうなぁ。キッキ！」

船橋にある人影は、イレブンフラッグスの評議員であるサヴィーノ・ラパロと、同じく評議員の一人である怪老パオロ・エリーコであった。

「しかし重装甲船（アーマードシップ）を置いてうろつくなど、まったくもって心臓に悪いのぅ。老体に無理をさせるものじゃあないぞ」

「ふん。別に残ってくれていてもよかったのだぞ」

「カッカ！　いやはやこれほどの眼福を見逃しては余生の損というもの」

サヴィーノは、情報の独り占めを許さないがめつい爺（じじい）だと心中で悪態をつく。相手もこの程度の印象は予想しているであろうが。

「竜騎士を追うのには骨が折れたが……支払った苦労に見合うものを得た」

「確かにのぅ。ヒッヒ。重装甲船(アーマードシップ)2隻の損をあがなってなお釣りが来る代物じゃあ。しかしあの大きさ、密かに掠(かす)め取るのは難しかろうなぁ」

「加えて周囲にはあの竜モドキ(ドレイク)がある。いずれにせよ戦力が必要になるだろう……」

そこが問題である。イレブンフラッグス軍の戦力は、たび重なるパーヴェルツィーク王国との戦いにより大きく損耗している。何せ旗艦である重装甲船すら失ったのだから。現状の手札でパーヴェルツィーク王国を出し抜き、なおかつ得体の知れない竜モドキをかいくぐれるなどと思ってはいない。

だが、とサヴィーノは薄く笑った。

「必要なのは戦力……それが誰の戦力かなど関係ない。せいぜいが集まって踊ればよいのだよ」

「然り然り。パーヴェルツィークには獣の相手をしてもらわねばのぅ」

「足りないな。パーヴェルツィークだけではない、あの源素晶石塊(エーテライト)の存在を知ればあらゆる勢力が動き出すだろう」

パオロは眉を持ち上げた。思わずにらみつけたサヴィーノの瞳の奥底に、消しきれない復讐(ふくしゅう)心の炎を見る。

空飛ぶ大地においてイレブンフラッグスが順調であったのは最初だけ。パーヴェルツィーク王国が現れてからはいいように押し込まれており、それだけ損失も重なっているということである。

巨大な源素晶石塊は一発逆転の妙手になりえる。しかしもしかしたら、彼にとっては損を取り返すことなど二の次なのかもしれない。危険な兆候だと、パオロははりつけたにやけ顔の裏で警戒心を高めていた。

「……さて、派手な会食になりそうじゃな。しかし我らの取り分は残るかの？」

「立ち回ることこそ我ら商人の戦い方ではないかな？」

サヴィーノは満足げな様子で遠ざかりつつある山を見つめる。これから起こるであろう戦いを、その結果を想像して口の端を歪(ゆが)めた。

「諸君らの勇敢さには感服するよ、パーヴェルツィークの竜騎士たち。これからもせいぜい我らのために頑張ってくれたまえ」

船は『輝ける勝利号(グランツェンダージーク)』とは異なる方向へと去ってゆく。それぞれに異なる思惑が、空飛ぶ大地に混乱を呼び込んでゆく――。

第二十章

巨竜激突編

Knight's
&Magic

第八十八話　隣村に向かおう

飛空船（レビテートシップ）が進む。

鋭く流麗な船体。この時代において最新であり最速を誇る船、名を『黄金の鬣号（ゴールデンメイン）』という。

「そろそろ隣村に差しかかる。ハルピュイアたちを呼んでくれ」

船長席でふんぞり返ったエムリスが命じる。応じて船橋に詰めた船員が伝声管を開いた。

「こちら船橋。そろそろ到着近いので案内人をお願いしまーす。送ってください」

「りょうかーい。伝えまーす……」

伝声管に残る微（かす）かな反響。管の向こうでは伝令を受け取った船員が甲板へと上がり――。

「鷲頭獣（ヴリフォン）と、ふむ。獣にしては聡明であり、何よりも勇壮な翼だ。……その羽根で飾るのはさぞかし美しかろう。それに翼ある獣は肉も美味い」

「何より精強と聞く。是非、その力を問いたいな」

そこでは、すとっと座った巨大な少年少女が、魔獣を獲物に対するような目で見つめていた。異様に不穏な視線を浴びた若い鷲頭獣、ワトーが居心地悪そうに後ずさりする。エージロがビクリと翼を広げて、彼の首筋に飛びついた。

「でっかい人たち!?　た、食べちゃダメだからね!?」

「もちろん。獣とはいえ翼の民と共に暮らしているのだ。友を襲うなどと、とんでもない。わかっている、百眼神(アルゴス)はすべてをご覧になっている」

「……うむ」

嘯(うそぶ)きつつ、巨人族(アストラガリ)の少女——小魔導師(パールヴァ・マーガ)の四つ目のうち、上ふたつの眼はじっとりとワトーを見つめて離れない。傍(かたわ)らの巨人の少年——ナブなど、やんわりと得物を握り締めている気すらする。

鷲頭獣はそろそろ本格的に危機を感じ、戦う覚悟を固めつつあった。

「もう、小魔道師(パール)ちゃん、ナブ君。ダメだよ、こっちでもしっかり食べているでしょう」

「それはまた別の眼で見ること」

「そうだぞ。獣とは敵であり友であり、また糧でもある」

「意外なところで二人ともしっかり巨人族だね」

アディが諌(いさ)めるもさっぱり効果はなく。エージロが落ち着かなさそうにパタパタと飛び回っていた。

「……あのでかいのは大丈夫なのか」

「俺も詳しくねーしなぁ。エル、どうなんだ？」

彼女たちの様子を眺め、ホーガラはあきれた色を隠せない。問われたキッドはそのまま隣のエルに投げて渡した。

「大丈夫です。大丈夫じゃなかったら責任をもって僕が止めます」

「それはつまり大丈夫じゃないってことなのでは？」

キッドは訝しんだ。どう考えても安心できそうにない。そんななんとも言えない混沌の只中に、困り顔の船員が上がってきたのである。

「あのー、若旦那がお呼びです。村が近づいてきたから来てくれって」

「はい、今すぐに」

そうしてエルがぱたぱたと手を打ち合わせ、皆の気を引いた。

「はーい皆さん、そろそろ目的地に着きます。準備をしましょうね」

「はいはーい」

真っ先にアディがひょことひょことやってきてエルを抱きしめる。ホーガラは少し迷い、エージロはワトーにしがみついたまま離れないでいた。仕方ないとばかりにキッドが彼女を引っぺがす。

「ほらエージロ、ホーガラ。行こうぜ」

「えっ。ダメっ、今離れたらワトーが……」

「大丈夫だって。たぶん冗談だと思うし」

「うむ。もちろん。百眼(アルゴス)の瞳に誓おう。じゅる」

「ダメそう⁉」

エージロはばたばたともがくが、無情にも連行されていって。そうして甲板に残された小魔導師(パールヴァ・マーガ)とナブから意味ありげな視線を受けて、ワトーは微妙な緊張感を覚えるのであった。


なんだかんだと皆が集まると船橋はいかにも狭い。一同を見回すと、一部妙に不安そうなハルピュイアがいて、エムリスはよくわからず首をかしげた。

「いいか？　そろそろ隣村が近いが、こっちは人間と接触していないんだろう。ハルピュイアに先触れをお願いしたいんだが」

ホーガラがうなずく。

「わかった。しかしここにいる鷲頭獣(グリフォン)はワトーだけか」

「じゃ！　じゃあ、あたしが行くね！　今すぐ、今すぐに！」

「落ち着きなさい。エージロだけではちゃんと話ができないでしょう。私も行くから一緒に来なさい」

ハルピュイアたちが向かう傍(かたわ)ら、エムリスは船員に指示を送る。

「ようし魔導噴流推進器(マギウスジェットスラスタ)停止。帆翼(ウイングセイル)を開いて減速しつつ、別命あるまで待機だ」

「了解っす」

船体を伝う微(かす)かな振動を感じる。『黄金の鬣号(ゴールデンメイン)』は速度を落とすと、村から少し離れた場所で浮かんで漂う。

なぜだか妙にあわてた様子のワトーが、2羽のハルピュイアを背に乗せて飛び出していった。高度を取って木々に隠れないよう、相手に伝わるような飛び方をしている。

「でっかいひとたち、面白いけど怖い……」

「大丈夫なのではないか。何かあればキッドが止めるそうだし」

村に現れた一行のなかでも飛び抜けて変わり種である、巨人の少年少女。なかなか面白がるだけとはいかないようである。

「ワトーも何かあったらちゃんと逃げてね。大事な相棒なんだから！」

くえっと了解の鳴き声を返し、ワトーが大きく羽ばたく。

「相棒……か。やはり共に飛ぶものがいるのは、いいな」

彼女たちの様子を眺め、ホーガラは目を細めた。彼女が新たな相棒を得て飛ぶことは、当分の間はないだろう。ここしばらくの戦いにより鷲頭獣(グリフォン)は数を減らしている。さりとて生き残ったハルピュイアはそこそこいるため数が合わないのだ。

それでも、これからずっと一人で飛ぶのは寂しいだろうと思った。

◆

しばらく進んでいくと隣村が見えてくる。感覚的に言えば、そろそろ向こうの鷲頭獣が様子を見にやってくるだろう頃合い。そう考えて速度を落としていると、ふいに隣村近くの木々の間から土煙が噴き上がった。

「えっ……!?」

爆音が轟くまではわずかな遅れしかない。ハルピュイアたちは目を見開き、ワトーは警戒心も露わに速度を落とした。まさか隣村に爆発するものなどあろうはずもない。で、あるならば――。

「あのときと同じ……?」

「エージロ、急ぐよ」

この空の大地において爆発を巻き起こすものについて心当たりは多くない。ホーガラが翼を開くと、エージロもあわててそれに倣う。鷲頭獣は一気に速度を上げて村へと接近していった。

「あそこ、何か……!」

エージロが目ざとく異物を見つけ出し指さす。土煙の中に蠢く何ものかの影。高速で横切ったそれは、直後に土煙を突き抜けて飛び出した。

空を進む、鷲頭獣（グリフォン）より一回りほど巨大な船体。後方には鋼の巨人――幻晶騎士（シルエットナイト）を載せた空飛ぶ船。快速艇（カッターシップ）と呼ばれる、『孤独なる十一国（イレブンフラッグス）』の主力飛行兵器だ。

「あいつら！　こんなところにまで爪を向けるか!!」

ホーガラの脳裏にあの日の光景がよみがえる。彼女の相棒を倒したのもまた、同じ姿の敵だった。ギリッと奥歯が軋（きし）む。広げた翼に力がこもり、彼女の身体を前に前に押し出そうとする。

「ホーガラ、ちょ待って……」

「ワトー！　助けに行くぞ！」

若い鷲頭獣は迷いを見せた。彼もハルピュイアの序列は理解しており、この場合は年長のホーガラのほうが強い立場にあり、指示に従うべきである。しかし彼の本来の乗り手はエージロである。ハルピュイアが想うのと同等に、鷲頭獣もまた乗り手を想っている。

迷いは遅れを呼び、先んじて状況が動き出した。

快速艇を追うように飛び出した影が、甲高い噴射音を引き連れ鏃（やじり）のように飛翔する。細長い機首、鳥に似て広がった翼。しかし鋼に覆われ凶悪な爪を備えたもの――パーヴェルツィーク王国の竜闘騎（ドラッヒェンカバレリ）。

先を飛び逃げる快速艇に追いすがり、機首から法撃を撃ち放つ。そも、両者は速度に大きな差がある。圧倒的に劣る快速艇に、竜闘騎の牙から逃れるすべはなく。

危ういところを無茶苦茶な飛び方で切り抜け、快速艇はあがく。打開策はなきに等しい。ならばせめて無為に墜ちてなるものかと周囲を見回し――。

まごまごと飛んでいた、鷲のような魔獣に目をつけた。

快速艇の後方に法撃手として立つ幻晶騎士が、ほとんど八つ当たりのように魔導兵装を向ける。快速艇と竜闘騎がほぼ同時に法撃を放ち。どてっぱらに法弾を食らった快速艇が砕けながら墜ちてゆくのと、ワトーの翼が弾け飛んだのもまた同時だった。

「ああっ!? そんな！　やだ！　やだよワトー!!」

「まだだ！　助けに……」

ハルピュイアの少女たちが飛び出してゆく。必死にすがりつき翼を広げる――が、所詮は人間大の2羽と決闘級魔獣1匹では大きさも重さも違いすぎた。

鷲頭獣の翼もまた彼女たちと同じく魔法の増幅装置の役割を持つ。自身を空に浮かべていた強力な魔法の支えを失った鷲頭獣は、なすすべもなく重力に囚われた。

ぎぃぃぃ、苦しげな鳴き声とともに魔獣が落ちる。せめて2羽の小さな友を巻き込まないよう振り払おうと身をよじるも、エージロとホーガラも死に物狂いであり。木々の間、すでに地面がはっきりと見える距離まで落ちて。

――影が疾(はし)る。爆発的な推進器(スラスタ)の咆哮(ほうこう)。

大地を抉(えぐ)るような踏み込みを残し、深い蒼(あお)の巨体が空へと翔(か)け上がる。ソレはまるで体当たりを仕掛けるような乱暴さでワトーへと飛びついた。

「なんだっ⁉」

どこか扁平な形をした巨大な頭が動き、眼球水晶の虚(うつ)ろな視線が向けられる。鋼でできた巨人。人間たちが使う機械の鎧、幻晶騎士(シルエットナイト)。見覚えがあると思い出すより早く、切羽詰まった声が告げた。

「しっかりとつかまっていてください！」

蒼の騎士の両肩、腰にある推進器が激しく炎を噴き出した。魔力を焔(ほのお)へと変え推力と成す、魔導噴流推進器(マギウスジェットスラスタ)が猛烈な力を生み出す。巨人のみならず決闘級魔獣までをも支える、圧倒的な力。

ワトーが吼(ほ)えた。残る力を振り絞り無事な翼を羽ばたかせる。風と炎が巨体を支え、落下の方向を無理やりにねじ曲げた。

ギリギリで水平飛行へと移り、滑り込むようにして地面へと降りる。バキバキと灌木(かんぼく)を砕き散らし、足を踏ん張ってようやく速度を殺しきった。

「……助かった、のか」

「ワトー！　ワトー!!」

エージロが倒れ込む鷲頭獣（グリフォン）の頭にすがりついた。ワトーは薄く目を開け、弱々しくもしっかりと鳴き声を上げる。涙まみれのエージロの顔にようやく笑顔が戻ってきた。

「うん、うん！　よかった……大丈夫だよ」

「地（ち）の趾（し）よ、ワトーを助けてくれて礼を言う」

推進器から陽炎（かげろう）を立ち上らせ、跪（ひざまず）いていた幻晶騎士がうなずく。

「危ないところでした。間に合ってよかったです」

空すら翔ける蒼い巨人から、まったく似つかわしくない妙に可愛らしい声が聞こえてきて、2羽は思わず顔を見合わせたのだった。

◆

――時はそこから少しさかのぼる。

「周辺監視より報告！　不審な発光を確認、魔法現象と推定！」

「……機関部、魔力流量を戦闘状況へ。推進器作動、微速前進！　進路は村へとり、周囲の警戒を最大にせよ！」

「はっ！」

「了解！」

伝声管越しに報告を受けたエムリスは矢継ぎ早に指示を飛ばすと、どかっと背もたれに沈み込んだ。斜めちょっと下にある紫銀の頭を見下ろしながら問う。

「……どう思う？」

「出遅れたというところでしょうか」

「おそらくな。問題は出方だが」

「さて、仲裁か両成敗か。どちらかになりそうですよ」

「なに？」

のぞき込んでいた遠望鏡をエムリスに手渡し、エルは彼方を指さした。

「監視より続報！　飛空船(レビテートシップ)を2隻確認！　旗も2種、イレブンフラッグスとパーヴェルツイークです!!」

「だ、そうですから」

エムリスは遠望鏡をくるくると回し、眉根を寄せた。

「明確な敵がひとつ、暫定敵がひとつか。食い合ってくれるならそれでも構わんが」

そのとき、舵を握っていたキッドが振り向いた。

「マズいぜ、ホーガラたちが巻き込まれてるかもしれねぇ！」

「単騎で行きます。アディ！　念のためツェンドリンブルへ」

「りょうかーい。まっかせて！」

「『黄金の鬣号（ゴールデンメイン）』は戦闘に巻き込まれないよう距離を置いてください。いけそうなら食べてしまって構いません」

「わかっている」

「エルはどうするつもりだ？」

もうすでに船橋から飛び出しかけていたエルが、振り向いた。

「僕は目立たないよう、トイボックスで先行し二人のもとに向かいます」

たぶんバッキバキに目立つだろうなとは等しく全員が考えたが、口にした者はいなかったという。

そうして跪（ひざまず）いた蒼（あお）い幻晶騎士（シルエットナイト）――トイボックスマーク2が胸部を開いた。すとっと降りたエルが2羽のもとへとやってくる。傍（かたわ）らには鷲頭獣（グリフォン）のワトーが苦しげな様子で横たわっていた。片方の翼は半ばからちぎれ、今もはらはらと血を流している。

「……確かエルといったな」

「はい。二人は無事のようですが」

「私たちは問題ないが……」

そろって見上げる。鷲頭獣は賢明な獣である。傷を負ってもむやみに騒ぐような真似はしなかったが、その表情には明らかな苦痛の色があった。

「ワトー……。これじゃあワトーは飛べないよ」

「しかし隣村もどうなっているかはわからない。早くここから離れないと」

傷ついた翼では飛ぶことができない。彼にはまだ4本の脚があるのだから歩くことはできるが、飛ぶのとでは速度が段違いである。再び敵に襲われるかもしれない今、のうのうとしているだけの余裕はなかった。

エルは目を細めて考え込んでいたが、いきなり空を振り仰いだ。爆音が轟く。空では竜闘騎が快速艇を掃討し終えたようだった。

「僕に案があります。うまくいけばワトーを安全に船まで運べるでしょう。皆さんは少し隠れていてもらえますでしょうか」

「本当⁉ どうするの？」

エージロが困惑を浮かべる。彼の蒼い巨人は空を飛べるが、強引すぎるしワトーの負担が大きい。他によい手段など見当たらないが——。

「大丈夫、お任せください。空を飛ぶ手段は何も羽や推進器だけではないということです」

エルは自信満々に請け合ったのだった。

◆

破片を撒き散らしながら快速艇が墜ちてゆく。彼らの最期を眺めながら、2騎の竜闘騎が悠然と空を進んでいた。

「やれやれ、イレブンフラッグスの小蠅め。無駄に長引かせやがる」

「何をやっても竜闘騎の敵じゃないというのにな！」

見渡す限り敵はなし。そもそも快速艇など何隻来ようとものの数ではない。

「そういえば、途中で鳥どもの魔獣が撃たれていたようだが」

「勝手に出るなと言っただろうに、鳥頭どもめ。命令を無視するようなやつの末路なぞ知らんよ」

竜騎士たちはハルピュイアを可能な限り守るようにと命令されているものの、実際のところ優先度は低い。なぜなら武功を挙げた方が評価が高くなるし、次に守るのは自分と味方の命だからである。

この戦いでもハルピュイアの村に被害が出ていたが、敵を撃退した功績のほうが大きくなるだろう。

ここは検分役を要請し、しっかりと功績を確定させておいたほうが後々よいかもしれない。騎操士たちは皮算用に忙しい。どのみち周囲に敵の姿はなく、彼らが気を緩めるのはある意味で当然のことだった。

たとえ警戒を怠らなかったとして。彼らの思考の外から飛んでくるものまで防げたかは怪しいところであるが。

突然の轟音（ごうおん）。下に落ちるという当然の摂理を推力だけで覆し、影が竜闘騎（ドラッヒェンカバレリ）を掠（かす）めてゆく。

「なぁんだッ⁉　まだイレブンフラッグスの残りが！」

「いや違う！　馬鹿な、あれは！」

見上げた騎士たちは異常を目の当たりにする。

イレブンフラッグスが用いる快速艇（カッターシップ）。それは小型化した飛空船（レビテートシップ）そのものといった形であり、性能こそ難があるが、すんなりと受け入れられる。だがそれは。そいつは。深い空のような蒼（あお）色をまとった幻晶騎士（シルエットナイト）は——何者の力も借りることなくただ己の力のみで上空まで舞い上がってみせた。

化け物のような推力で一気に竜闘騎の頭上を取る。太陽と重なった姿が、一瞬で黒々とした影と化した。

「馬鹿、な……」

「‼　呆（ほう）けている場合か！　避けろぉ‼」

驚きが思考を上回る。致命的な遅れ。その間にも蒼い幻晶騎士は一気に落下へと転じており。近しい未来の位置に彼らの竜闘騎はあった。悲鳴を噛（か）み殺し、蹴り飛ばすように推力を上げる。絶叫と共に爆炎を吐き出し竜闘騎が加速を始め――。

衝撃が操縦席を揺らす。

「なんだ!?　攻撃は受けていない……ッ」

その竜騎士はついに理解することはなかった。蒼い機体から手首のみが飛び、彼の機体の首をつかんでいたなどと。

蒼い機体が彼の竜闘騎を掠めて落下してゆき。

「おおおううわあああああ!!」

衝撃が襲いかかる。手首――執月之手（ラーフフィスト）はワイヤーによって本体とつながっており。下側に回った蒼い騎士の重量がそのまま機首にのしかかったのである。

勢いを乗せて竜闘騎の首をねじ折りながら、ワイヤーに牽（ひ）かれた蒼い騎士がぐるりと進行方向を変えた。たとえ操作が失われても源素浮揚器（エーテリックレビテータ）が無事である限り、竜闘騎は空に残り続ける。

空に浮かぶ飛竜を支点として長大な振り子運動をおこなうと、下端で魔導噴流推進器（マギウスジェットスラスタ）に再点火。一気に加速して翔（か）け上がり――。

「は……？」

逃げようとしていたもう1機の竜闘騎めがけて、下から飛び（上がり）蹴りをかましたのであった。

竜闘騎（ドラッヒェンカバレリ）。それはパーヴェルツィーク王国が実用化した航空兵器であり、この時代においては突出した完成度の高さを誇る。だが、これはあくまでも空を飛ぶための機械。設計者も騎操士（ナイトランナー）も誰もが、まさか近接戦仕様機（ウォーリアスタイル）に蹴り飛ばされるなど、夢にも与太にも冗談ですら考えなかったに違いない。

完全武装の近接戦仕様機の重量が衝撃となって襲いかかる。蹴りが突き刺さった部分がめり込み、骨格があっさりとひしゃげねじ曲がった。

竜闘騎がいかに優れているとはいえ、魔獣と殴り合う前提で建造された機体の頑強さとは比べるべくもない。まず比べる類のものではない。

哀れ竜闘騎は真っ二つにへし折れ、中央にあった源素浮揚器（エーテリックレビテータ）が圧壊した。浮揚力場（レビテートフィールド）の支えを失った機体は制御を失い、そのまま錐揉（きりも）みしながら墜落していったのである。

「うん。うまくいきました！」

そうして竜闘騎の開発者が卒倒しそうな攻撃をかました張本人であるところのエルネスティは、会心の笑みを浮かべていた。空中で飛び蹴りを仕掛けるなどという無茶も今さらのこと。慣れた様子で機体をひねって姿勢を戻すと、執月之手（ラーフフィスト）につながるワイヤーを巻き上げる。

首が折れた飛竜の残骸が漂ってくる。衝撃で騎操士が気を失いでもしたのか、ピクリともしていないのがひたすらに不気味であった。

「さて、動き出す前に制御系を破壊しないと」

おそらくエルほどに幻晶騎士（シルエットナイト）や飛空船（レビテートシップ）の構造に通じている騎操士もそうはいまい。ぱっと見でだいたいの構造位置を推測すると、源素浮揚器だけ器用に避けて内部の機材を壊していった。これでもう竜闘騎が動き出すことはない。安心してぶら下がっていられる。

そもそも蒼（あお）い騎士――トイボックスマーク2は魔力転換炉（エーテルリアクタ）が単発であるゆえに魔力供給に不安を抱えている。長時間の空中戦はまず不可能であり、ゆえに奇襲しか選択肢がなかったともいえる。

「これで源素浮揚器が手に入りましたから……む？」

お目当てに満足して上機嫌だったのも束の間、幻像投影機（ホロモニター）に動くものを見つけ目を凝らした。竜闘騎などよりはるかに巨大な船、飛空船が近づいてくる。

パーヴェルツィーク王国の旗が風にはためく。広げた帆に紋章を掲げ、飛空船は大空を突き進んだ。周囲には護衛についた竜闘騎が展開し、飛竜の死骸につかまった敵の姿を警戒する。

先ほどの竜闘騎との戦闘をどのように見たのかはわからない。仲間を助け出そうとしているのか、それとも脅威を排除しようとしているのか。いずれにせよ戦いはまだ終わりを告げてはいなかった。

「二人とも、もう少しお待ちくださいね。邪魔が残っているようです」

源素浮揚器（エーテリックレビテータ）の力で浮かぶ竜闘騎（ドラッヒェンカバレリ）につかまり、トイボックスマーク2は空を漂う。

「小舟がもう1隻いたような気がしますが、飛竜ばかりということは墜（お）とされましたか。しかし困った。魔力貯蓄量（マナ・プール）は回復中、飛空船（レビテートシップ）を相手取るには残量が心もとないですね」

操縦席のエルネスティは計器表示をざっと眺めて腕を組んだ。竜闘騎2騎を相手に空戦を仕掛けた後なのだ、消耗なしとはいかない。

「黙っていても見逃してくれるとは思えませんが……」

そうしている間にいよいよ戦う段階に入ったのだろう。竜闘騎が離れ、速度を上げる。ほぼ同時にトイボックスマーク2がつかまっていた残骸を手放した。自由落下から短時間の噴射で速度を殺し、膝から柔らかく着地。そのまま森の中を駆けてゆく。

「敵戦力は飛空船を中核に新型飛行兵器が複数。真正面からの空中戦はさすがに無茶ですね！」

その間にも魔力転換炉（エーテルリアクタ）は全力稼働し、甲高い吸気音を周囲に撒（ま）き散らしていた。魔力を節約しての巡航はフレメヴィーラ王国における騎操士（ナイトランナー）の必須技能。来るべき時に備え、今は一呼吸分の魔力も惜しい。

時折、木々の間へと法撃が突き刺さる。だがそれはまったく見当違いの場所を狙っていた。上空の竜闘騎からは、木々の間を高速で駆け抜けてゆくトイボックスマーク2はひどく捉えづらい。

彼らが攻めあぐねている間に、本命である飛空船の巨体が空に覆い被さり。搭載された法撃戦仕様機（ウィザードスタイル）がそろって切っ先を地上に向けた。闇雲に炙（あぶ）り出そうという腹だ。

「それには及びません、次はこちらから参りますよ。魔力は節約、倹約……そして一点集中！」

トイボックスマーク2を目いっぱいまで飛び上がらせるとともに魔導噴流推進器（マギウスジェットスラスタ）に点火。まばゆい炎の尾を引いて、深い蒼（あお）の騎士が天へと駆け上がる。

「敵……ッ！　直下!?　駄目だ、ぶつかる!!」

泡を食ったのは飛空船の船員たちだ。ほとんど反射的に法撃を放ち迎え撃つが、自在に空中を翔（か）けるトイボックスマーク2を捉えたものは1発たりとてなかった。

「最後の詰めは、これです！」

トイボックスマーク2の機体から切り離された手首が飛翔する。執月之手（ラーフフィスト）が船体に突き刺さり、ミシミシと軋（きし）みを上げて食い込んだ。ワイヤーを巻き上げ、一気に接近する。

「実はトイボックスはブラストリバーサ以外の魔導兵装（シルエットアームズ）を積んでいないのですよね。だから……一緒に踊りましょう！」

そう、両手に執月之手（ラーフフィスト）を装備し補助腕（サブアーム）すら格闘仕様であるトイボックスマーク2は、固定以外の装備を持たない。どこぞの剣バカが聞いたら腹を抱えて笑い転げそうな超々近接特化仕様の欠陥品なのである。

そんな馬鹿の具現であろうとも、直接乗り込んでくるとあっては恐るべき脅威だ。竜闘騎（ドラッヒェンカバレリ）があわてて攻撃しようとするが、あまりに飛空船（レビテートシップ）に近すぎて躊躇（ちゅうちょ）する。

それも当然だ、まるで得意技のように振る舞っているエルネスティが異常なのであって、そもそも幻晶騎士（シルエットナイト）が直接飛空船に乗り込んでくるなど未曽有（みぞう）の珍事に分類される。

張り付くほどに接近された時点で、彼らの手札は非常に限られてしまっていた。この飛空船が竜闘騎の運搬に特化した『竜の巣』であったことも災いしている。至近距離の戦いに向いた機体がないのだ。

「くそう！　こいつめ、なぜこんなところにいやがる！　離れろ、離れやがれ!!」

法撃戦仕様機（ウィザードスタイル）が半狂乱になって法撃を放つ。しかしトイボックスマーク2はワイヤーと推進器（スラスタ）を駆使し軽やかに接近してみせると。

「烈炎之手（バーニングフィスト）！」

炎に包まれた拳（こぶし）がどてっぱらに突き刺さり、炸裂した爆炎が法撃戦仕様機を撃ち抜いた。

迎撃を黙らせたトイボックスマーク2が堂々と甲板に上がる。
我が物顔で船を占拠する敵の姿に竜騎士たちが歯噛(はが)みするが、同士討ちの危険性が彼らに攻撃を許さない。船の周囲を飛び交う竜闘騎から、憎しみすら感じさせる視線が集まってきた。しかしエルにとってはどこ吹く風、敵中突撃など彼にとっては常套(じょうとう)手段ですらある。何の気負いもなく拡声器を起動すると。

「……飛空船の船員たち。聞こえていますか？　今すぐ飛竜たちに伝えなさい。戦闘を停止し投降してくださいと。すべての装備をいただきますが、皆さんの命は保証いたしましょう。ちゃんと料理も出しますよ」

さもなくば――ガンガンと重い足音を響かせれば、意図は正確に伝わったようである。
船橋に詰めた船員たちは苦悩も露わに顔を見合わせた。およそここまで接近を許した時点で、彼らは限りなく詰んでいる。しかし竜闘騎はパーヴェルツィーク王国の最新兵器であり力の源、おいそれと明け渡してよい類のものではない。さりとて飛空船ごと運命を共にするのも論外といえよう。この船にどれほどの人間が乗り込んでいるというのか。
ならば。倒してしまえばよいのだ、この敵を。

「一撃で決める……！」

竜闘騎の1機が急激に出力を高めた。

船に乗り込んでくる相手など異常極まりないが、装備構成から近接戦仕様機（ウォーリアスタイル）であることは確か。ならば防御力は高く、法撃だけでは確実性に欠ける。それよりも間違いなく大きな衝撃を与える攻撃方法がある、それは——。

鋭い軌跡を描いて飛竜がトイボックスマーク2へと襲いかかる。格闘用竜脚（ドラゴニッククロー）すら使わない、体当たりを仕掛けるつもりだ。敵を飛空船（レビテートシップ）から離してさえしまえば、残りの竜闘騎（ドラッヒェンカバレリ）が戦える。

竜騎士の腕前は見事であり、見とれるほどの鋭さでトイボックスマーク2めがけて突き進んだ。ただ彼は見誤った。単騎で飛空船に襲撃をかける騎士というのが一体どういう者なのか。それを成しえる幻晶騎士（シルエットナイト）とはどういう機体なのかを。

「僕を船から蹴落とすにはそれが一番確実です。が、そう簡単にいくとは思わないでください。トイボックス、断刃装甲（アーマーエッジ）展開！」

トイボックスマーク2の背に折り畳まれた翼のような装甲板が動き出す。それは補助腕（サブアーム）の一種でありながら指を持たず、その代わり先端部にかけて幅広の剣のようになっていた。大剣のようでもあり、限定的な追加装甲としても使用可能な試作型追加兵装（オプションワークス）——断刃装甲。

竜の牙が喰らいつく寸前、トイボックスマーク2はその場で飛び上がった。空中で身をひねって宙返りを披露。狙いすまして速度を上げていた竜闘騎（ドラッヒェンカバレリ）は進路変更が間に合わな

い。爆発的な速度で両機がすれ違う瞬間、トイボックスマーク2が断刃装甲(アーマーエッジ)を突き出した。

頑強な刃を真正面から叩きつけられた竜闘騎(ドラッヘンカバレリ)が、自身の勢いをもってして真っ二つに切り裂かれてゆく。金属の絶叫を後に残し、竜闘騎であったものが突き抜けていった。

トイボックスマーク2は落ち着いて執月之手(ラーフフィスト)を発射。甲板に突き刺し、流されないよう機体を引っ張り上げる。甲板の上で曲芸まがいの攻撃を披露し、何食わぬ顔で戻ってみせた。

船橋は地獄のような沈黙に包まれていた。目の前で見せつけられた光景が理解できない。必殺を期した竜騎士捨て身の一撃が、あまりにも事もなげに敗れ去った。

「従っていただけないとは、残念です。警告はしましたからね」

蒼(あお)い化け物が両手を広げて一歩を踏み出したところで、彼らは危うく正気を取り戻す。

「ま、待て！　今のは間違いだ、剣を置く！　皆を戻すゆえしばし……」

「ブラストリバーサ」

蒼い化け物は躊躇(ためら)わなかった。片側の推進器(スラスタ)を展開し足元に向ける。風と炎が渦巻き、船体めがけて無造作に放たれた。

「おおおぐあああっ!?」

飛空船(レビテートシップ)の巨体が激震に襲われる。側面の装甲がごっそりと吹き飛び、船倉内で爆風が荒れ狂った。破壊的な嵐が過ぎ去るのを待って、船員たちが恐る恐る顔を上げる。

目の前にあったのは空。飛空船の横っ腹にはぽっかりと穴が開き、粉塵（ふんじん）にまみれた風が流れ込んでくる。

「く、くそ！　悪い冗談だ。飛空船と、竜闘騎がたった1機の幻晶騎士（シルエットナイト）相手にこうまで……!!」

なぜ飛空船はいまだ空に在るのか、なぜ自分たちが無事なのか。すべての船員が完璧に理解していた。アレを使えば飛空船の中枢を、源素浮揚器（エーテリックレビテータ）を撃ち抜くなどたやすいこと。つまり等しく全員の喉元に刃を突きつけているのだと。

「お願いだ、待ってくれ。待ってくれ！　今すぐに降伏する！　発光信号放て！　全騎即時停止、船に戻れ!!　戻ってくれ!!」

説明するためだろう、外部向け拡声器から半狂乱の指示内容が響いてくる。おそらく船橋は恐慌寸前の様相を呈しているはずだ。一拍すら間を置かず信号弾が乱れ飛び、竜闘騎にその意志を伝えた。

「おい、待てよ。お前たち、まさか……」

――しかし竜闘騎は戻らない。

それどころか集まって編隊を組み、明らかに戦いに備え始めた。同じ軍に所属する船員たちは知っている。あれは対船攻撃陣形であるということを。どの船に対する動きかなど考えるまでもない。

祈りは通じず、誰知らずあきらめの吐息が漏（も）れた。

「竜闘騎（ドラッヒェンカバレリ）は我らが祖国の刃なり。何ものにも渡しはしない！　案ずるな友よ、一人で逝けとは言わん……！　先に待っていてくれ！」

全騎、相討ち覚悟で敵幻晶騎士（シルエットナイト）を倒すつもりだ。確かに一斉にかかれば倒せるかもしれない、だがどれほど被害の出る戦い方か。いずれにせよ真っ先に狙われるであろう飛空船（レビテートシップ）はおしまいである。

「竜騎士たちは近衛付きだったな。くそ石頭どもが！　どうしてこんなことになるんだよ!!」

船長が頭をかきむしる。事ここに至って、彼らにできることなど何も残ってはいない。勝つのは常識外れの敵か、あくまでも忠実たらんとする味方か。どちらが勝ってもロクなことにはなるまい。船員たちの運命は嵐の中の小舟のごとしであった。

竜闘騎の動きを見たエルもまた、交渉が不首尾に終わったことを悟る。

「なるほど徹底抗戦ですか。よいお覚悟といえましょうが……敵は前にいるばかりとは限りませんよ」

そうしてトイボックスマーク2が見つめるのは竜闘騎よりもさらに後方。1隻の飛空船が猛速で突っ込んでくるところであった。

「なに……新手か!?」

その存在に気づいたパーヴェルツィーク王国の竜騎士たちが、痛恨のうなりを上げる。いかに敵が異常な幻晶騎士であるからとて単騎で森の中をほっつき歩いているわけがない。どこかに母船があると考えたほうが自然だ。

だが、少し落ち着いて考え直してみればこれは好機といえた。敵幻晶騎士はパーヴェルツィーク王国の飛空船を人質としている。ならばこちらもやり返してやればいいのだ。

「全機、速やかに敵船を確保せよ！」

竜闘騎部隊がにわかに標的を変える。そうして推進器（スラスタ）から激しく炎を噴き出し、飛空船へと襲いかかっていった。

「なんだぁ!?　来るなり熱烈な歓迎じゃないか！」

『黄金の鬣号（ゴールデンメイン）』の船橋ではエムリスがうなり、操舵輪を握るキッドが表情を引きつらせていた。

「ちょっ、囲まれちまう。進路変えます！」

「うむ。なんだかよく分からんが迎撃しろ！　法撃による牽制、近づけるな！　アディ、槍（ジャベリン）は任す。機を見て返り討ちにしてやれ！」

「応！」

「りょうか〜い」

エムリスはそれぞれの返答を聞きながら、奥に位置する敵飛空船をにらんで。

「というかあいつはなぜ、敵船の上でふんぞり返っているんだ……？」

甲板の上の蒼い幻晶騎士の姿に、いまいち釈然としない様子でつぶやいたのであった。

宙を駆ける法撃が淡い軌跡を残す。吹きつける法弾の嵐を前に、竜闘騎は勢いを削がれていた。

「なんだあの船はッ!? 1隻でこれほどの圧力を……ッ！」

最新鋭船である『黄金の鬣号』は速力もさることながら、この時代屈指の重武装を誇る戦闘艦でもある。

速攻で制圧するという当初の目論見をくじかれ、竜闘騎の動きに乱れが生まれた。

その隙を見逃さず、『黄金の鬣号』の上部にある覆いが次々と開いてゆく。そこからのぞくのは槍の切っ先。まばゆい朱の炎を放ち槍が空高くへと飛翔してゆく。

内蔵式多連装投槍器から放たれた魔導飛槍の群れは、上空で獲物を見定めるように揺れた後、一気に竜へと襲いかかった。

「なん……避けろ！」

「こいつら！　イレブンフラッグスじゃ……まさか!?」

正面から法撃、上空から槍の雨。怪物の口の中へと飛び込んだ形になった竜闘騎たちに逃げ道など残されていない。圧倒的な破壊の牙が過ぎ去った後には、竜闘騎たちの残骸がばらばらと空に散った。

――ただ1機だけが、死地をくぐり抜ける。

すでに竜闘騎は死に体。船を押さえられ味方を失い、進むべき道も引くべき場所もない。最後に残る意地が、無為に墜(お)とされることをよしとしなかったのである。

「その船……いずれ我らの大敵となる！　ならばせめてこの命を懸けて……ッ！」

狙うは船橋。余力のすべてを推力に回し、一直線に突撃を仕掛けて。

突如として船の後部格納庫が開く。中から現れたのは半人半馬の巨大な幻晶騎士。空での戦いにはまるで役に立たない重い躯体(くたい)、だが後部に備え付けられた垂直投射式連装投槍器(バーティカルロンチドジャベリンスローワ)ばかりは無関係とはいえない。

「おかわりーっ！」

すかさず放たれた追撃の魔槍が、最後に残った竜闘騎の脳天を射抜いたのであった。

◆

竜闘騎部隊が全滅したことで、戦いは終わりを告げた。後に残ったのは勝者たる『黄金の鬣号(ゴールデンメイン)』と、敗者たるパーヴェルツィーク王国の飛空船(レビテートシップ)。さらにはその上で仁王立ちするトイボックスマーク2であった。

2隻の船がゆっくりと距離を詰めてゆく。パーヴェルツィーク王国の船には降伏の印である白旗が掲げられているものの、『黄金の鬣号(ゴールデンメイン)』の甲板には幻晶甲冑(シルエットギア)を着込んだ騎士たちが勢ぞろいしていた。念を入れて確実に船を制圧するためである。

幻晶甲冑部隊の中にはキッドもいる。彼はまだ少し残る距離を勢いをつけて飛び越し、甲板に立つトイボックスマーク2を見上げた。

「エル！　船を相手に派手に立ち回ったみたいだけど。そういえばホーガラとエージロは……」

「ええそれで、僕は彼女たちを迎えにゆかねばなりません。ここはお願いしますね」

「おう……って何があったんだよ！　おーい！」

ロクに返事を待たず、トイボックスマーク2は船上から身を躍らせた。噴射の光を瞬かせ木々の間へと消えてゆく。しばし呆然(ぼうぜん)と蒼(あお)い騎士を見送り、キッドは肩をすくめた。

「向こうはエルに任せるしかないか。こっちも仕上げを怠らないようにいくぞ！」

「了解！」

そうして騎士たちは船内へと乗り込んでゆくのだった。

空を漂っていた竜闘騎(ドラッヒェンカバレリ)の残骸を回収し、トイボックスマーク2はハルピュイアたちのもとへと舞い戻っていた。

2羽は推進器（スラスタ）の音もけたたましく現れた蒼い騎士を見上げる。

「大変お待たせしました！」

「こっちはあれから何も。戦いはどうなったのだ？」

「ご安心ください。皆で敵を制圧しましたから」

トイボックスマーク2が膝をつき、胸部を開く。エルが身を乗り出すと、地面に伏していたワトーが気丈にも立ち上がった。傷ついた翼には葉や蔓（つる）で応急処置が施されている。2羽がやったのだろう。

「……歩くだけなら大丈夫だと思う。でもやっぱり飛ぶのは無理だよ」

「そこはお任せを、準備してきました。それでは手早く仕上げましょうか！」

トイボックスマーク2が小脇に抱えた物体をずいと突き出す。それは半壊した竜闘騎の胴体部。戦闘兵器としては使い物にならないが、目的の機能はまだ生きている。

そうしてエルはニコニコと上機嫌でトイボックスマーク2を操作し、胴体の装甲と骨格をひん曲げて竜闘騎の解体を始めたのである。

機体の中心にあるのが最重要部品である源素浮揚器（エーテリックレビテータ）。きわめて高機能である反面、耐久性に欠けており扱いには繊細さを要求される。だというのにエルはとくに躊躇（ちゅうちょ）もなく引っこ抜いた。

初期の飛空船（レビテートシップ）から飛翔騎士（トゥエディアーネ）まで、一体何基の源素浮揚器をいじってきたことか。嫌な方向に手慣れすぎている。

　とつぜん機械の竜を解体し始めたエルを見て、2羽のハルピュイアたちがドン引きしていた。何しろ鷲頭獣（グリフォン）との関連性が微塵（みじん）も見えない。

「一体何を……しているのだ？」

「いわゆる戦場工作ですね」

　何もわからなかった。

　遠巻きに見守られている間に、引き抜いた装置をどっかりと置く。ついでのように執月之手（ラーフフィスト）を切り離し、手首だけが機体からぽとっと落ちた。もちろん2羽のドン引きはさらに深まってゆく。

　エルもわざわざ彼女たちを引かせるためにやったわけではない。近くの木々にワイヤーを引っかけると、クレーン代わりにして源素浮揚器（エーテリックレビテータ）を持ち上げた。そうして残骸の中から手ごろな金属片を見繕うと。

「身体強化（フィジカルブースト）……最大出力でいきますよ」

　エルネスティの、常人ではたどり着けない狂気の世界にある魔法能力を存分に発揮する。金属片をねじ曲げ、簡単な固定具として源素浮揚器をトイボックスマーク2の背中に設置したのだ。

無理やりに力ずくもいいところで、はなはだ不安定ではあるが仮止めにはなったし、それで十分。満足げに額の汗を拭うと操縦席に飛び戻る。

「あとはちょっと強化魔法の範囲を書き換えて……」

そも、幻晶騎士(シルエットナイト)は強化魔法を利用することで自身の部品接合強度を高めている。そのため機体ごとに強化する範囲が記述によって決定されており、魔導演算機(マギウスエンジン)に格納されているのが常であった。

トイボックスマーク2の魔導演算機はそもそもがエルネスティ禁制、もとい謹製の代物である。もはや彼の落書き帳も同然であり、稼働中に書き換える程度わけはない。

――『形』が書き換わる。

ある意味で幻晶騎士の形とは強化魔法により定義されるといってよい。それがエルの『玩具箱之弐式(トイボックスマーク2)』であればなおさら。彼が望む姿こそが完璧というものである。

「これでよし。準備完了です！　あとは……」

およそ幻晶騎士に関わる人間が見れば白目を剥(む)いて痙攣(けいれん)しかねない荒業を、さらりとぶっ放す。惜しむらくは観客が詳しくないハルピュイアたちだけであり、拍手や悲鳴のひとつもなかったことだろうか。いや、確実にドン引きはされていたが。

「ワトーも支えるならかなりの浮揚力場(レビテートフィールド)強度が必要ですね。では残る源素晶石(エーテライト)を全部使いきっちゃいましょう」

炉も石も、どのみち敵から奪ったものである。それにさほど長い間飛び回るつもりはない。惜しみなく源素供給機（エーテルサプライヤ）を一気に開放。大量の高純度エーテルが流れ込んだ浮揚器が虹色の輝きを強くする。

設計限界など余裕で無視しており構造がミシミシと悲鳴を上げるが、ここぞとばかりに強化魔法で抑え込んだ。素早く横たわるワトーのもとへと向かい。

「浮かびます！　ちょっと戸惑うかもですが、暴れないでくださいね」

展開された強力な浮揚力場（レビテートフィールド）に支えられ、トイボックスマーク2の機体が浮いた。範囲内にあるワトーとハルピュイアも同時に浮かび上がる。

「ふひゃあ!?　な、なにこれ！　変！　変なのぉー!!」

「地（ち）の趾（し）とはこのような飛び方をするのか!?」

普段は自ら起こした魔法現象によって飛んでいるハルピュイアや魔獣にとって、浮揚力場の感覚は気持ち悪いことこの上ない。さすがに暴れられては面倒である。彼女たちを繰り返しなだめつつ、木々の上まで浮かび上がった。

「まずは『黄金の鬣号（ゴールデンメイン）』まで戻りましょう。ワトーを休ませないと」

魔導噴流推進器（マギウスジェットスラスタ）を低推力状態で稼働させる。単発の動力しか積まないトイボックスマーク2にとって魔力（マナ）の供給は悩みどころだ。効率を最優先した低速巡行である。

かくして傷ついた魔獣を抱えた蒼（あお）い騎士が飛んで帰ってきた（しかも本来は積んでいないはずの源素浮揚器（エーテリックレビテータ）を使って）ときには、さしものエムリスも頭を抱えていた。

「というか、俺たちは隣村への挨拶に来ていたはずなのだが……」

見渡せば、そこには拿捕（だほ）した敵船に敵兵器、さらに傷ついた鷲頭獣（グリフォン）を抱え歪（いびつ）になったトイボックスマーク2が。ついでになぜだか非常に満足げなエルの姿まである。

「一体これをどうしろと？」

もはや途方に暮れる以外に、彼らにできることはなさそうであった。

第八十九話　隙あらば銀鳳（ぎんおう）商会

パーヴェルツィーク王国天空騎士団（ルフトリッターオルデン）第二十七飛空船団所属、飛空船長『フォルクマー・ゲデック』は、後にそのときを振り返り述懐する。

「あれは……ひどいところだった。何しろ常識ってものが何ひとつ通じやしない」

第二十七飛空船団は、彼が船長を務める飛空船（レビテートシップ）を中核とし、数機の竜闘騎（ドラッヒェンカバレリ）によって構成されている。

主に対孤独なる十一国（イレブンフラッグス）軍向けに活動しており、パーヴェルツィーク王国軍においてはありふれた戦闘単位といえた。

「あんた、飛空船について詳しいかい？　あれは新時代の象徴とでも言うべきものだった。何せ船が空を飛ぶなんて夢にも思ったことはなかったしさ。それだけでもぶっ飛ぶくらいなのに、そこに竜闘騎が現れた。もう我が軍にかなうやつなんていないと思ったさ。実際、イレブンフラッグス軍との戦いで後れを取ったことなんて一度もない。やつらが使っていた小型船なんて、あんなものただの的だしな」

そんな快進撃に暗雲が立ち込めたのは、とある辺鄙（へんぴ）な村の周囲を巡回していたときのことだった。

「いつもどおりの退屈な任務だった。……そのはずだった。だがいつもどおりにイレブンフラッグスを蹴散らした後、いつもどおりじゃないことが起こった。竜闘騎から初めて、被害を受けた合図が上がったんだ。まさかあの小型船に？　とは思ったが勝敗なんて水物、運の悪いときもあるだろうさ。初めはそう思ったんだ」

そうして彼らは念のため後詰めの竜闘騎を展開し、味方を助けるべく進んでいった。

「その先に何が待っているかなんて知らずにな……。すぐに監視から報告が上がってきた、竜闘騎の残骸につかまってる幻晶騎士（シルエットナイト）があるって。意味が分からなかったが現実はそのままだった。見たことのない型だったが、とにかく近接戦仕様機（ウォーリアスタイル）だったのは確かだよ」

彼はそのときを思い出してか、わずかに目を伏せ深く息をついた。

「わけのわからない状況だったが、まだ対処は可能だと思っていた……所詮、敵は1機だけ。こっちは竜闘騎二個小隊からの部隊なんだぜ。なのに、森に隠れたやつを竜闘騎に捜させていたはずが、気づいたら船めがけて飛んできたんだ！　重ったい幻晶騎士が飛空船の上まで、竜闘騎じゃあるまいに！　当然、飛竜が迎撃に向かったがまさかの返り討ち……。悪夢でも見ているかのような気分だったよ」

彼は首を振り椅子に沈み込むと、ついに頭を抱えだした。

「そうして俺たちはやつらの捕虜になった。ひどい話だろ？　だが……笑えることに、そこからが本当の地獄の始まりだったんだ」

そうして視線は遠くを彷徨(さまよ)ってゆき——。

◆

——主戦力である竜闘騎(ドラッヒェンカバレリ)を失った飛空船(レビテートシップ)は、当然のように丸裸も同然となる。

降伏の旗を立てたパーヴェルツィーク王国の船へと、異様に重装備の騎士たちが乗り込んできて、船長であるフォルクマー以下船員たちは否応なく捕虜となった。そのうち上級船員たちは敵の船へと連れてゆかれ、そこで尋問を受けることとなった。敵の正体に当たりはついているものの、はっきりとはしない。緊張を噛(か)み殺しつつ待っていると——やつらが現れた。

最初に現れたのは30代手前くらいと思われる若い男であった。風格はあれど粗野が目立ち、彼が集団の主なのだとしたらこいつらは山賊なのだろうと思えたくらいだ。

「ようこそ来てくれた、パーヴェルツィークの騎士たち。あいにく何もない空の上だが歓迎するぞ」

「あれほど熱烈に誘われちゃあ、船もぐらりときますからね」

軽く混ぜっ返してみれば、男は悪びれた様子なく肩をすくめた。

「正直に言ってお前たちに特段の恨みもないのだが。お互い船上で出会ってしまったのだ、そういうものだろう」

そう言ってにぃと笑うさまはますます山賊めいたもの。とはいえフォルクマーは船長であり、船の乗員たちの命を預かる身である。捕虜となったからこそ弱気になってはいけない。幸いにも相手はまだ話が通じそうな感触がある。

彼はフリだけではない難しい表情を浮かべつつ、問い返した。

「そういうあんたがたは……新生クシェペルカ王国の者だな？」

「かもしれない。少々世話になっていたことはある」

白々しい。かの有名な『クシェペルカの魔槍』を使っておきながらそらとぼけるとは。とはいえ収穫はあった。本当に山賊ではなく国に所属しているなら、交渉が成り立つ可能性が高い。

「俺たちはパーヴェルツィーク王国、天空騎士団（ルフトリッターオルデン）第二十七飛空船団所属。任務は領地の守護で、イレブンフラッグスと一当てやったところだ」

「ほう。あの業突く商人どもは相変わらず手広く暴れているな」

さらに手ごたえを感じる。知る限りイレブンフラッグスはどことも同盟を組んだ様子がなく、総取りを狙って動いている。愚かなことだ。ともかく、空飛ぶ大地にある勢力ならば目障りに思っているに違いない。

「どうにも貴国とは少々すれ違いがあったようだが……戦場の不幸ってやつだ。ここは穏便に済ませるのが、お互いのためだと思うんだがな？」

「なるほど。それで、こうして捕虜となったお前たちがどう穏便に済ませてくれるんだ？」

この男は妙に楽しげなばかりでいまいちつかみどころがない。ここからが正念場だ、フォルクマーは腹に力をこめる。

「俺たち捕虜の身柄、および装備の返還を求めたいんですがね。もちろんタダじゃあない。引き換えに本国から身代金を支払いましょうや」

それまで余裕たっぷりに笑っていた男の表情が、ふと変わる。何か考えているように視線がそれて――。

「ほう。その提案は悪くないと思うんだが……どうもそれは無理そうだ」

「なに？　それはどういう……」

フォルクマーが聞き返した、その直後のことだった。いきなり床が――船が揺れる。あわてて周囲を見回したとき、窓の外にある巨大な顔と目が合った。

「ワトーの羽を傷つけたのは、この者たちか!?」

巨大な――女の顔だ。幻晶騎士(シルエットナイト)かと思われる大きさだけでも異様極まりないのに、さらに4つもの瞳が爛々(らんらん)と輝きフォルクマーをにらみつけている。

「ばっ……化け物ッ!?」

　思わず椅子ごと転げそうになったのも無理はない。

「眼を閉じて狩りをしたか。それとも百眼神（アルゴス）の威光を眼にせぬか。あれほど美しい羽根で飾れば百眼神も大いに喜ばれように、無為に散らすだけなど！　いかに小人族（ヒューマン）とて眼を開き直して……」

「はーいはい。話がややこしくなるので小魔導師（パール）は少し下がっていてくださいね。アディ、お願いしても？」

「まっかせてー。小魔導師ちゃん、一緒にワトーのお見舞いに行きましょうねー」

「むぅ……。これは小人族のことであるゆえ、後は師匠（マギステル）・エルに任すが……」

「そうだぞ小魔導師。これも戦いの結果、後から言葉で景色を変えるのは百眼神とて望まれまい」

「うぬぅ……」

　さらに男の巨人まで現れ、女の巨人の肩を押す。

　窓の外に何もいなくなってようやく、フォルクマーは自分が息を止めていたことに気づいた。生きた心地がしないとはまさにこのことである。

　というか、あの化け物どもは言葉を発していなかったか。あまりのことに何もかも理解が追いつかない。

この若い男は、あの化け物どもを見て平気なのか。それを言えばそもそも飛空船（レビテートシップ）に乗せていること自体が異様極まりない。空飛ぶ大地は驚きに満ちているが、ここは恐怖に満ちている。

フォルクマーは急に自分が一体どこにいるのかわからなくなってきて、身震いを覚えていた。

混乱する彼をよそに、部屋に入ってきた者がいる。

一瞬身構えるも、今度はとても小さかった。まるで子供のような風体の、少年か少女かもわからない謎の人物である。状況についてゆけず固まるフォルクマーを見て小首をかしげる。

「……エルネスティ、あまり捕虜を脅かすな。ほれ、交渉の途中だったが驚きすぎて話せなくなってしまったぞ」

「申し訳ありません。ワトーの傷を見た小魔導師（パール）が怒りだしてしまって。ナブと一緒に止めたのですが」

「それは仕方ないな」

何を納得しているのかはわからないが、今の会話がフォルクマーの記憶を刺激した。

「その声……覚えがあるぞ！」

忘れもしまい。彼の飛空船に乗り込んできた、奇怪な蒼(あお)い騎士から聞こえた声――！

「はい、そのとおりです。蒼い幻晶騎士(シルエットナイト)、玩具箱之弐式(トイボックスマーク2)は僕の乗機です」

頬(ほお)が引きつる。自分たちはこんな、こんな小さな子供にいいようにやられていたのか。

思いが顔に出ていたのだろう、その小さな子供が苦笑した。

「ご安心ください。僕はこれでもそれなりの人数を預かる身であり、騎操士(ナイトランナー)としても身を立てていますから」

「その一言で安心するやつはまずいないだろう。……そうだな、おい。そこのちっこいのは昔、ジャロウデク王国との戦いで飛竜戦艦(ヴィーヴィル)を叩き落とした張本人、つまり竜墜(お)としの騎士だ。お前たちの飛竜がどれほどのものかは知らないが、運がなかったな」

「なん……冗談だろう！」

「確かに冗談にしてやりたい気持ちもあるんだがな。よく考えてみろ、幻晶騎士に乗って飛空船の上まで上がろうなんて、そんなやつでもなければ考えもしないだろう」

「…………」

根本的にいろいろとおかしい。おかしいのだが、あまりにもすべてがおかしいために反論の言葉に詰まる。

一体自分はどこに迷い込んでしまったのだろうか？　このときすでに、フォルクマーの頭の中からは交渉とかいろんなことが吹っ飛びつつあった。

「それはいいとして、エルネスティよ。こいつらは本国から身代金が出るからと、捕虜と装備の返還を求めているんだがな？」

「お約束どおり、捕虜の身の安全は保証しますよ。あと飛空船(レビテートシップ)も相応の対価でお返ししましょう。ですが飛竜は無理です」

「な……なぜ？　本国の金払いを心配してるってのなら、そんなことは……」

　ようやく正気を取り戻しつつあったフォルクマーが、首を振りつつ聞き返す。返ってきたのは、とても満足げな笑みだった。

「いいえ、そうではなくて。もうないからです」

「何がだ？」

「あなたがたの小型飛竜は鹵獲(ろかく)、墜落したものまで含めて全機、もうバラしてしまいましたから」

「ちょ!?」

　完全に泣き顔で固まってしまったフォルクマーをよそに、若い男があきれ顔を浮かべた。

「お前、こういうことに関しては本当に手癖が悪すぎるぞ」

「目の前に機械があるのだから、まずバラさないと礼儀に反しますので」

「ライヒアラで一体何を習ってきたんだ？」

「そういうことは、若旦那には言われたくないですね……」

二人はしばらくにこやかに威嚇し合っていたが、ふと小さな子供が振り返る。

「それでも返せというなら。バラした後の部品でよければ、対価によっては考えなくもないですが……」

「いいわけないだろう！」

　思わず自分の立場も忘れて全力でツッコんでしまったフォルクマーを責めるわけにもいくまい。なんかもういろいろと限界だった。

「なるほど、すると守りたいのは機密のほうですね。確かになかなか丁寧に作ってあると思いますが、いわば飛竜戦艦（ヴィーヴィル）の小型版。そこまで珍しいものでもないと思います」

「……ッ！　竜闘騎（ドラッヒェンカバレリ）を、ただの飛空船モドキと思ってもらっては困るな」

なんということを言い出すのか、フォルクマーは興奮のあまり気が遠くなりそうである。

「竜闘騎と呼ばれているのですね。覚えました。……確かに随所に丁寧な仕事があります。アレを設計した方は間違いなく飛空船、あるいは飛竜戦艦の構造についてとても詳しい」

「飛竜戦艦にだと？　パーヴェルツィークがか。そもそも開発元のジャロウデクのやつらだって戦後は疲れきっていたはずだ。そんなやつがいるのか？」

一部やたら元気な魔剣がいるが、例外中の例外であろう。

「ええ。だからきっといるのですよ。飛竜戦艦(ヴィーヴィル)の設計者、本人が」

フォルクマーは心の臓をつかまれたような驚きを覚えた。表情に出ないよう抑えるので精一杯だ。若い男がわずかに宙をにらみうなって。

「戦後、設計者の行方は知れなかったそうだが……パーヴェルツィークはこの地に飛竜戦艦を持ち込んだ。なるほど、そうつながるか」

竜闘騎(ドラッヒェンカバレリ)の設計に関する情報は、パーヴェルツィーク軍でも一握りの上級騎士しか知らない極秘である。それをたかが鹵獲(ろかく)した機体を調べただけで真相までたどり着くなど、尋常のことではない。

――竜墜(お)としの騎士。

その言葉が醸し出す異様を、フォルクマーは確かに感じていた。

「お、お前は……なんなんだ」

思わず問いかけてしまった言葉に、子供は待ってましたとばかりに笑みを浮かべて。

「はい。僕は銀鳳(ぎんおう)商会代表、エルネスティ・エチェバルリアと申します。お見知りおきを」

「ええ……」

「お前のような商人がいるかッ！」

「だよなぁ。俺もさすがに無理があると思うぞ、エルネスティ」

「皆してひどい」

妙に和やかに話しているが、フォルクマーからはすでに二人ともまともな人間には見えていなかった。先ほどの巨人たちすら生ぬるい、ここが地獄の中心である。

若い男はしばらく考えていたが、やがてうなずいた。

「よし。ひとまずこいつの希望どおり、パーヴェルツィークと交渉してみるか」

「竜闘騎は残っていませんからね」

「そりゃもう知ったことか。だがな、俺は興味があるんだ。やつらが何を考えてここに来たのか、どうしようとしているのか」

互いの先端が接触するほどに縄張りが伸びている以上、互いに無視するわけにはいかない。捕虜の返還というのは悪くない機会である。

「そうすると、このままハルピュイアの村に向かうのですか?」

「こいつらがそこの戦力なんだろう。別のところに接触したい。だがどうにも大所帯になってしまったからな、今動くのは手間だ」

さしもの手練(てだ)れたる『黄金の鬣号(ゴールデンメイン)』の船員とはいえ、捕虜のいる船を引き連れて行動するのはいかにも重たい。

「それにシュメフリークにも伝えておかねばならん。一度戻り、しかるべき機会を設けるとしよう」

かくして『黄金の鬣号』は船首を翻し、拠点である村へと戻りゆく。

ちなみに帰ってきたら船が増えていて、しかも捕虜がパーヴェルツィーク王国軍であったことに、シュメフリーク王国の者たちが驚きあわてたのは、言うまでもない。

◆

人間たちが持ち込んだ争いは風に乗る船と共に去ってゆく。後に残されたのは傷ついた森と、憔悴したハルピュイアたちだけであった。

「ひとまず大事には至らなかったが。地の趾め、火の嘴を迷わず使うとは」

森に刻まれた破壊の跡も生々しい。幸いにも火は大きくなる前に消し止められ、村は深い安堵に包まれていた。木々に住まいを作るハルピュイアにとって、火の扱いは非常に慎重さを要する。小さな火を放置して失われた村も少なくはないのである。

「やつらを受け入れれば、戦いは起こらぬのではなかったのか」

「このままでは、いずれ村は火に包まれるだろう。そのときにあの地の趾たちは翼を貸してくれるのか？」

そこかしこで怒りと疑問の声が湧き起こる。それも無理はない、パーヴェルツィーク王国軍は互いの安定と守護を名目にハルピュイアの隣へと進出してきた。しかし約束の薄っぺらであることがこうして白日の下にさらされたのである。そうすれば残るのは飛竜の威。ハルピュイアにとって、ただの災いと何も変わりがない。

「確かに地の趾は大地に住まい、我らは木々に住まう。だが地の趾たちがそれだけで満足することはなかった」

「結局追い立てられることに、変わりはないのではないか……」

ハルピュイアの不満は争いばかりがその理由ではない。

人間たちが作る街は時とともに規模を増し、着実にハルピュイアの生活を圧迫しつつある。今はまだ余裕が残っている。しかしそう遠くない先に失われるであろうことは、もはや明白であった。

「風向きは常にひとつとは限らない。次に吹く風を見定める時は近いのかもしれん」

ハルピュイアもまた、己の進む先を決めるべくたゆたう。

そんなときである。その羽ばたきが降り立ったのは――。

「何ものだ!?」

「そ、その姿！　まさか……」

荒々しい羽ばたきが突風を巻き起こす。村の鷲頭獣（グリフォン）が警戒も露わに嘶（いな）いた。それも無理はない。現れたものはただただ異形であり、醜悪な姿をしていたからだ。

三頭鷲獣（セブルグリフォン）を上回るであろう、強靭（きょうじん）さを備えた体躯（たいく）。そこから生える3つの頭は、恐るべきことにすべて異なる形をしている。獅子、鷲、山羊——しかしそれらに共通しているのは、殺意と暴威に満ち、周囲へと敵意そのものの視線をばら撒いていることであった。

「そんな……混成獣だと!?」

荒ぶる破壊の化身、混成獣。しかし真に奇妙であるのは、それが暴れることもなく佇んでいることである。さらに——。

「なんということだ！　なぜ……なぜハルピュイアを乗せている!?」

その背にまたがる、翼ある者の影を見つけ村の者たちは慄いた。

混成獣には確かに鞍が取り付けられ、背のハルピュイアがゆっくりと翼を畳んでいる。ハルピュイアは顔の全体を隠す妙な面を被り、表情がうかがえないどころか性別すら判然としなかった。

村のハルピュイアたちから警戒の視線を集めながら、混成獣の乗り手はゆっくりと首を巡らせる。

「私は遣い……我々の王から、同胞たちへの言葉を携えてきた」

「王だと？　いや、その前にどうやって混成獣を従えた！　それはすべてのハルピュイアにとっての仇敵であろう！」

返答はある意味予想どおりだったのだろう、使者は仮面の下でくぐもった笑いを漏らす。

「そう。混成獣は我ら同胞、そして鷲頭獣と翼を分かった獣。凶にして暴なる存在。だがこれもまた、王の力によって従えられたものである」

語る使者の下、混成獣は低いうなりを上げている。その3つの首に知性や理性らしきものは見当たらず、たぎる獣性が血走った瞳にあふれている。何ものかによって抑えられていなければ、すぐさま走り出し周囲に襲いかかったであろう。分かり合うことなど不可能な、敵であったはずの獣なのだ。

「そのような風は吹かぬはず……」

「だが、実際にこいつは襲いかかってこないぞ。完全に従えている」

「もしも混成獣を乗騎にできるのならば、鷲頭獣を失ったものも戦えるのでは？」

「それが正しかったとして。混成獣だけで力になるのか……」

さまざまな言葉がハルピュイアたちの間を駆け抜けた。使者はしばらくの間、彼らが囀るままに任せていたが、やがて低く笑いだす。

「同胞たちよ。多くの巣が地の趾たちによって踏みにじられた。やつらは卑劣にも火を放ち、護りの殻たる森ごと巣を焼き払った」

怒りの声が同調する。

森を焼くことはただハルピュイアたちを傷つけるのみならず、その後に生きる場所すら奪う許されざる行為。彼らにとって最大の禁忌ともいえる。

「怒りによって抗った者もいる。だが力及ばず火に呑まれた。なぜだろうか？」

「我らが弱いからだと言いたいのか!?」

「いいや。聞け同胞よ。我らの1羽、鷲頭獣（グリフォン）の1匹は地の趾（ちし）よりもずっと強い。だが群れの規模で劣ったのだ。地の趾はまさに、空を埋めるほどの群れを成している」

ざわめきはいや増してゆく。

「ゆえにこそ我らもひとつになり、大きな群れを成す必要がある。そしてすべてを導く者が必要だ……」

使者の被る仮面の下。人目に映らぬところで口元が弧を描く。

「それこそが我らが王、『竜の王』に他ならない。同胞たちよ、飛び立つは今だ」

◆

空飛ぶ大地に点在する鉱床街。始まりはイレブンフラッグスが拓いたこの街も、パーヴエルツィーク王国の侵攻により所有者が変わって久しい。

ここに限らず、空飛ぶ大地にある鉱床街で産出する鉱石といえばただひとつ。それは源素晶石（エーテライト）という、飛空船（レビテートシップ）の駆動に欠かせぬ重要物資である。この虹色の鉱石を求めるがゆえ、多くの国がこの地に乗り出してきた。

大地に穿たれた多数の坑道は長く続いており、日の高い時間であっても奥まで光が届かない。坑道の天井付近に提げられたカンテラの頼りない光だけが、ここにある唯一の明かりである。

そんな坑道内で採掘に従事する鉱夫たちは皆、頭に重い被り物を着けていた。

「くう、暑い！　この防護装備ってなぁ外せねぇものか。動きづらいわ暑いわ、何もいいことがねぇ！」

鉱夫の一人がぼやく。隣で作業をしていた別の鉱夫が肩をすくめた。同じように防護装備を被り、互いに人相などわからない。この場所では隣にいるのが誰なのかなど大して重要ではないのだ。

「そうは言うがよォ、お前さんだって見ただろう。こいつを外して作業していたやつは泡ぁ吹いてもがき苦しんでたんだぞ。ほんっとうに邪魔くさいけど、面倒と命じゃあ天秤だって釣り合わねぇさ」

「わかってらい。でも邪魔なんだよ！　愚痴くらいいいだろう！」

囁き声を交わしつつ、彼らは採掘作業を続けていた。

ガツガツと晶石を掘り進む。石とはいっても硬度が低く簡単に砕けるため、採掘自体は意外に楽だ。虹色の輝きを漏らす石っころ。これを西方諸国まで運び込めば相当な値が付く。

　とはいえ末端の鉱夫にとっては、そこまでは知らぬ話。彼らにとって重要なのは、イレブンフラッグス時代はしみったれた金で働かされていたのが、パーヴェルツィーク王国にすげ替わってマシになったという事実だけである。

　鉱夫たちは明日の稼ぎを夢見て今日を懸命に掘り進む。ガツガツ、奥へ、奥へと――。


　そうやって彼らが無心に働いていると、あるとき砕いた晶石の間からさっと光が放たれた。それまで薄暗闇に包まれていた坑道が急に照らされ、暗闇に慣れた鉱夫たちが目を覆って叫びを上げる。

「うぎゃあ！　ま、まぶしい!!」

「くそう、なんだよぉ!!」

　もしや坑道が空飛ぶ大地を突き抜けたのかと心配にもなるが、そんなわけはない。大陸ほどではないとはいえ、この大地も易々と人力で掘り抜けるほど小さくはないのである。

ならば一体何が。原因を求め鉱夫たちが恐る恐る目を開けると。

「な、なんだこりゃあ……」

　彼らは見た。源素晶石(エーテライト)の間からぬるりと頭を出した、細長い生き物を。それは全身からうっすらとした光を放っており、暗い坑道にあっては真昼を持ち込んだかのようにまばゆく感じられた。

「ば、化け物ミミズが、光ってる!?」

「馬鹿言えこんな気持ち悪いミミズがいるかよ！　ちくしょう、一体何が……」

突然の事態に鉱夫たちがあわてる中、仮称『光るミミズ』は先端部に備わった触腕をぱっと開いた。うわ食われる、と鉱夫たちが身を引くが、さにあらず。

直後、坑道にあるまじき異変が生まれ起きる。

最初に異変を察したのは鉱夫たちの肌であった。表面をなでる空気の流れ――風、こんな穴の奥で起こるはずのない現象。

「お、おいなんだこれ……ヤバいぞ」

戸惑いもそこまでだった。風は急激に強まり、一気に張り飛ばされるような突風と化す。防護装備と採掘道具を手にした鉱夫たちであってもお構いなしに、風はすべてを吹き飛ばし――。

「ひぃ、うわぁぁぁ！」

「おいなんだよぉぉ」

その場にいた鉱夫たちを一人残らず坑道から放り出したのである。

悲鳴が完全に聞こえなくなったところで、光るミミズはするりと源素晶石(エーテライト)の間へ引っ込んでいった。

後に残るのはただ、暗闇と静寂ばかり。

かくして命からがら坑道から転がり出た鉱夫たちは、村の酒場へと集まり顔を突き合わせているのである。

「化け物ミミズ、お前のところにも出たのか！」

「ああ、おかげで全然掘れなかった……」

「どうするよ、このままじゃあ俺たちの稼ぎがなくなっちまうぞ！」

彼らの稼ぎは掘ってなんぼだ。このまま奇妙な光るミミズに襲われ続ければ、こんな地の果て空飛ぶ大地までやってきた甲斐がないというもの。由々しき問題であった。

「どうしようもこうしようもねぇ。騎士様にお願いして、倒してもらうほかないだろう」

集まったなかの一人が声を上げる。皆がその意見にすがるようにうなずいた。

「そうだ。やつらだって石が欲しいんだ、なんとかしてくれるに違いない……！」

希望を見出して皆が盛り上がる中、一人酒場の片隅でじっと話を聞いている男がいた。

それは周囲の誰にとっても見覚えのない男だったが、盛り上がりの熱気に紛れ、気に留められることはなかった。

「……隊長に報告を」

そうして男はいつの間にか姿を消し、鉱夫たちが彼の存在に気づく機会は永久に失われたのである。

◆

「……と、このような訴えが続々と上がってきております」

パーヴェルツヴィーク王国軍が拠点とする飛竜戦艦（リンドヴルム）。第一王女フリーデグント・アライダ・パーヴェルツヴィークは、天空騎士団（ルフトリッターオルデン）竜騎士長グスタフから報告を受けていた。

「その……光るミミズだと？　なんと気持ち悪い生き物だ。そんなものが本当に存在するのか？」

「は。残念ながら私も自らの目で確かめたわけではありません。まったく眉に唾をつけたくなる代物ですが……同様の報告が何件も上がってきております。少なくともそう訴えるに足る、何かが存在することまでは確かかと」

　王女は眉根を寄せる。

「この訴えと前後して、直近の採掘量がぐっと落ち込んだと報告にある。原因がこれだとすれば早急に手を打たねばならない」

「はっ、すでに試みてはおります。聞くところによれば相手は生き物、討伐の要望を受けたこともあり騎士を送ってみたのですが……。いずれの場合も坑道の奥には何もなく、ただ薄暗いだけの場所であったとの報告ばかりで」

「すべてか？　どういうことか……もしや訴えが虚偽である可能性は」

「仮に意図的なものとするならば。報酬を吊り上げるための方策でありましょうか」

今でいうストライキである。一応理屈は通っている、根拠のない推測ではあるが、王女の耳には化け物ミミズよりはもっともらしく聞こえていた。

彼女を責めるわけにもいくまい。何しろ西方の地から魔獣が絶えて久しい。久しぶりに出会った魔獣が、この空飛ぶ大地に住まう鷲頭獣（グリフォン）である。光るミミズの報告など、彼女たちにとってはなんの信憑（しんぴょう）性もないものだ。

「……報酬はそれなりに奮発していると聞いていたがな」

「我々もそのように。しかし人の欲とは限りのないものです。より多く、さらに多く。その飢えた心こそ原動力となりえますが」

「我が国が南を目指すようにか。とはいえ対価にも限りはある。腹がすいたからと、求められるだけ与えることは誰にもできない」

パーヴェルツィーク王国はこの事業に相当な投資をおこなっている。源素晶石（エーテライト）が手に入るならば悪い賭けではないが、それにしても限度はあるということだ。

「まずは真実を確かめねばならん。より深く調べさせるのだ」

「は。手配いたします」

問題は山積みである。王女は溜息を漏(も)らし視線を壁際へと向ける。そこには彼らの知る限りの空飛ぶ大地の地図があり、その上にはさまざまな情報が書き込まれていた。なかでもパーヴェルツィーク王国の印が付いた街は数多い。

「先にイレブンフラッグスが耕してくれたおかげで、想定よりもはるかに順調に進んでいる。だが順調すぎるのも考えものね。こちらに連れてきた戦力で維持できる領土の限界近くまで膨れてしまった。これ以上、鉱床街を増やすことは難しい。だというのに少なくない場所で問題が起こっている……」

源素晶石が手に入らないのでは空飛ぶ大地にいる意味がない。尋常ならざる立地、ハルピュイアという異様な隣人。さらにロクな作物も手に入らない場所ときては国民を住まわせるわけにもいかないのだから。

そのときふと、王女が地図の一点を指した。

「そういえばこれがあったか。イグナーツが見つけ出したという巨大源素晶石塊……」

グスタフは眉を傾ける。

「あれは……しかしながら、周囲には魔獣の巣があり、かつ巨大な『生竜(ドレイク)』までも。右近衛(リヒティグライエンフォルゲ)ですら制圧しきれぬとなると、手に入れるには飛竜戦艦(リンドヴルム)が動く必要があります」

「本陣を動かすのは迂闊(うかつ)だな。手を広げすぎた弊害と、届かない場所が出てきたか。人の手足を超えるものは数えないのが賢さというものではあるが」

問題は数多く、そして多くが袋小路にはまり込んでいる。大国は巨体を持つがゆえに動きが鈍く。

そのとき、兵士が駆け込んできた。

「失礼します！　至急、報告がございます！」

「よい、そのまま述べよ」

「はっ！　周辺警護に当たっていた第二十七飛空船団より、部隊壊滅との報が入りました！」

青天の霹靂（へきれき）のような出来事に、王女の眉間の皺（しわ）がいっそう深まったのであった。

◆

「……ふむ。パーヴェルツィークが人質交渉に応じてきた。だが、話し合うならこっちまで来いと言ってきたぞ！」

「僕たちにはこの船があるとはいえ、敵領内に突っ込むのはぞっとしませんね」

「そうよ。若旦那、まさか本当に行くつもり？」

「深入りは言語道断だ。だが、見捨てられたというのも捕虜たちが哀れだろう。だから手前くらいまでは行ってやる」

かくして『黄金の鬣号』を筆頭として交渉使節団が組織された。船団は『銀鳳商会』とシュメフリーク王国の旗を掲げ、ゆっくりとした速度で空を進む。

『黄金の鬣号』以外には捕虜たちを乗せたパーヴェルツィーク王国軍の飛空船と、護衛としてシュメフリーク王国軍の船がさらに1隻ついてきた。パーヴェルツィーク王国の船は現在、シュメフリーク王国軍兵士の手によって動かされている。捕虜たちは船倉でおとなしくつながれているわけだ。

さても賑やかさを増す船。船橋など一同が集まると手狭に感じるほどだ。それを理由にアディがずっとエルを抱きしめてご満悦なのである。

「すっげぇ強気で来るよなぁ」

「それが通ると考えるだけの力があります。かの国はイレブンフラッグスとは犬猿の仲らしく。そして風の便りに聞こえるところ、ハルピュイアには融和政策をとっているとか」

シュメフリーク王国飛空船軍団長グラシアノ・リエスゴが穏やかに助言する。それを聞いたエムリスは、にぃっと歯を剥き出しに笑った。

「くくく。俺たちにも優しいかもしれんぞ？」

「そりゃ確かにイレブンフラッグスはひどい連中でしたけど、パーヴェルツィークだって油断ならないでしょう！」

操舵輪を握りながら答えたのはキッドだ。その会話を聞いた人間たちからの視線を受け、ハルピュイア、風切のスオージロはゆっくりと目を開いた。

「……この空は静かすぎる。この地にもハルピュイアは住まうであろうに、舞うものがいない」

「翼を縛るものがいるんだ。パーヴェルツィークというもの、どこまで翼を並べられるかわかったものではない……」

ホーガラが続く。スオージロは普段から厳しい表情をよりいっそう引き締めていた。ハルピュイアたちの反応を見たエルがうなずく。

「聞いていたとおり、彼らのやり方はうまくいっていないようですね」

「単純な風向きにまつわることだ。空模様を変えるのはただ天のみ。地の趾よ、お前たちによって変えられることは望まない」

「なるほど、道理ですね。友を相手に、その自由を妨げる必要はないはずです」

彼らが話している間に、隅の方でキッドがそっとホーガラに耳打ちする。

「でもさ、よくあのエージロが残ったなぁ。ついていくって大騒ぎすると思ったのに」

「ああ、それはワトーが動けないからだ。……ここには風切の三頭鷲獣しか連れてきていない」

「そっか。おとなしく休んでいてくれるといいな」

「それは……」

そうして彼女は出がけの一幕を思い出す――。

「それでは私は風切と共に行く。ワトーも翼を休めれば、また飛べるようになるだろう。今は無茶をさせぬようにな」

「ホーガラ。……うん、ワトーはあたしが守るよ！」

「案ずるな、翼ある友よ。まだ眼開ききらぬ身なれど、この四眼位の小魔導師(パールヴァ・マーガ・デ・クォートスオキュリス)がここにある。我も友を守護すると、百眼(アルゴス)の瞳に誓おう」

「小魔導師(パールヴァ・マーガ)のあるところには俺もありだ！　守りは万全だな！」

「でっかい人たち……。うん、ありがとう！」

「くえっ！」

「うむ。しっかりと休み、また美しい羽根を取り戻すのだぞ。百眼神(アルゴス)のお眼に留まるくらいにな……」

「でっかい人……!?」

「くえ……!?」

――汗が一筋、すっと流れ落ちてゆく。

「やっぱり駄目かもしれない」

「だ、大丈夫なんじゃないか。エルの言うところによれば、巨人族（アストラガリ）って頼もしい味方らしいし。……たぶん」

きっぱり断言できるほど詳しくはないキッドであった。


話し合いというよりは雑談を交わしながら、船は進む。

「そろそろパーヴェルツィークの領域に入る頃合いだが……どう接触したものか。ひとまず突っ込んでみるか？」

「は、はは。エムリス殿、冗談はおやめください」

それは無策というのでは。グラシアノは危ういところで言葉を呑み込んだ。そしてエムリスが首をかしげているのを見て、不安の雲が広がってゆくのを感じる。

微妙な空気が流れるところに、エルが横からひょっこりと顔を出す。

「身軽な『黄金の鬣号（ゴールデンメイン）』のみで先行するのはいかがでしょう。この船は足が速いですから、何かあっても単身なら逃げ出せますし。僕のトイボックスもあります」

「ツェンちゃんもあるよ！」

「なるほど、どうにも捕虜を連れ回すのはうまくないしな」

パーヴェルツィーク王国軍の船も悪くはないのだが、さすがに最新最速を誇る『黄金の鬣号』には比べるべくもない。

「後続に連絡！　速度を落とし、待機の準備をせよと！」

「て、敵陣を1隻で進むのですか……!?　クシェペルカに縁ある方々は肝が太いですね」

部下に指示を送るエムリスの後ろ姿を眺め、グラシアノがだんだんと顔色を青くしてゆく。大国とは一体なんなのだろうか。彼は最近何度も浮かんでくる疑問を、今もまた噛み締めていた。

「グラシアノ、他人事みたいに言うがそちらも当事者だからな？」

「そう……ですね。気づけばどんどんと事態が進んでいて。日々、空の大地の恐ろしさを実感しています……」

だいたい恐ろしいのは隣の人物たちなのだが、言わぬが花であろう。シュメフリーク王国とて、彼らと共に賽を投げた側なのだから。彼も腹をくくらねばならない。

かくして足の遅い船をいったん待機させると、『黄金の鬣号』は単身先へと進んだ。

すでにパーヴェルツィーク王国の勢力圏であり、いつどこで出会ってもおかしくない状態だ。だというのにグラシアノ以外の誰にも緊張の色は見られない。やはり大国に属する者は腹の据わり方が違うと、彼は密かに感動すら覚えていた。彼らが常識外れなほど修羅場に慣れているだけなどと、まったく想像の外にあることである。

動きが起こったのはしばらく進んだ後のこと。伝声管の向こうから緊迫した見張りの叫びが響く。

「……船影、複数視認！　ばっちりパーヴェルツィークの旗を掲げてます！」

「おいでなすったか。向こうもお待ちかねの様子だな」

遠望鏡を伸ばしてのぞき込むと、そこには複数の船影と、周囲を舞う飛竜の姿。パーヴェルツィーク王国軍の飛空船団だ。

「よく聞け！　我々の目的は戦闘ではない。減速、距離を置いて停止せよ！　交渉旗を掲げる。まずは穏便に接触できるとよいが」

「それではトイボックスに」

「エル君いってらっしゃーい。私もツェンちゃんいきまーす！」

「お願いしますね。異常があればすぐに連絡します。皆さんも配置についてください」

「了解！」

エルとトイボックスマーク2が甲板に上がり、巨大な旗を掲げる。所属を示す旗を後ろに、そして何も描かれていない無地の旗を前に大きく振った。これは交渉旗といい、敵対する軍勢間における意思疎通の手段として古来より用いられてきたものだ。

幻晶騎士(シルエットナイト)が持つ大きな旗は離れていてもなかなか目立つ。あとは向こうが応じることを祈るばかりである。

船橋にいる全員が固唾（かたず）を呑んで見守っていると、パーヴェルツィーク王国軍に動きが見られた。

「船団より竜闘騎（ドラッヒェンカバレリ）が離れます！　部隊を……いいえ！　単騎で進出してきます！」

「なぁにぃ？　なるほどな。旗は掲げているか？」

「機上に旗を確認！　無地の旗です！」

　エムリスは腕を組む。

「交渉の使者を立ててきたか。気合いが入っているじゃないか！　よし、エルネスティに連絡だ。旗を振り返せ、応じる用意ありとな！」

　交渉旗を単騎で掲げて進む場合は、交渉の使者役であることを表す。もちろん交渉に応じると言いながら寝首をかかれる場合もあり、無条件で信じることはできない。それだけに使者として赴く者には相当な胆力が求められるのである。

　旗を掲げた竜闘騎は速度を落としながら、徐々に『黄金の鬣号（ゴールデンメイン）』へと接近してきた。トイボックスマーク2が誘導をおこない、竜闘騎は『黄金の鬣号』の甲板へと着艦する。

「滑らかな着艦です。腕のよい騎士を選んだようですね」

飛空船（レビテートシップ）の基本的な構造は『黄金の鬣号』であれパーヴェルツィーク軍のものであれ大差はない。しかし一人敵中に降り立つとなれば、度胸と腕がそろっていなければ成しえないことだ。

エルも礼儀に倣いトイボックスマーク2を待機姿勢にして降りた。そうして甲板まで上がってきたエムリスと二人、使者を出迎える。

竜闘騎（ドラッヒェンカバレリ）から降りた騎士と向かい合う。吹きすさぶ風に負けない声量で、使者が怒鳴った。

「交渉に応じていただき感謝する！　某（それがし）は天空騎士団（ルフトリッターオルデン）所属の者！　フリーデグント殿下より言伝を受けて参った！」

「お役目ご苦労！　俺はエムリス、この船の船長だ！　まず用件を聞こうか！」

「その前に確かめたい！　貴殿らは当方の飛空船団に関し、捕虜の処遇について交渉に来た。間違いないか!?」

「そのとおりだ！　安心しろ、船ごとひっ捕らえてあるぞ！」

使者はうなずき、本題へと入る。

「それでは言伝の内容申し上げる！　当方は捕虜の処遇について交渉に入ることを望む！その上で殿下は、貴殿らと直接顔を合わせて話すことをご所望である！」

思わず、エムリスとエルが顔を見合わせた。先方が殿下と言っているのだから、相手はおそらくパーヴェルツィーク王国の王族ということになる。つまりいきなり首魁が出てくるも同然なのだ。

「ほう？　それは剛毅（ごうき）なことだが、たかだか捕虜の交渉にそこまでする必要があるとは思

「当方の役目はあくまで言伝のみである！　詳しくは殿下が直接仰せになろう！　受ける意志あれば、このまま同道されたし！　返答はいかに！」

エムリスはしばし目を細め思考に没していたが、やがてエルに振り向いた。いくらか悩んだが、彼がうなずくのを見て心を決める。

「いいだろう……と言いたいところだがな！　こちらは船が1隻、このままノコノコとついてゆくのはいかにも不用心だろう！　こちらの条件は、交渉の場所をこの近辺とすること！　それでよければ受けよう!!」

「……返答は承知した！　持ち帰り協議するゆえ、しばし待たれよ！」

「それではこの場で待つとしよう！　互いに実りある結果を期待する！　お前の仲間のためにも、なるべく急いでくれよ？」

「私自身はそう望んでいるよ。では失礼する！」

話し合いを終え、使者役の騎士が竜闘騎に戻った。甲板から離陸し遠ざかってゆく竜闘騎の姿を見送りながら、エムリスが大きく息をつく。

「考えてもいなかった風向きだな。いきなり王族なんぞが出張ってくるとは、随分大胆なやつらだ」

「若旦那？　ご自身のことをお忘れでしょうか？」

「……む。俺はあれだ、観光中だからいいんだよ」

「そうでしょうか？」

エムリスは肩をすくめると船橋へと戻る。前段階の調整が終わるまで、ここを動けそうにない。残してきた後続への連絡のため、エルとトイボックスマーク2が飛び出していった。

「伝令用に竜闘騎（ドラッヒェンカバレリ）とやら、ひとつくらい修理してもいいですね」

「でも交渉によっては向こうに返しちゃうんでしょ？」

「よし、やめましょう」

そんな一幕があったりしたが、つつがなく連絡は終わる。改めて船橋に集まった面々で話し合いがおこなわれた。

「……というわけで、どうやら向こうも大物が出てくるらしい」

「それは。本当に、このような前線までやってくるのでしょうか？」

グラシアノの疑問ももっともだと、エムリスは軽く笑い返しておいた。

「俺が言うことではないが、気まぐれなやつなのだろう。わざわざ身代金の交渉に首を突っ込もうというのだ」

「それだけの大物が出てくるのです。圧力をかけ、こちらを抑え込もうという考えでは」

「ふむ。なるほどな」

だとしたらその目論見はすでに外れていると言わざるをえない。彼らは自分自身を棚に上げ続けているが、何せこちらは複数の国の王族に騎士団長、船団長と、さらにハルピュイアの長という面々がそろっているのだ。むしろパーヴェルツィーク王国側こそ、彼らのことを測りかねているというべきであろう。

このにらみ合いはそれほど長く続いたわけではなかった。翌日のうちに返答が交わされ、数日後には交渉の場が設けられる運びとなったのである。

場所はエムリスたちの希望どおり、パーヴェルツィーク王国領の端ギリギリに設定されたのだった。

第九十話　話してわかることもある

飛空船(レビテートシップ)『黄金の鬣号(ゴールデンメイン)』が木々の上に停船している。

乗員たちは船を下り会場の設営に従事していた。ここは空飛ぶ大地、パーヴェルツィーク王国の勢力圏のちょうど境界あたり。捕虜交換の話し合いの場として指定された場所である。

「……おいでなすったか」

特に何をするでもなく椅子にもたれかかっていたエムリスが、空の一点をにらみつけていた。彼のつぶやきを聞き咎(とが)めた者たちも同じく顔を上げ。こちらへ向けて接近してくる船の影を捉えていた。

「……あの大きさ、どうやら飛竜戦艦(ヴィーヴィル)ではなさそうだな」

「アレはとてもではないですが、話し合いには向いていませんからね」

「話すもなんも、見た瞬間逃げるって」

いざという場合のために、この場にある船は快速を誇る『黄金の鬣号』のみになっている。とはいえおよそ出会いたい類のものではなかろう。

飛空船がゆっくりと近づいてくるにつれ、パーヴェルツィーク王国の国旗がはっきりと確認できるようになった。

「ようし。ここからは打ち合わせのとおりだ。主に俺とグラシアノが相手をする」

「び、微力を尽くさせていただきます……」

まったくいつもどおりのエムリスに比べてグラシアノはいささか顔色が悪い。時折こっそりと胃の腑のあたりを押さえていたりする。

「僕は万一の備えにトイボックスを控えさせておきますね」

エルがトイボックスマーク2を動かし後方の森のあたりに待機させた。一応エルは話し合いにも参加する。

そうして人間たちの準備が進む中、羽ばたきとともにハルピュイアのスオージロとホーガラがやってきた。

「我らは同じ枝に留まっている。囀るのはお前たちであるが」

「わかっているさ、風切の。あとはそうだな……キッド！　お前はハルピュイアの護衛についてくれ。念のためツェンドリンブルも降ろしておく」

「えっ。俺は船で待機じゃないんですか若旦那。操舵どうすんです？」

「舵ならなんとでもなる。彼らに信頼されているのだろう。働け」

キッドはふと振り返ったところで、じっとにらむホーガラと目が合った。なんだかいろいろな念のこもった視線が彼に後退を許さない。

「ウス、しっかり護衛します……」

「アディは船に。後ろの守りをお願いしますね」

「うー。エル君の頼みなら仕方ないけど、私もこっちにいたかったー！」

　これから大国との交渉だというのに緊張感というものがない。これが余裕というものなのか。グラシアノは何度目かわからない感想を胸に抱いていた。何度目であっても間違っているとは知らずに。

　彼らがわいわいと準備している間に、近づいてきたパーヴェルツヴィーク王国の飛空船（レビテートシップ）が降下を始めていた。船1隻のみで、周囲に護衛らしき機体の姿はない。

「交渉とはいえなかなか大胆だ。さすがに大軍はなしとしても竜闘騎（ドラッヒェンカバレリ）の1騎や2騎はあると思ったが」

「いざとなれば速度で向こうが圧倒します。どちらかと言えば離れていてもすぐに駆けつけられるという自信の表れでしょう」

「それは違いない」

　輸送用飛空船（カーゴシップ）から幻晶騎士（シルエットナイト）シュニアリーゼが降ろされる。白い巨人を背景にパーヴェルツヴィーク王国側の人間がやってきた。

「ホストとしては出迎えが必要なところだな」

エムリスがずいと歩き出し、エルが静かに背後に続く。

「パーヴェルツィークの方々よ、歓迎するぞ！　俺はエムリス。銀鳳商会(ぎんおう)……じゃない、そこの船の船長であり、集まりのまとめ役のようなことをしている」

本人は両手を開いて友好的に話しているつもりだが、エムリスはやたらガタイがよく髪形も荒れており無駄な迫力がある。パーヴェルツィーク王国軍からの妙な警戒を受けつつ待つことしばし。

騎士たちがすっと左右に割れ、いかにも騎士然とした壮年の男性を引き連れた若い女性が静々と歩いてきた。おそらくは彼女がこの会談を希望した『殿下』なのだろうと当たりをつける。

「出迎えご苦労である。私はパーヴェルツィーク王が娘、フリーデグント。ここにある天空騎士団(ルフトリッターオルデン)を率い、この地に陛下の名代としてやってきた」

「まさか殿下御自らにご足労いただけるとはな。報せを聞いた捕虜たちはむせび泣いて喜んでいたぞ」

「私はどこぞの商人あがりどもとは違う。大事な竜騎士たちを無為に失うつもりはないからな」

「そいつは心強い。ではこちらにどうぞ、殿下」

木々の開けた場所に急造のテントが設えられている。エムリスが皆を案内して歩き出した。ちなみにその裏では。

「奇遇ですね。実は僕たちも商人なので……むぐ」

「そうなんだが、話がややこしくなるから今は置いておけ」

言いかけたエルがこっそりと口を塞(ふさ)がれていたりした。

◆

双方が席に着き向かい合う。

片やパーヴェルツヴィーク王国の王族と騎士たち、片やなんだかいろいろな勢力の集まり。まとまりもとっかかりもない。フリーデグントはわずかに迷ってから、一応代表だと名乗ったエムリスに話しかけた。

「我が方の騎士が捕虜になっていると聞く。経緯を確かめたいのだが……貴国らが戦ったうえでのことか？」

「そのとおりだ。どうやら最初は孤独なる十一国(イレブンフラッグス)を相手にしていたらしいが、巻き込まれては仕方ない」

「ほう。とするとと貴国が我らの領地を狙っていたわけではないのだな」

「……友を頼り、隣の村へ向かおうとしていた次第です。そもそもあれはハルピュイアたちの住処。領有を主張されるのはいささか勇み足と申せましょう」

王女が、横から口を挟んできたグラシアノに振り向く。

「貴殿はシュメフリークの者だったな。南方の小国までもが源素晶石(エーテライト)を求めてきたのか？　それほど切羽詰まっているようには見えないが」

「世界には数多(あまた)の理由があります。この空の大地には我々の古くからの友がいる。友を近づく脅威より守らんとするのは、そう不思議なことではないでしょう」

『まさにあなたがたのような』と込めた言霊(ことだま)は正しく伝わったようだ。王女が微(かす)かに瞳を眇(すが)めた。

「立派な心がけであるな。もしや友と言ったのは、あれなるハルピュイアたちのことか？　この集まりは捕虜の処遇についての話し合いの場だったはず。何ゆえに無関係な彼らがいるのかと思っていたのだが……」

あきれたような溜息が漏(も)れ出でる。それまでは黙って話を聞いていたスオージロが閉じていた目を開いた。

「我らの巣に近づくものであれば、同じ空にある問題だ」

「相変わらずハルピュイアの考えはつかみがたい」

「聞かれて困る話でもあるまい？」

エムリスが割って入る。

「そういうお前たちはどうなんだ、パーヴェルツィークの。ハルピュイアと組んだという意味では同じなのだろう」

フリーデグントは顔色こそ変えなかったが、エムリスに向ける視線を強くした。当たり前のように受け流されている。

「このようなところまで来て求めるものなどただひとつだろう、源素晶石(エーテライト)だよ。貴国らも関係ないとは言わせない」

「実際、さして関係ないというのも事実なんだがな……」

エムリスが独りごちるのを聞き咎(とが)め、フリーデグントは不満げに口を引き結んだ。彼にとっては掛け値なしの真実ではあるのだが、状況が状況だけに信憑性(しんぴょう)性がついてこない。

「資源……資源か。そもそもパーヴェルツィークといえば北の山脈を広く抱えている、地下資源はお得意だろう。『ドワーフのねぐら』とも言われるほどにな」

「なるほど、確かに我が国は険しい山に囲まれ雪に阻(はば)まれた厳しい立地にある。石掘りのドワーフ族くらいしか住み着かないなどと、コケにされたことも一度や二度ではないな」

見事に地雷だった。

ますますフリーデグントの表情が厳しくなって、エムリスはきまり悪げに視線をそらした。

「エホン！　……ともかく、十分な鉱物資源を抱えた『北の巨人』なんだ。源素晶石だって、別にここでしか掘れないというわけではない。国許で十分じゃあないか？」

「いくら石を掘ろうとも人の腹は膨れない。石を売り捌こうにも運ぶ手間がかかる。飛空船の業は、我が国の未来にとって必要不可欠だ」

その飛空船を浮かべる燃料である、源素晶石もまた然り。国の思惑はそれぞれだ。すぐに手を引くような相手ではないとわかり、エムリスはひとつ吐息を漏らした。

「ままならないものだ。飛竜戦艦を持ち込むくらいだ、お前たちの入れ込みようはようく理解できた」

「……あれに詳しいような口ぶりだな？」

「一度戦い、墜としたことがある程度には詳しいな」

パーヴェルツィーク王国の騎士たちから抑えたざわめきが上がった。

そうして彼らは思い出す。史上最強の航空兵器である飛竜戦艦を墜としたなどと嘯けるものは、西方広しといえどただ一国のみであるということを。

「……さすがと言うべきかな。ジャロウデク王国に勝った『クシェペルカ王国』ならばその自信のほどにもうなずける。しかし、そうだな……」

フリーデグントがすっと後ろに合図を送って。

「我々が同じ轍を踏むと思われるのも癪だな、グスタフよ？」

「はっ。飛竜には我ら天空騎士団（ルフトリッターオルデン）による守護がついております。たとえクシェペルカの魔槍を用いようと、易々と竜まで届くとは思わないでもらいたい」

「確かに手ごわそうだ」

エムリスが素直に感心してみせたのがグスタフには気に入らなかった。まるで脅威と捉えていないというのか、それとも彼ら天空騎士団が侮られているということか。いずれにせよ舐（な）められているとしか思えなかったのである。

固さを増した空気の中、エムリスはなんでもない様子で後ろに問いかける。

「で？　実際のところはどうなんだエルネスティ。墜（お）とした当人の意見を聞きたい」

たったの一言で、場の視線が一箇所に集中した。話し合いの始まりからずっとエムリスの後ろで控えていた人物が顔を上げる。

まったく場の雰囲気にそぐわない、男か女かも判然としない小柄な人物。付き人か何かと思っていたが、どうやら騎士らしいと知った天空騎士団員たちに微（かす）かな戸惑いが生まれた。

「ジャロウデク王国との戦いでは実質的に飛竜戦艦（ヴィーヴィル）と一対一でしたから、思う存分戦え（たのしめ）ましたが、横槍が入るとなると面倒くさ……ああいえ、少し厄介ですね」

まるで世間話でもしているかのように能天気な話しぶり。グスタフの額に血管が浮き出たのを、周囲の人間ははっきりと目撃した。

「大型兵器を中心に戦闘機群による支援ありとして。しかし飛竜戦艦の武装はどれも味方を巻き込みますし竜闘騎(ドラッヒェンカバレリ)は少数では脅威たりえません。両者の重なりには隙がありますね」

「そんな針の穴を隙と言い切るのはお前くらいだろうがな……」

その話し合いの場において、エルネスティの想定を共有できたのはわずかにエムリスとキッドだけ。他の人間にとっては大言壮語もいいところであるし、パーヴェルツィーク王国の騎士たちにとってはもはや侮辱でしかない。

「貴様、いかにクシェペルカとはいえ大口もほどほどにせよ……」

険悪さを増した場を、突然の笑い声が駆け抜ける。

「くく……ははは！　なるほど、そういうことか」

「王女殿下⁉」

声の出どころはフリーデグントであった。ぎょっとするグスタフを手で制する。

「つまり彼らには天空騎士団に匹敵するだけの切り札があるのだぞと。それがゆえの大言なのだ。さしずめここに向かっている途中……今少しの時間稼ぎが必要ということろか？」

王女の視線が問いかけてくる。エムリスは意味深に背もたれへ深く沈み込むと、小声でエルに問いかけた。

「そうなのか？」

「だいたい正解ではないかと。たぶん国許（くにもと）からお叱り騎士団が向かっていますし」

「しまったそうだった……」

　微妙に深刻そうな表情で身を起こす。

「そちらの考えているとおりかは保証しかねるな」

「バレたところで自信のほどは揺らがないか。見せ札か、あるいは引っ掛け（ブラフ）の可能性もあるが……いや、いずれにせよだ。我々としても貴国を相手にするつもりはないのだよ」

　エムリスの様子を見て、フリーデグントは確信を深めた。

「先ほども言ったとおり、我々の目的は源素晶石（エーテライト）。とはいえ総取りばかりが勝利ではない……そうは思わないか？」

「正直、意外な側ではある。今まで見てきたやつらは総取りばかり考えていたぞ」

　ジャロウデク王国然りイレブンフラッグス然り。ロクでもないやつが多いな、とエムリスは頭の片隅でどうでもいいことを考えていた。

「それは傲慢（ごうまん）というものだよ。西方の地ほどではないといえ、この空飛ぶ大地も人の手に余る程度には広い。いかな大国とて独り占めは望めまい」

「ほう。それで俺たちにおこぼれをくれてやろうというわけか？」

「もっと真摯（しんし）な心だよ。この島をパーヴェルツィークとクシェペルカで分割しないかと言っている」

エムリスが肩をすくめる。

「大げさな話になってきたが、まさか俺の一存では決められるはずもないぞ」

「もちろん国許（くにもと）に報せを送るがいい。しかし貴殿とて一番槍を任されるだけの立場にいるのだ、それほど言葉が軽いわけでもあるまい？」

「……だといいがな」

（勝手に飛び出しておいてこんな話を持って帰った日には、大目玉じゃ済まないいんじゃゃ……）

隣で話を聞いているキッドの顔色が微妙に悪くなっていたが、気にする者は誰もいなかった。そこでやにわに口を開いた人物がいる。

「そのお考えはあまりに身勝手に思われます、フリーデグント王女殿下」

シュメフリーク王国飛空船軍団長である、グラシアノだ。

「この島は西方諸国（オクシデンツ）の餌場ではありません、彼らハルピュイアの住処だ。我々はあくまでも客でしかないのです」

「……それで？」

「客には客として求められる品格がございます。軒先を借りて母屋を奪うのでは、下賤（げせん）な野盗と何も変わらないでしょう」

フリーデグントが眉根を寄せた。

「シュメフリークよ、言葉に気をつけたほうがよい。それは貴国の考えと受け取るぞ？」

「我々は友を尊重します」

彼女は瞳を伏せて黙ったままのスオージロたちにちらと視線をやってから、大げさに溜息をついた。

「それはそれは。南国というのは大変に寛容であるらしい、羨(うらや)ましいことだ。だがしかし力なき者に囀(さえず)る権利などない。我々はそういう話をしている」

グラシアノが口を引き結ぶ。言葉は真実であり、シュメフリーク王国が国力において大きく劣っているのもまた事実である。戦力の話だけをしても飛竜(ヴィーヴィル)戦艦1隻に蹴散らされる程度の存在でしかない。

そこでエムリスが話に割り込んだ。

「貴国の考えはよくわかった、王女殿下よ。しかしシュメフリークもハルピュイアも俺たちの大事な仲間だ。それを蔑ろにするような提案には乗れんな」

フリーデグントは何を言っているのかわからないと首を振る。

「……本気なのか？　そんな報告を国許(くにもと)に伝えるつもりか」

「我々の心配ならば無用だぞ」

フリーデグントはしばしじっとにらんでいたが、やがて深く息をつく。

「……残念だ。とても残念だよ」

そうして次に彼女が顔を上げたとき、そこにはもはや友好的な色合いなど欠片（かけら）も残ってはいなかった。

「有意義な話し合いだった。互いの考えが相容れないと知れただけでも、成果と呼ぶべきだろう。では最低限の事柄だけ片付けさせてもらう。捕虜返還の対価であるが、あいにく金銭の持ち合わせが豊富なわけではなくてな。払いは源素晶石（エーテライト）で頼みたい。2隻分の量を用意しよう、いかがか？」

「承知した。我々としてもいたずらに戦いたいわけではないからな」

やや温度を下げた会話を交わしながら、対談は終わりを告げようとしていた——そのときである。

人々の頭上からさっと影が落ちる。見上げた視線の先に、大きく翼を広げた獣の輪郭があった。

「なんだあれは。今さらお前たちの仲間か？」

フリーデグントがスオージロをにらみ。だが彼の様子はそれどころではなかった。

「馬鹿な……!?　なぜお前たちがここに」

羽ばたきの音が降ってくる。翼ある民、ハルピュイアたち。集団を率いる風切（カザキリ）の1羽が、静かに空を指した。

「炎吐く石の竜よ。お前は空を従えるにあたわず、我らがまどろむ巣を脅かす敵に過ぎない。我らが真なる王より言伝を受け取るがいい」

　話す間にも影は急速に広がり、卓そのものを覆い隠し始めている。

「マズい雰囲気だぞ……走れ！」

　エムリスの叫びを聞くまでもなく、人間たちはそれぞれ動き出しており。直後、舞い降りた巨体が土煙を巻き上げた。

　スオージロとホーガラが翼を広げて空に上がる。彼らはそこにうずくまる獣の姿を見て、信じられないと目を見開いた。

「……混成獣(キュマイラ)ッ⁉」

　獅子、山羊(やぎ)、鷲(わし)と3種の頭を持つ異形の魔獣、混成獣。

　体躯(たいく)は四足獣に似ており背に巨大な翼を備える。尾は長く毛の薄いざらざらとした地肌が露出しており、見ようによっては蛇のようにも思えた。

　見上げるような巨体が会議の場のど真ん中に降り立っている。

　混成獣はそれぞれの首を巡らして周囲を一にらみすると、獅子の貌(かお)から咆哮(ほうこう)を上げた。強烈な音波を叩きつけられた人間たちは耳を塞(ふさ)いで屈み込む。魔獣なる形もつ災厄に対し、人は常に縮こまりやり過ごすことしかできない。

「殿下！　お下がりください‼」

　それがゆえに人は知と技をもって巨人兵器たる幻晶騎士(シルエットナイト)を生み出した。

白き幻晶騎士シュニアリーゼが王女フリーデグントを護(まも)るべく駆け込んでくる。盾を掲げ、自慢の槍を魔獣へと突き出し。

バサリと翼がはためいた。生み出された突風が土煙を巻き上げ周囲を覆い、シュニアリーゼの狙いをそらす。

「うぁあぁぁ……っ！」

「でん……かぁっ⁉」

巨人兵器と魔獣の戦いに巻き込まれた人間たちはたまったものではない。鍛え上げた騎士であろうと木の葉のように吹っ飛ばされる。

そうして魔獣の放った炎がシュニアリーゼを呑み込んでゆくのを、フリーデグントは呆(ぼう)然(ぜん)と眺めていた。

「こ……これが生きた魔獣……」

西方ではすでに絶えたものとはいえ、知識はあった。この空飛ぶ大地に来てからは実際に目にしたこともあるし、なんならば竜闘騎(ドラッヒェンカバレリ)が戦っているさまを見たこともある。しかしそのどれもが硝子(ガラス)越しの遠い景色でしかなかった。

眼前に覆い被さるように屹立(きつりつ)する巨大な魔獣。生の息遣いを持ち、うなり声は空気を震わせ、鼻が曲がるような獣臭を放っている。その三つ首のひとつ、山羊の貌がぎょろりと動き、胡乱(うろん)げな視線がフリーデグントに向けられた。それだけで彼女は身動きすらできなくなった。

濁った視線は破壊の熱に満ちている。意思を通じることなどおよそ不可能だと直感的に察した。だというのに、それが放つ暴力的な渇望だけはどうしてだろうか、肌で理解できるのだ。

山羊の貌が口を開いてゆく。口腔に魔法現象の兆候が現れ、雷光が生まれだした。魔獣の放つ魔法を受ければどうなるか、つい先ほど幻晶騎士が実演したところである。

「死ぬ……のか？　こんなところで、私は……ッ!?」

自分はまだ何も成し遂げていない、だというのにこんな世界の果ての空の上で魔獣の餌食と化す。仮にも王族の一人としては、まったくつまらない最期ではないか。国許に伝われば笑い話にもならないだろう。

絶望とあきらめが心を覆い尽くす。いっそ目も閉じてしまえばいいかもしれない。しかし最後に残ったわずかな矜持が瞳を閉じることを拒否し——だから彼女は目撃した。

横合いから恐ろしい勢いで飛び込んできた、小さな『人影』があったことを。

繊細な髪の一本一本が陽光に煌めく。紫銀の輝きはひとつの流れとなり、突き出したちっぽけな刃へとつながっていた。

「『爆炎球（ファイアボール）』・拡散投射（キャニスタショット）！」

鈴を転がすような声が告げ。瞬時に練り上げられた炎が群れを成して魔獣に襲いかかる。所詮は人の身、魔獣を斃（たお）すにはあまりに小さな炎。それも尋常ならざる数をもってすれば、口腔を灼（や）き魔法を止めるには十分だった。

ンギョォオオォォォッ。

炎と雷が口の中で炸裂しては、さしもの混成獣（キュマイラ）も平気とはいかなかった。おぞましい叫びを上げて山羊がのたうち、その陰から獅子が憤怒の相貌をのぞかせる。

「む。しぶといですね、ひとつ傷つけたくらいでは駄目ですか」

「は……？」

フリーデグントの思考が状況に追いつかない。突然現れた小柄な少年には見覚えがある。つい先ほど会議の場においてエムリスの後ろに控えていた人物。いわく『竜を墜（お）とした張本人』。

そんないわくつきの人物であるエルネスティは、場違いなこと甚だしい笑みを浮かべたまま振り向いた。

「今の間にこの場から離脱しましょうか。どうか殿下もご協力を」

「なっ……お前……!?　何を……？」

彼女の返答を待つことすらなく、エルは馬鹿げた勢いで加速する。タックルさながら彼女を抱え上げるとそのまま飛ぶように駆け出した。

「ひとまず向こうにお届け、あっまずい」

目指すはパーヴェルツィーク王国の騎士たちのもと——だが数歩を進んだところで急角度で向きを変える。なぜなら直後に新たな異形が降ってきたからだ。

現れた混成獣（キュマイラ）は1匹だけではない。周囲を見回せば続々と魔獣が現れてゆくところだった。

「全力で来ていますね、なかなか念入りな襲撃です！」

眼前を塞（ふさ）ぐ混成獣が首を向ける。獅子の貌（かお）が口を開き炎を噴き出した。エルは軽やかに銃杖（ガンライクロッド）を一閃（いっせん）。生み出された分厚い大気が防壁を作り、炎がその上を流れてゆく。

身を守るのに十分な魔法を維持しつつ、さらに『大気圧縮推進（エアロスラスト）』の魔法で加速。魔獣の包囲を一気に突き抜けようとして。

「き……さま！　どうするつもりだ……」

フリーデグントが叫ぶ。先ほどから目まぐるしく視界をぶん回されるわ魔獣が降ってくるわ炎に包まれるわと気の休まる時間がない。だというのにエルの返事はさらに恐ろしいものだった。

「まずは囲みから出ないといけません。ちょっと荒っぽくなりますよ、今しばらくの我慢をお願いしますね」

「さらにだと!?」

今までが荒っぽくなかったとでも言うつもりだろうか。文句の言葉が口をつきかけて、彼女は精神力を総動員し、かろうじて唇を引き結んだ。

無茶だ。無茶だが、その無茶がないと窮地を切り抜けられない。この小さな肩に自分の命が乗っていると思えば、邪魔をする愚は明らかである。

「さてどこか安全なところは……あった」

そうして暴れる魔獣の間を気軽にすり抜けて走っていたエルは、とあるものを見つける。

「まずは味方と合流しますよ」

「こ、この状況だ。すべて任せる……！」

風を巻き起こし、混乱の只中を銀の影が疾る——。

◆

「どけ魔獣！　船には近寄らせねぇっ!!」

混成獣の巨体にも劣らない巨躯と重量で駆ける、半人半馬の騎士。人馬騎士ツェンドリンブルが、突撃の勢いを乗せた騎槍を魔獣へと叩き込む。鷲の貌を抉られた混成獣が悲鳴とともに空に逃れた。

「一丁上がり！　ってもこれじゃキリがねーな」

操縦席でキッドがぼやく。周囲には続々と魔獣が舞い降りており大混乱が広がっていた。いかにツェンドリンブルとて囲まれてはおしまいだ。自慢の足で動き回りながら槍を振り回し、魔獣を追い払っていた。

キッドのまたがる操縦席の後方から身を乗り出す者がいる。狭い操縦席の中、翼を広げられずにちょっと窮屈そうな様子のホーガラであった。

「先ほど鳴き声を響かせたハルピュイアがあった。これほどの混成獣(キュマイラ)を、まさか従えているというのか!?」

「こいつら混成獣ってのか。ハルピュイアにとっても敵なのか?」

「というより混成獣に味方などいない。下手をすると同族ですら殺し喰らう、破壊以外に考えのない獣だ」

「そのわりにお行儀いい感じだけどな!」

キッドも『宣戦布告』をしてきたハルピュイアの姿を目撃している。確かに魔獣は暴れまくっているが、それも目的があっての破壊行為だと思えた。

「しっかしホーガラは一緒だけど、スオージロはなんか勝手に飛んでっちまうしエルも勝手に飛んでっちまうし、どうすっかな……って」

そのとき、彼は幻像投影機(ホロモニター)の一角に、こちらに向けて駆けてくる小さな人影を見つける。付き合いの長い間柄である、どんなに小さくても見逃しはしない。魔獣たちから離れていることを確かめ、キッドはツェンドリンブルを走らせた。

「エル！　いいところにいたぜ。そっちは大丈夫なのか……」

「キッド、客がいます。操縦席を開けてください」

「え。お、おう」

　確かに誰かを抱えている。キッドは言われるままに操縦席を開けた。エルは人一人を抱えたまま軽々とツェンドリンブルの背中まで飛び上がる。

　完全に荷物扱いされながら、フリーデグントはもういろいろと突っ込むのをあきらめていた。彼女が武に秀でていないことを差し引いても、この少年の動きは異常としか言いようがない。パーヴェルツィーク王国の騎士は精鋭ぞろいと言えるが、だからといって戦いのさなかを人を抱えたまま走り回るなど不可能だ。

　クシェペルカという国は、こんなのが普通にいるのだろうか？　だとすればジャロウデク王国が負けたのにも納得がいく。

　彼女の思考は、ひどくどうでもいいところを飛んでいた。

　空気の抜ける音とともに馬の背の装甲の一部が開いてゆく。エルは迷わず操縦席へと飛び込んだ。

「話には聞いたことがある、クシェペルカの人馬騎士……。目にするのは初めてだが、なんと奇怪な」

異常と言えばこの人馬騎士も大概である。大西域戦争（ウェスタングランドストーム）とともに名を馳（は）せた異形の騎士の『ひとつ』であり、飛空船（レビテートシップ）殺しの魔槍の担い手として知られる機体。噂には聞いていたが、実際にお目にかかるのとではいろいろと大違いであった。

操縦席から騎操士（ナイトランナー）がこちらを見上げてくる。馬の背のようにしがみつく形をした操縦席は、どことなく竜闘騎（ドラッヒェンカバレリ）のそれに似ていた。

「竜闘騎よりはよほど幻晶騎士（シルエットナイト）していると思いますよ。さてキッド、こちら王女殿下です。保護をよろしくお願いしますね」

「はァ!?　おいおいエル、向こうの偉いさんじゃないか！」

キッドの表情が奇怪に歪（ゆが）む。エルが誰かを連れているのは見て分かったから操縦席を開いた。だからとてそれがまさかパーヴェルツィークの王女だとは想像もしていなかった。

もちろんエルが彼を待ってくれることなどない。さっさと王女を降ろして、操縦席の後ろの空間をのぞき込んで。

「おや、先客が」

ホーガラと目が合って首をかしげた。本来は二人乗りとして設計されたツェンドリンブルは、一人乗りに改修された後も操縦席は広いままである。ちょうど客を乗せるのに重宝していたのだが。

「……それは、向こうの群れの長か」

「まさかハルピュイアと一緒とはな。ここは安全な場所に向かうのが先決だろうが……」

フリーデグントも渋い表情を浮かべていたが、すぐに気持ちを切り替える。余計なこだわりは危険を増やすだけである。

「えー、ちょっと詰めてください頼んます。そんでエルは？」

「僕はトイボックスマーク2を持ってきます。このまま殿下たちの安全を確保しつつ後退を」

「はぁ、了解だ」

閉じてゆく操縦席から飛び出し、エルはまたも生身ひとつで魔獣と幻晶騎士が揉(も)み合う戦場へと飛び込んでいった。

一体どんな神経をしていればそれが可能なのか、フリーデグントには何ひとつ理解できない。ただひとつ確実なのは、いつの間にか自軍ではない幻晶騎士の操縦席に放り込まれていたという事実だけであった。しかも一緒に乗り込んだハルピュイアの不満げな顔が至近距離にあって、とてつもなくやりづらい。

「そ、そこの騎操士。私も何がなんだかよくわかっていないが、まずは世話になる……」

「えーと。まぁ俺も騎士ですから、護(まも)るのには全力を尽くしますよ」

よくわかっていないのはキッドも同じだが、こちらはエルとの付き合いが長い分、よくわからないことには慣れている。あれこれ考えるよりは今できることをやるのみだった。

操縦席を閉じたツェンドリンブルが動き出す。魔力転換炉（エーテルリアクタ）が出力を上げ、吸排気機構が甲高いうなりを上げた。操縦席を揺さぶる振動に、フリーデグントが思わず手足に力を込める。

魔獣がでたらめに放つ炎や雷撃を盾で弾きながら人馬の騎士が駆け抜ける。混乱しきりの戦場だというのに動きに淀みがない。年若く見えたが、かなり経験を積んだ騎操士（ナイトランナー）のようだった。

「これから一体どうなるのだ……?」

命が助かったところでフリーデグントに心休まる暇はない。現状は自軍から完全に切り離されてしまっている。

「まさかの事態だよ。これでは交渉が恐ろしく不利になる。それも考えのうちかもしれないが」

彼女を助けたのはつい先ほど交渉が決裂したばかりの相手である。この借りがどれほど高くつくかを考えれば、溜息も漏（も）れ出でようというものだ。

「私を守り抜けば身代金で大儲けできるぞ。さすがだなクシェペルカ」

「それ、外交では定番の台詞なのかもしれませんけど。あんまり俺たちを舐（な）めないでもらえますか」

騎操士は振り返らないまま、フリーデグントからは後ろ姿だけが見える。

「護るからには必ず無事に送り届ける。敵とか味方だからじゃない、それが俺たちの誇りだからですよ」

状況と直接関係ない一介の騎士の潔さが無性に羨ましい。知らずに強張っていた身体から、ふっと緊張を緩め、信じることにした。

「……頼んだ」

人馬の騎士が力強く駆け出す。

行く手には次々と混成獣が立ちはだかるが、勢い任せで突破した。ツェンドリンブルは躯体が巨大な分重量があり、混成獣を相手取ってもそうそう当たり負けしない。

「だからって！　これはちょっとキツいぜ……！」

一体何匹の魔獣がここに集っているのか。空にも大地にも獣の敵意が満ちている。そんな騒々しい戦場の中であっても、劈くような推進器の咆哮はよく通った。

「お待たせしました！」

「おっせぇって！」

蒼い機体が木々の合間をかっ飛んできたのは、ちょうど1匹の混成獣によって足止めを食らっていたときのことだった。

混成獣はツェンドリンブルと並ぶように低空を飛びながら雷撃を撃ち込んでくる。法撃を盾に流して耐えつつ、魔獣を振り切れないでいた。

「あなたは邪魔ですね」

両手を構えながら蒼い機体――トイボックスマーク2が突っ込む。

3つの頭を持つ混成獣に奇襲は通じない。すぐさま新たな敵の姿を見つけ出し、鷲の貌から放つ風の魔法で迎え撃つ。吸気音が一気に高まった。トイボックスマーク2が瞬間的に出力を上げ、魔導噴流推進器が絶叫とともに爆炎を吐き出す。

暴風を出力で貫いて肉薄。突き出した拳が鷲の頭を握り締めた。つかまれた嘴から憎悪に彩られた鳴き声が漏れる。獅子の貌が怒りに歪み、混成獣が身体をひねった。後方から長く筋肉質な尾が鞭のようにしなり、無礼な巨人兵器へと襲いかかって――。

「黙りなさい……『烈炎之手』！」

鷲の頭をつかんだままの拳が激しい炎を噴き上げる。逃れようなどありはしない。鷲の頭が悲鳴を残す間もなく吹き飛んだ。

ギイィイアアアエエエエエ。

いかに三つ首とて、首のひとつを失うことは大きな痛手であったらしい。混成獣は激痛のあまり涎を撒き散らしてもがく。

エルはツェンドリンブルが攻撃を逃れて距離をとったことを確かめると、次の装備に火を入れる。

「ブラストリバーサ！」

推進器の逆側が開き、巨体を空に浮かべる推力のすべてを破壊力として放った。胴のど真ん中に風の鉄槌を受け、魔獣の体躯が『く』の字に折れる。

いかに生命力旺盛な魔獣とて胴体を両断せんばかりの破壊力を受けて無事に済むはずもない。激しく血を流しながら、それでも生き残った首が憎々しげに牙を剥いていたが、やがてそれも動かなくなった。

「決闘級の手には余りそうですね。なんとも厄介なものです」

「あれだけ無茶をやってよく言う……」

トイボックスマーク2と合流し、ツェンドリンブルの中でキッドが胸をなで下ろしていた。フリーデグントは言葉もなく唇を引きつらせているし、ホーガラは目を細めて固まっている。二人とも静かなものだ。

「よし、それじゃあとは若旦那のとこに戻るだけだな」

「それが少し問題があって。『黄金の鬣号』はもう下がり始めてるのですよね」

「え、マジ？　俺らまだここにいる……」

「仕方がありません、飛空船の方が図体の分狙われやすいのです」

「あー」

決闘級魔獣が1匹2匹であれば迎え撃つこともできただろう。しかし今ここには一体何匹の混成獣（キュマイラ）が現れたことやら。そんな中飛空船（レビテートシップ）に留まっていろというのも酷な話である。

「つまり我らは群れからはぐれたのか」

「はぐれたっつーか飛んでったっつーか」

ホーガラからあきれを含んだ視線を浴びて、キッドが後頭部をかく。

「悩むのは魔獣の爪から逃れてからでも遅くありません。まずは移動して……」

エルの言葉が不自然なところで止まった。嫌な予感を覚えたキッドがトイボックスマーク2の頭の向きを追おうとして。

「……あそこだ」

後ろからフリーデグントが指し示した。表情を確かめるまでもなく、険しさが声音に表れている。ギャアギャアとわめく混成獣が我が物顔で飛び交う空。集団の中央にゆっくりと黒雲が伸びてゆく——否、あれは雲ではない。

「でけぇ……魔獣か!? 大隊、いや旅団級くらいあんぞ！」

「あの姿、まるで竜（ドレイク）ではないですか。まさかこの地には竜が生き残っていると」

多数の混成獣を従え、巨竜は褪（あ）せた色合いの翼を広げる。低く長い咆哮（ほうこう）が森をざわめかせた。

「これは非常に、困ったことになったかもしれませんね」

言いつつ、エルの口元には笑みが浮かんでいたのだった。

第九十一話　あなたは一体誰ですか？

混成獣の追撃を逃れた『黄金の鬣号（ゴールデンメイン）』が炎の尾を引き飛翔する。

「狂暴な魔獣だが、鷲頭獣（グリフォン）ほどの知恵も速度もないらしいな」

魔導噴流推進器（マギウスジェットスラスタ）を搭載したこの船は当代随一の速度性能を誇る。体躯（たいく）の大きさなりに速さに劣る混成獣がたやすく追いつけるものではない。

「一安心ですね。まさかの魔獣に襲われたときはどうしようかと思いました」

グラシアノが胃のあたりを押さえて言う。魔獣による襲撃は人間同士の戦いとはまた異なる恐ろしさがある。訓練を積んだ騎士、将であっても、腹の奥底から湧き上がる原始的な恐怖に打ち勝つのは難しい。

だがここには魔獣などものともしない者たちがそろっていた。

「安心しろ。あの程度の獣に後れを取るほど俺たちは柔（やわ）ではない！」

「国許（くにもと）でさんざんっぱら戦（や）ってますからねぇ」

エムリスが不敵に笑えば、船員たちも応じる。彼の側近である現船員たちはフレメヴィーラ王国からついてきた者も多い。彼らにとってはむしろ魔獣退治こそ日常といえよう。

「それはいいとして、エルネスティとキッドが帰っていないのがな。放っておくわけにもいかないが。さて」

「ホーガラもいない。おそらく共にいるのだろう」

「ふうむ、なるほどな」

風切（カザキリ）のスオージロのつぶやきを拾い、エムリスは腕を組み直す。

「心配ですね。魔獣の群れに囲まれているとなれば、無事なのでしょうか」

「無事なのは当然だ。魔獣がいくら群れたところであいつらは倒せまいよ」

「いや倒したいわけでは……？」

どの視点から話しているのかがよくわからないが、とにかく絶大な信頼があることだけはわかった。

「魔獣に追われたままではこちらも動きを止められん。考えどころだ」

そうして彼らが顔を突き合わせていると、船員の一人がおずおずと声をかけてきた。

「あ、あの若旦那……伝声管に呼び出しが来てまして」

「なんだ。機関部に問題があったのか？」

「違うんですけど、若旦那をご指名なんです。ヤバいっす。とにかくお願いしますぅ」

しどろもどろの態度を不審に思いながらも、エムリスは伝声管に耳を澄ます。

「俺だ。どうした？」

「その声は……アデルト……ルートか……」

瞬間、彼は新たな脅威が生まれつつあることを悟った。これはヤバい。下手をしなくても魔獣なんかよりはるかにヤバい。

「エル君……置いていきましたね……？」

「待て、落ち着くのだ。正しく認識しろ。置いていったのではない、アイツが飛んでいったのだ。これは本当だぞ？」

トイボックスマーク2に乗った瞬間に推進器（スラスタ）を全力でぶん回し、どこかへすっ飛んでいった。止める機会があったのかすら疑わしく、エムリスに過失はない。はず。

「そもそもアイツなら心配無用だ。お前が一番詳しいだろう」

「確かにエル君は強いです。約束したのでちゃんと帰ってきてくれます。でも……」

「でも？」

「もしも！　パーヴェルツィークとかに捕まっちゃったら！　どうするんですか！」

「む。仮にそうなっても交渉は必要として、心配するほどでは……」

「ダメです！　あんなに可愛いエル君なんですよ!?　捕まったらきっと縛られて吊されてあんなことこんなことえるえるされちゃうに違いない！」

「お前たち夫婦の常識はどうなっているんだ？」

「助けに、向かいますよね？　このままにしないです、よね？　殿下？」

「……当然だ。ひとまず魔獣を振り切ってからな」

「りょーかい。機関全開します」

伝声管の蓋(ふた)が閉じられ、音が遠ざかってゆく。エムリスは爽やかに悲壮な表情で振り返った。

「騎士よりも魔獣よりも恐ろしきは女の情念か。おいお前ら、なんとしてもあの問題児を拾い上げるぞ。しくじると俺たちが『銀鳳(ぎんおう)騎士団の雷』に討たれる羽目になる」

「ヒィッ!?　りょ、了解です……!!」

『黄金の鬣号(ゴールデンメイン)』は出力を上げ、謎の焦(あせ)りとともに魔獣たちの舞う空へと戻ってゆくのだった。

◆

竜が翼を広げる。羽毛はなく蝙蝠(こうもり)に似たそれが大きく動くたび、巨体が空を進んだ。

乱杭歯(らんくいば)の顎門(あぎと)を大きく広げ咆哮(ほうこう)を上げる。低く重い音が遠雷のように周囲の大気を震わせる。

「竜(ドレイク)……って、西方諸国(オクシデンツ)が成立したあたりですでに消えたんじゃなかったか。生き残りがいたんだな」

「ここは西方に近く、しかし西方に含まれない場所ですからね。逃げ延びるには最適だったのでしょうが」

混成獣(キュマイラ)たちが歓喜の声を上げて空を舞う。多数の魔獣を侍(はべ)らせながら、竜は悠然と空を進んでいた。

「魔獣を従える魔獣……ですか」

トイボックスマーク2の操縦席でエルは目を細める。記憶の中で巨大な魔獣の影が蠢(うごめ)いた。

「あれがこの島の主というわけか？　ハルピュイアよ」

フリーデグントの問いかけにハルピュイアのホーガラが翼をざわめかせる。

「知らない。混成獣は我らにとっても敵だった。あんなものに率いられているなど見たこともない」

「どうだか。切り札を出しながらそらっとぼけるのは悪手だぞ」

「何を言っても意味のない囀(さえず)りに聞こえるのならば、あとは爪を用いるしかないな」

「ほう。この私を脅すのか、ハルピュイアが」

「ちょっ待って、まぁ待って。落ち着いてくれよ二人とも！」

今1人と1羽はツェンドリンブルの操縦席後方にある予備の空間にいる。

幻晶騎士（シルエットナイト）としては余裕があるとはいえ所詮は閉所、言い争いなど始められてはたまらない。たまりかねたアーキッド（キッド）が割って入ると、1人と1羽の矛先が両方ともこちらを向いた。

「お前はどう思うのだ、クシェペルカの騎士」

「それは私の群れの者。もちろん共に飛ぶだろう？」

「護（まも）るべきを定めることは戦うべきを定めることでもある」

「ほう。それはお前たちが先ほど敵対したことを言っているのか」

フリーデグントとホーガラは互いに譲らずキッとにらみ合っている。キッドはあきらめてツェンドリンブルの操縦に専念することにした。そちらのほうがいくらか建設的である。

「こちらキッドですが、人馬騎士内の空気が最悪です……」

「皆じゃれ合うのはその辺にしましょうね」

「ちくしょうエル！　現場にいないからって気楽だな！」

今だけはトイボックスマーク2でもカルディトーレでも、一人乗りの機体に乗りたい。

そう強く願ったキッドであった。

◆

人間たちの飛空船(レビテートシップ)があわてて退いてゆき、代わりに竜(ドレイク)の巨体が進み出る。

よく見れば周囲には多数の小さな影があり。それら――ハルピュイアは、さっと巨竜のもとを離れると、混成獣(キュマイラ)に近づいていった。

混成獣の持つ破壊への渇望は対象を選ばない。近づいてくるハルピュイアなどただの肉とばかり、獅子の貌(かお)が牙を剥(む)き出しにし。

「『従え』」

途端、巨竜から不可視の波動が放たれる。竜の威令を浴びた混成獣たちは、先ほどまでの暴れようが嘘のように静まっていった。すぐさまハルピュイアが取りつき、その背にある鞍(くら)に腰掛ける。

「なん……だよアレ……」

ハルピュイアが魔獣に乗る。それはこの地に来てより何度も目にした光景である。だが彼らの友は大空を翔(か)る誇り高き鷲頭獣(グリフォン)であり、おぞましい混成獣などではない。

「醜い獣だ。あんなものを操るのでは、到底手を取り合えないな。逆に食いちぎられそうだ」

「あれを我らの友と一緒にするな！　あのような破壊だけの獣を……！」

だが現実に混成獣はハルピュイアに従う騎獣と化している。おそらくはそれが竜の王が持つ権能なのだろう。

「ヤバいな。あの群れの規模は洒落にならないぜ」

「ここもいつまで安全かわかりませんね。移動の準備をしておきましょう」

「賛成だ」

トイボックスマーク2が木々の陰から顔を出す。ツェンドリンブルなど図体がでかいものだから隠れるにも限界があった。

「群れに見つかる前に……ッ！　ぐぁっ!?」

突然、キッドが額を押さえた。脳裏に響く金属を引っかいたような不快なノイズ。ザリザリとした音が急速に焦点を合わせ――。

「……聞こえているか。我らが巣を荒らすヒトどもよ」

――『言葉』を形作る。ヒトならざるものがつむぐ異形の言語を無理やり差し込まれ、人間たちが苦悶の表情を浮かべた。

「なんだ……これは……？　音ではないのに、直接聞こえる……」

とてつもない不快感がこみ上げ、フリーデグントは思わず口を押さえる。さりとて『竜』が些末な生き物たちのことなど考慮するはずもなく。容赦なく言葉は続く。

「……我は竜の王。翼ある民と獣を率いるものなり……」

混成獣に騎乗したハルピュイアが一斉に喚声を上げる。普通の音を耳にして、むしろ安堵を覚えるほどだった。

「うっそだろ。魔獣が！　言葉を使ったぜ⁉　しかもこの……なんだよ。なんだこれ！」

「これがそうか……部下から聞いたことがある。『竜の言葉』がこれほど不快だとはな」

フレメヴィーラ育ちのキッドですら混乱を抑えきれないでいる。いかに魔獣に慣れているとはいえ、言葉を操る獣など未知なる存在だ。あえて挙げるならば巨人族が近いのかもしれないが、すでに彼らは巨大ではあれ人に近しいものと認識されており、魔獣とは明確に異なっている。

フリーデグントは部下からの報告を思い出していた。受けたときは少なからず信じがたく思っていたことも、実際に体験した今では否定のしようなどない。たび重なる異常事態に翻弄されるばかりであった。

「どうするんだ、エル……？」

エルならどのような反応をするだろうか？　ふと気になり、キッドはツェンドリンブルの視界を動かす。トイボックスマーク２は立ち止まり竜をにらみつけていた。

操縦席の中ではエルが表情を険しくしている。しかしその理由は周囲とは異なっていて。

「耳に届いたものではありません。音ならざる音を遠く離れて伝える魔法……ですか」

それそのものも脅威ではある。しかし彼にとって大事なことは別にあった。

「言霊（ことだま）が伝わったとき、確かに感じましたよ。これは魔法演算回路（マギウスサーキット）への干渉により意思を、思考を伝えている。僕は一度見たことがあるのです、そのやり方を」

思い浮かぶは魔獣を率いる『獣たちの王』の姿。

「竜の王とおっしゃいましたか。そこにいるのはもしや、僕の知るあなたなのですか？　それとも別の……」

つぶやきは誰かに届く前に、風のざわめきに紛れて消えた。

動揺しているのはエルたちばかりではない。飛空船（レビテートシップ）、地上の幻晶騎士（シルエットナイト）や騎士たち。事態を呑み込めず混乱が広がってゆく。

地上を睥睨（へいげい）し、竜の王は長く伸びた首を巡らせる。汚らしく褪（あ）せた甲殻がギチギチと軋（きし）みを上げた。

「……我と、我が僕（しもべ）たるハルピュイアを害するヒトどもよ。この地を我が物顔で己のものとするとは不遜（ふそん）なり。これは我らの地なり」

耳を塞（ふさ）げども思考が伝わる。竜の王の言葉からは何ものも逃れることができない。

「……ハルピュイアよ推参せよ。我が加護が力を与える。牙を、爪を研げ。破壊を従え、侵入者を水の大地へ叩き落とせ」

背にハルピュイアを乗せた混成獣（キュマイラ）が進み出る。響く声は獣の咆哮（ほうこう）か、翼の民の鬨（とき）の声か。敵意に満ちた空を見上げ、フリーデグントはせせら笑う。

「『竜の王』とやらに曰く、そういうことだそうだ。どうする騎士よ？　お前たちの大好きなハルピュイアが敵に回ったぞ」

「だけど……！」

キッドは言葉に詰まり、操縦桿を握り直した。魔獣に襲われたならば戦えばいい。だがハルピュイアを敵に回すとなれば、彼には迷いがある。敵だからと割り切ってしまうには彼らのことを知りすぎていた。

会話を聞いていたトイボックスマーク２の首が振り向いた。

「ハルピュイアと一口に言ってもすべて敵でもなければ、逆にすべて味方でもありません。考えは個々人で違うでしょう」

「ならばお前はあれらと戦うのだな？」

「人間だって国同士で諍い合っているというのに、彼らだけを咎める理由もありません。手を取り合えるなら取り合い、対立するならそれなりの対応をするだけです」

「言ってくれるではないか」

そもそもを言えば、エルたちとフリーデグントとて味方同士とは言いがたい状態にある。ハルピュイアの敵味方を論ずるなど今さらの話といえよう。

「とはいえお前たちが納得するのは難しいだろうがな」

フリーデグントの視線を受けたホーガラが動揺を露わにした。

「ホーガラ。このままだとあの群れとは戦いになる。向こうはやる気だ……たぶん、話しても通じない」

「私は……」

「見ただろ。混成獣（キュマイラ）に乗って襲ってくるやつに手加減は無理だ。魔獣ごと敵になれば俺たちだって危うい」

　この場にいる唯一のハルピュイアとして彼女は考える。竜の王を頭目としていくつもの群れが集っている。そこで彼女は気づいた。

「待て、混成獣に乗ったと……？　ならばそもそも彼らの鷲頭獣（グリフォン）はどうしたのだ」

　ハルピュイアたちは1羽と1匹で組むのが基本。元から混成獣に乗ったハルピュイアなどいるはずがない。竜の王の権能抜きにしては、とても言うことを聞かせられるものではないからだ。

　ならば彼らにも本来は相棒とする鷲頭獣がいたはずで――。

「まさか。失ったのか、彼らも……」

　ホーガラの鷲頭獣は人間との戦いの中で失われてしまった。少し前まで1羽と1匹で飛ぶことが当然だったのが、今は1羽きり。おそらくは彼らも同じなのだろう。翼を重ねるべき相手を失い、だからこそ醜い混成獣であっても必要とした。奪い去った相手に向けて牙が、爪が報復を求めてやまない。ゆえにこそ竜の王が囁くまま争いに乗り出した——。

「以前は私たちにとってもヒトは敵だった。でも今は……」

ホーガラは知っている。人間は確かにこの地から多くのものを奪おうとしているが、それだけではない。彼女を救い出すために危地のど真ん中までやってくるような者もいるのだ。

それを教えてくれたのは、一人のお人好しの騎士。近くにあるキッドの背中を見つめ、

「私は……彼らと共に飛ぶことはできない。ハルピュイアはともかく竜の王とやらが味方かわからない」

ホーガラは意を決してうなずいた。

「ほほう。では？」

「だが敵ではない。彼らは……傷ついている。あれだけの怒りを空に放っておくわけにはいかない」

「結局、どうしようもないではないか。このまま呆けたように見上げていろというのか」

彼女は首を横に振る。

「私が彼らと話してくる。同じハルピュイア、お前たちよりは通じるはずだ」

「ちょ、ちょいと待った。そりゃそうかもしれないけど、今バラバラに動くのもさ」

キッドはあわてて、操縦席から出ようとしたホーガラを押しとどめる。腰をつかんで引

き戻された彼女が不満げな表情でにらんできた。

「ではどうしろというのだ。他にどんな手が」

「考えるから、もうちょっと待ってくれ。な？」

わいわいと言い合う二人を見て、フリーデグントが深い吐息を漏らす。すでに毒気も随分と抜けた頃合いだ。

「まったく、お前たちは甘いのだな」

「殿下をお救いする程度には」

「……自分で言っていれば世話はないぞ」

確かに彼女自身、窮地から救い出された身の上である。おそらく彼らは今までもこの調子で誰かを助けてきたのだろう。そこには迷いも躊躇いも感じられない。

「私と私の国は、ハルピュイアだの竜の王だのの要求を聞くつもりはない。いや、できないな。譲歩できる余裕などないからだ」

自分に言い聞かせるように、確かめるようにつぶやいて。視線はそらしたまま続ける。

「だが助けてもらった身の上だ、ひとつだけ助言を与えよう。もしも和解するつもりならば急いだほうがいい」

「それはなぜでしょうか？」

「私がいないからだ。騎士団と離れて時が経ちすぎた。間違いなく捜索のために竜騎士団がここに投入される。だとすれば……」

　この後に起こるだろう出来事に、彼女は確信があった。

「先頭をゆくのは飛竜戦艦（リンドブルム）だ。2体の竜が出会ってしまえば、もう止めるすべなどないぞ」

　話を聞いたキッドが顔色を変える。全面衝突になってしまえば、もはや説得がどうこうと言っていられる余裕などない。

「……うむ悩ましいですね。大型兵器と巨大魔獣の戦いは、それはそれでとっても眺めてみたい」

　そうして戦慄に身を浸す一同の中で、エルだけがただ一人、心底どうでもいいことをほざいていたのだった。

◆

　空に魔獣たちの咆哮（ほうこう）が轟（とどろ）く。警戒し距離を空けながら、飛空船（レビテートシップ）が帆に風を受け止め進んでいた。

「忌々しい獣どもめ」

　硝子（ガラス）張りの窓をにらみ、グスタフが吐き捨てる。混成獣（キュマイラ）の襲撃を辛くも逃れ、船を上げたはいいが問題は山積みのまま。冷静を心がけていても限度はあった。

船橋へと駆け込んできた兵士が報告する。

「竜騎士長閣下。竜闘騎（ドラッヒェンカバレリ）、先行偵察隊が到着します」

「よし、だがさらに急がせろ。それと殿下の御身はまだ見つからないのか!?」

「それが空中、地上を問わず混乱しておりまして……。魔獣どもの行動が読めず、迂闊（うかつ）に動けません」

この空飛ぶ大地に来てからというもの、魔獣という存在にも随分（ずいぶん）と慣れつつあった。しかしそれは主に鷲頭獣（グリフォン）を相手にしたものであり、混沌と凶暴さの化身ともいえる混成獣ではない。

どうやらハルピュイアが手懐けたことでいくらかの秩序が生まれているようだが、だったらどうだというのか。いずれ彼らにとって理解しがたい存在であることに変わりはない。

「各船に伝令。シュニアリーゼ隊は構わん、即応できる機体をすべて投入せよ。汚らわしい獣め、しかし手ごわい相手だ。出し惜しみは無用である！」

「はっ！」

グスタフの号令を受け、船橋に詰めた兵士たちがそれぞれ伝声管へと怒鳴り始めた。さらに魔導光通信機（マギスグラフ）を盛んに明滅させ周囲へ伝令を飛ばす。

そのころ、窓の外では飛び交う魔獣たちの向こうで巨大な影が動き出していた。

「……生きた竜。何が王だというのか」

忘れることなどできないだろう、不快な頭痛を伴った声ならぬ言葉によって伝えられた名。その巨体は混成獣をはるかに超え、おそらくは飛竜戦艦すら上回る、恐るべき存在である。

「王を僭称するわりに美しさの欠片もない。羽付きどもめ、あのような醜い獣に従うなど。所詮、未開の獣ということ」

竜の王の体躯を覆う甲殻はどこかちぐはぐな印象があり、歪と表現するほかない。さらに不格好に膨れ上がった胴体など、グスタフをはじめとした西方人の美的感覚からすれば醜い以外の形容詞があてはまらないものだ。

「イグナーツから報告を受けたときは、少々気でも触れたのかと思ったものだが。確かに聞いたとおりの馬鹿げた存在だ。西方の外は驚異に満ちているということか……」

これからは信じがたい報告を受けたとしても頭から疑うようなことはすまい。彼は密かに決心を固めていた。

そうしてこの後の動きを考える彼のもとに、ついにその報告がもたらされる。

「報告！　飛竜戦艦、間もなく付近まで到着します！」

「……ついに来てしまったか。我らもすぐ合流に向かう、それまで指示なく戦うなと伝えよ！　とにかく今は殿下の捜索を急がせるのだ、見つけるまで我々はここを一歩も動けんぞ……!!」

叫ぶ表情には苦々しいものが交じっていた。

「雑兵ならば竜闘騎(ドラッヒェンカバレリ)で相手することもできよう。しかしあの醜い竜は、竜闘騎には荷が勝ちすぎる。かようなところで我らの飛竜に傷をつけるわけにはゆかんが……これは避けえぬ戦い。臆すれば傷は深まろう」

魔獣との戦いに向けて竜闘騎が飛翔する。流れに逆らうように、彼を乗せた飛空船(レビテートシップ)は飛竜戦艦との合流に向かうのだった。

◆

甲高く空を裂く音に顔を上げてみれば、小型の翼竜が視界を高速で横切ってゆく。

小型であるといってもそれは飛竜戦艦と比較しての話。人造の飛行兵器『竜闘騎(ドラッヒェンカバレリ)』は翼長、全長ともに並の幻晶騎士(シルエットナイト)を上回る大きさを有している。ただ空を進むための洗練としての細身が、その印象を小さく見せているだけに過ぎない。

「速い。さすが魔導噴流推進器(マギウスジェットスラスタ)を積んでいるだけはありますね。どうやらこの一帯が戦闘の中心になりそうですよ」

足の速い竜闘騎（ドラッヒェンカバレリ）は遠く離れた場所へも迅速に戦力を投入できる。それだけに空の戦いは陸に比べて戦場が目まぐるしく変わってしまう傾向にある。

フリーデグントは目元を厳しくして空をにらみつけていたが、視線を転じると今度はキッドをにらんだ。気づいた彼が思わず怯（ひる）む。そのままいくらか逡巡（しゅんじゅん）していたが、彼女はやがて口を開いた。

「……助けてもらった身で手前勝手を言うのもはばかられるが、もはや沈黙の許される状況ではない。お前たちに頼みがある」

「あー、えっと。なんでございますでしょうか」

隣を歩く蒼（あお）い幻晶騎士（シルエットナイト）の首が向けられた。

「おそらくは自軍に戻りたい、ということでしょうか」

「そのとおりだ。あれらは私を見つけるまでこの場を動けない。さらには思うように戦うことすらはばかられよう。竜の王との衝突が必至である以上、それは部下を見殺しにするに等しい。私に沈黙という選択肢はない」

彼女はツェンドリンブルの幻像投影機（ホロモニター）を通じて、眼球水晶の視線が自身に向けられていることを察した。正念場である。

「貴国との関係について、友好的と言いがたいことは承知の上だ。さらに今は何を言っても口約束にしかならないのも……。だが伏して頼む。話し合いの席は改めて、必ずや設け蒼い幻晶騎士は沈黙したまま。さらに頼み込もうとフリーデグントが口を開きかけたところで、先にキッドが口を開いた。

「エル、ここでぼけっと眺めてるわけにはいかないぜ。待つほどに状況が悪くなる」

「もちろんです。ですが殿下をお届けするには、あの竜闘騎の陣形に突っ込まなければならないのですよね。それも魔獣の襲撃をかわしながら」

フリーデグントはわずかに目を伏せ、しかしあきらめることはない。

「助けてもらったうえに無理を重ねているのはわかっている」

投影機に映る蒼い幻晶騎士がうなずいた。キッドは操縦席の背後に振り向いて。

「殿下、こちらからひとつ条件がある。話し合うのは俺たちだけじゃない、ハルピュイアとも話し合ってほしい」

「なに？　それは……。この戦いは竜の王から仕掛けてきたのだ。簡単にはいかないぞ」

「竜の王がすべてのハルピュイアの代弁者ってわけじゃない。現に従わないハルピュイアだってここにいるしさ」

ホーガラがゆっくりとうなずいた。

「一度刃を、爪を交えたからどうだっていうんだ。俺たちには共に交わせる言葉があるんだよ。だったら……！」

——言葉を交わす。思い返せばフリーデグントはハルピュイアとまともに議論を交わしたことなどない。常に一方的に命じるだけだった。彼女は深く吐息を漏らし。

「まったくお人好しだな。……わかった。このフリーデグント・アライダ・パーヴェルツィークの名において約束しよう」

「感謝しますよ！　よっしエル、ここからどう進める？」

「キッドらしいですね。そう、せっかく真上で戦っているのですし……。そういえば殿下、お届けする前にひとつ確認なのですが。どれくらい乱暴な手段まで、やってもいいでしょうか？」

思わずフリーデグントの口元が引きつった。

彼女もだんだんと理解しつつある。この可愛らしい声音に騙されてはいけない。彼らは恐るべき魔獣を当然のように蹴散らし、竜を前にしてさえ平然と振る舞う剛の者なのだ。その口から出た『乱暴な手段』など、彼女の想像の数倍はひどいありさまになることだろう。

「頼んでいる身で重ね重ね申し訳なくは思うが、ひとつだけ言っておきたい。私の身が傷つくのは甘んじて受け入れよう。しかし部下たちには危険の及ばないようにしてもらいたいのだが」

「承知しました。状況の許す限り善処いたします」

「本当に、本当に頼んだぞ……？」
「お任せください。それでは『突撃！　王女殿下お届け大作戦』を開始しましょうか！」
もうすでに不安になったフリーデグントなのであった。

彼らが地上でのんきなやり取りを交わしている間も、状況は刻一刻と変化してゆく。陣形を組んで飛翔する竜闘騎部隊(ドラッヒェンカバレリ)をにらみ、竜の王が動き出したのだ。その太い首を軋(きし)ませながら巡らせると、低くうなりを上げる。

「……やつらの使う兵か。牙と爪を折り翼をもぎ、教えてやらねばならない。ここはお前たちの在るべき場所ではないと」

空間に思念が満ちる。竜の王が備える権能によって、配下となった混成獣(キュマイラ)たちにその意思が伝えられた。

「……敵ぞ。討ち、葬り、貪り、蹂躙(じゅうりん)せよ」

ぎょああ、ぎょあああと奇怪な鳴き声を上げた混成獣が翼を羽ばたかせる。凶悪な性を備えたはずの獣が、ハルピュイアたちの手綱に従い動き出した。

魔獣たちの動きはすぐさまパーヴェルツィーク軍の知るところとなる。

「伝令！　魔獣群が方向を変えた模様！　進路は……飛竜戦艦(リンドヴルム)へと向かっているようで

す！」

　グスタフが不快げに顔を歪(ゆが)める。予想はしていたことだが、実際にやられていい気はしない。

「迎え撃つ動きに出たか。あの竜の王とやら、命じる力だけは確かなようだ。獣ならば獣らしく知恵など持たぬままでよいものを。……竜闘騎隊に伝達！　地上に向かわぬならばそれも好都合である、1匹余さず空にて討ち取れ！」

「はっ!!」

　慌ただしく伝令が動き出す。魔導光通信機(マギスグラフ)を明滅させ、あるいは伝令の竜闘騎(ドラッヘンカバレリ)が飛空船(レビテートシップ)から飛び立ってゆく。そうして一通りの指示を出しながら、船は飛竜戦艦(リンドヴルム)と合流していた。

「竜騎士長閣下、ご帰還！」

　慌ただしく飛竜戦艦へと移ったグスタフへと報告もそこそこに、出迎えに現れた人物がいる。

「閣下！　すぐさま我ら右近衛(リヒティゲライエンフォルゲ)に、全軍出撃許可をいただきたく!!」

　天空騎士団(ルフトリッターオルデン)右近衛隊長イグナーツ・アウエンミュラーが猛然と迫れば、その背後からは涼しげな声がかかった。

「おっと右の、貴公らだけ抜け駆けはよくないぞ。殿下の御身に危機迫るとあらば、盾に任じられた我ら左近衛（リンケライエンフォルゲ）が適任でございましょうとも」

「お前たちは……」

グスタフは思わず頭を抱えた。同左近衛隊長『ユストゥス・バルリング』。悠然と構えた姿は冷静に見えて、その実言っていることはイグナーツと大差がない。

左右両近衛隊は王女直属である天空騎士団のなかでも実力者ぞろいの集団である。能力に疑うところなく、忠誠心も高い。それだけに王女の身に危険が迫っているともなればじっとしてはいられないのだろう。

実を言えばグスタフも気持ちだけならば似たようなものであったりするが、騎士団長としての矜持（きょうじ）が彼を落ち着かせていた。

「……ならぬ。お前たちは飛竜戦艦の直衛、迂闊（うかつ）に飛び出すことまかりならん」

「しかし！　このようなところで時を無為に過ごせましょうか！」

「無為ではない。あれを見よ」

窓硝子（ガラス）の向こう、指し示した先にあるのは巨竜の姿。

「竜の王……。ついにやつが巣から出てきたのですね」

「そうだ。お前の報告を聞く限り、あれを倒せるのはこの飛竜戦艦をおいて他にあるまい。ゆえにそれまで損耗させるわけにはゆかん」

「しかし飛竜が誇る竜炎撃咆（インシニレイトフレイム）があれば、いかに竜の王といえど葬るに十分では」

　イグナーツの楽観に、しかしグスタフはうなずかなかった。

「確かに飛竜戦艦（リンドヴルム）は強力である、しかし無敵ではない。戦（いくさ）に確実なことなどなく、油断は己の身を危うくすると知れ。アレと戦う際にはお前たち両近衛を加え、総力をもってあたる」

「ううむ……」

「今は耐えよ。殿下がお戻りになったとき、この飛竜が傷ついていてはそれこそ名折れであろう」

「……承知いたしました」

「竜騎士長閣下のお考えをいただき、このユストゥス得心いたしました」

　イグナーツの顔にはありありと不満が見てとれる。それに比べればユストゥスは物分かりがよく見えて、その実腹の中で何を考えているかまではわからない。

「この大地には他国の軍勢がひしめいている。羽付きごときにこれ以上手間を割くわけにはゆかんというのに」

　そうしてグスタフが船橋へと歩き出すと、待ち構えていたかのように伝令が駆け込んできた。

「報告！　竜闘騎（ドラッヒェンカバレリ）の先端が魔獣と接触!!　戦闘が始まりました！」

「来たか。船橋へ向かう、飛竜は微速にて前進せよ。お前たちも船に戻り、来る時（きた）に備えておけ」

「はっ！」

「承知いたしましたよ」

それぞれが動き出すのと同時、飛竜戦艦はゆっくりと戦場との距離を縮めてゆく。魔導噴流推進器が咆哮し、吐き出された爆炎が長い尾を引いた。竜闘騎は陣形を組み、整然とした動きを見せる。

対するハルピュイアと混成獣はそれこそ、なだれ込むとしか表現できない勢いで戦場に現れた。

「獣め、まるで群れているだけだな。各機法撃を加えよ、近づくまでに処分するのだ！」

竜闘騎が顎門を開き法撃を放つ。無数の炎弾が赤い線を描き、がむしゃらに突き進む魔獣を出迎えた。

ぎぃぎゃごぉぉぉぉ。

混成獣の持つ鷲、獅子、山羊の3つの頭。それはいずれが発した鳴き声だったのか。奇妙な声とともに、魔獣たちは法撃を避けすらせずに突っ込んだ。その直前に鷲の頭が吼える。嘴を開き猛烈な突風を生み出すと、一斉に吐き出し。群れの目前で荒れ狂う風へと次々と法弾が突き刺さってゆく。咲き狂った爆炎は、そのまま風に吹き散らされていた。

「法撃、効果低し！」

「獣の分際でやりやがるな。遠間からでは埒（らち）が明かない！　陣形を二重鏃（やじり）へ、波状攻撃にて斬り破る！」

「応！」

竜闘騎（ドラッヒェンカバレリ）が素早く陣形を変える。3機ごとに鏃（やじり）形の陣形を組み、それをさらに3つ合わせて大きな鏃を描く。都合9機、一個中隊ごとに分かれるとそれぞれに魔獣の群れへと突っ込んだ。

瞬くほどの間に距離が縮んでゆく。距離があっては何がなんだかわからない混成獣（キュマイラ）の姿が一気にはっきりと見えて、そのおぞましい様相に騎操士（ナイトランナー）たちが顔をしかめた。

魔獣の背にまたがるハルピュイアが手綱を操ると、山羊（やぎ）の頭が嘶（いなな）く。空中に雷鳴を呼び起こし、突っ込んでくる敵へと向けて撃ち放った。

同時、陣形を描く竜闘騎のうち後方に位置した機体から法撃が放たれる。

炎弾が雷撃にぶつかり空に炎が咲き乱れた。つかの間視界が炎に埋め尽くされ。残り火を切り裂いて先行する竜闘騎が現れた。法撃はしない。脚を伸ばし剣爪を構える。目前で混成獣の獅子の貌（かお）が牙を剥（む）いた。だが先手を取ったのは竜闘騎だ。

すれ違いざまに振るわれた剣爪が魔獣を切り裂く。魔獣の血しぶきが舞い、苦しげな呻（うめ）きが上がった。間髪入れず後続の鏃編隊が突入し、傷口へと法撃を塗り重ねる。悶（もだ）え叫ぶ魔獣を置き去りに、竜闘騎隊は悠然と旋回していた。

「どうだ魔獣め！　我らの竜剣術、とくと味わって……」

騎操士の歓喜が終わるより早く、空中に蟠っていた炎が吹き散らされた。濁った山羊の鳴き声が響き、放たれた雷撃が最後尾に喰らいつく。

「がぁっ⁉　す、推進器に攻撃を⁉　出力が、上がりません……‼」

回避する暇もない。被弾した最後尾の機体が、ふらふらと不安定に揺れたまま陣形から取り残される。気づいた仲間が救援に向かおうとするも、すでに遅きに失していた。

ハルピュイアが激しく手綱を操る。猛然と迫った混成獣が取り残された竜闘騎に喰らいつく。

「ひぃぁっ⁉　やめ、くそう！　獣がぁぁ……」

魔獣の爪が竜闘騎の外装をあっさりと切り刻む。竜闘騎が振り落とそうと身をよじるも、魔獣はこともなげにその動きを抑え込んだ。

膂力においては混成獣が圧倒している。ひとたび捕まってしまえば逃れるすべなどない。動けないまま獅子の貌から炎を浴びせかけられ、ばらばらに吹き飛んだ竜闘騎の残骸が地面へと散らばる。

その光景は、騎操士たちの心胆を寒からしめた。

「なんだと……我らの攻撃が、通じていないのか⁉」

「化け物めぇ！」

必殺を期した波状攻撃であったのだ。いささかも勢いを減じない魔獣の姿を見た、騎操士(ナイトランナー)たちの間に戦慄が走る。

もちろん混成獣(キュマイラ)とて無傷で切り抜けたわけではない。ただただ圧倒的な頑強さによって耐え抜いただけ、だがそれこそが魔獣の最も恐るべき点なのである。

動揺の残る竜闘騎隊へと旺盛なる凶暴さをもって魔獣が襲いかかる。あわてて陣形を組み立て直し攻撃に移ろうとするも、すでに状況は混戦へともつれ込みつつあった。

苦境を逃れるべく竜闘騎(ドラッヒェンカバレリ)が加速する。そこに意外な素早さでもって混成獣が追いすがった。魔獣の背にまたがるハルピュイアが有する、鷲頭獣(グリフォン)で培った操獣技術の産物だ。

混成獣の凶悪な三つ首が竜闘騎に迫る。涎(よだれ)を撒(ま)き散らし、鋼の塊(かたまり)である騎体を噛(か)み砕かんと大口を開いて。禍々(まがまが)しい爪を突き立てんと振り下ろし。

「おおおお届けえええものでえええす!!」

その眼前にぶっ飛んできたものがある。

巨大な蒼(あお)い物体が法弾もかくやという勢いで飛び上がり、魔獣の爪を掠(かす)めるようにして上空まで突き抜けた。

攻撃を弾かれた魔獣が混乱に陥ると同時、窮地を逃れた竜闘騎があわてて逃げ出す。その間にもソレは空中で宙返りを繰り出し、そのまま混成獣めがけて落下していた。

あわてたのは混成獣を操るハルピュイアだ。

陽光を遮り迫る巨大な足の裏。魔獣を動かしている余裕はない。手綱を投げ捨て、泡を食って飛び出したところに入れ替わるように蹴りが突き刺さる。

ぎぃぎゃあぁぁぁぁぐっ。

身も世もない叫びが上がった。苦悶に身をよじる魔獣を一顧だにせず、ソレは立ち上がる。

「ちょっと魔力を回復するので、しっかり足場になってくださいね」

――幻晶騎士だ。それも竜闘騎のように空を飛ぶことなどまったく前提としていないであろう、完全重装備の近接戦仕様機。

さしもの混成獣にとってもこれは重い。それでもよたよたと翼を動かし、なんとか空に留まっている。頑強なのもここまでくれば褒めるべきか。

あまりのことに戦場の注目が一箇所に集まる。ハルピュイアも竜騎士も、誰もがこのめちゃくちゃな乱入者に釘付けになっていた。

「な、なんだアレ……」

魔獣を容赦なく踏みしだき、威風堂々胸を張る。

蒼い幻晶騎士――トイボックスマーク2は周囲に首を巡らせると、拡声器を最大出力で動かした。戦いの喧騒を殴り飛ばし、場違いに可愛らしい声が告げる。

「パーヴェルツィークの皆さん、王女殿下をお届けに参りました!!」

「は?」

残念なことに、竜騎士たちの中に何を言われているのか理解できた者は、一人としていなかったのである。

第九十二話　たぎる戦意とお散歩気分

上昇に伴う強烈な負荷がのしかかる。

幻像投影機（ホロモニター）に広がっていたはずの青空にはいつの間にか、染みのようだった魔獣の凶悪な面構えが大写しになっており。息を呑んだのも束の間、それも一瞬で通り過ぎてゆく。

再び青に覆われた視界がぐるりと回り。

気づけば魔獣をはるか眼下に見下ろしていた。

「それでは降ります！　舌を噛（か）まないように！」

コイツは何を言っているんだ。それがフリーデグントの抱いた偽らざる感想だった。

あまりにもいろいろなことが目まぐるしく進んでいる。巨大な人馬騎士から蒼（あお）い幻晶騎士（シルエットナイト）へと乗り換えるよう、告げられたまではいい。だがなぜ今自身が空高くにいるのか、彼女にはさっぱりわからない。

お届け大作戦などというふざけた名前を思い出しはしたが、これは一般的に自殺と呼ぶのではないだろうか。そんなことを考える暇があったのも一瞬。

「ンヒッ……」

負荷から解き放たれた次の瞬間には、腹の底から浮遊感が襲いきた。

蒼い幻晶騎士が一気に落下へと転じ。足元から突き抜けるような衝撃。空中にあった魔獣を正確に捉え、その背に着地したのだ。着地というか蹴りとなんの変わりもなかったが。

「ちょっと魔力を回復するので、しっかり足場になってくださいね」

鈴を転がすような声は、平時であればさぞや耳に心地よかったことだろう。

しかし現実は。蒼い幻晶騎士を操るこの小柄な騎操士(ナイトランナー)は、一切の慈悲も容赦も感じさせない台詞を魔獣に投げかけている。

もはや敵とすら思っていないかもしれない。おそらく着地の際に剣を突き立てなかったのはただ必要だったから。用が済めばさっさと処分することだろう。

「こいつ、頭がおかしいのか……」

フリーデグント自身はそれほど武力に秀でているわけではない。戦闘の経験も豊富とはいいがたいが、この小さな騎操士のやり方がめちゃくちゃであることにだけは確信を持っている。

空中で戦うだけならば竜闘騎(ドラッヒェンカバレリ)にもできよう。こちらは機体の異常性もさることながら、このような戦い方を実行できる騎操士こそ異常に過ぎる。一体どのような経験を積めばこんな芸当が可能になるのか――。

同乗者の戦慄などつゆ知らず。蒼い幻晶騎士（トイボックスマーク2）の騎操士（ナイトランナー）であるエルネスティは、周りの反応が薄いことに首をかしげていた。

「ふうむ。殿下をお届けに上がったというのに誰も動きませんね。もしかして聞こえていないのでしょうか？」

「む、無茶苦茶すぎる……いきなり言われてわかるわけがないだろう!!」

誰も彼もがこんな化け物基準で生きているわけではない。竜闘騎（ドラッヒェンカバレリ）の騎士たちが目を白黒させているであろう様子がありありと伝わってきた。

フリーデグントすらまさかこのような手に打って出るとは思いもしなかったのだから、さもありなん。

「これが貴様の言う善処か!? お前の国にはまともな辞書が出回っていないのか!?」

「失礼な。ちゃんと学生のころに読みましたよ」

まともな人間はいきなり戦場のど真ん中に突っ込んだりはしない。

ともあれさすがは王族、フリーデグントは本当にいろいろと呑み込んで己を取り戻すと、事態を解決に導くべく動き出す。

「……もういい、拡声器をこちらに！　私が直接話す、そうすればまだ伝わるだろう」

「名案です。では僕はこのまま時間を稼ぎますので、なるべく手短にお願いしますね」

そうして足元でもがきだした魔獣へもう一度蹴りをくれると、両腕の執月之手（ラーフフィスト）を切り離す。空を翔(か)けた拳(こぶし)が混成獣(キュマイラ)の山羊(やぎ)と鷲(わし)、ふたつの首へと巻きつき縛り上げた。首を締め上げられた混成獣が呻(うめ)きと涎(よだれ)を漏(も)らして痙攣(けいれん)するのに構わず言い放つ。

「僕が許しを出すまで、足場が勝手に動かないでくださいね」

我が国はこんなのを敵に回そうとしていたのか、フリーデグントの心中から曰く言いがたい震えが湧き起こる。

彼女は精神力の限りを尽くして、とりあえず眼前の光景を忘れることにした。とにかく声を伝える。早急にこの状況を収めなければいろいろとマズい気がしてならない。

「竜騎士よ聞け!!　私はパーヴェルツィーク王国第一王女、フリーデグントである！　今は事情あって、この蒼(あお)い幻晶騎士(シルエットナイト)に同乗している！」

「で、殿下がぁ……ッ!?　まさか、そのようなところに!?」

事ここに至ってようやく、竜騎士たちの思考が追いつきつつあった。彼女の声を聞き間違えることなどありえない。どこの、いずれの機体かまったく知れないが、それでも王女を運んできたのは確かなようだ。

行方知れずだった王女の無事が確認できたことは喜ばしい。だが悲しいかな、そんな事実も彼らの助けにまではならなかった。

「魔獣どもがいるのだぞ!?　殿下をお守りせねば！」

「いやしかし、近接戦仕様機（ウォーリアスタイル）で空に!?」

「そんなことは後回しだろう！」

「どうやってだよ!?　ここは空の上だぞ!!」

むしろ混乱にさらなる拍車をかけただけに終わり。

そんな中、状況を動かしたのはハルピュイアたちだった。王女が現れたことなど彼らには何も関係がない。

竜闘騎（ドラッヒェンカバレリ）の動きが止まっているならば好機とばかり攻めかかってくる。

「ッ！　ええい竜騎士隊、殿下の御身をお守りせよ！　蒼（あお）い騎士を中心に防御陣形を敷く!!　迎え討て！」

「お、応！」

ケツに火がついたどころの騒ぎではない。最前線がいきなり最終防衛線と化し、竜闘騎隊は死ぬ思いで戦う羽目に陥っていた。

「あら。皆さん大変そうですね」

「貴様は！　のんきにしている場合か!?　なんとかしろ頼むからなんとかしてくれ!!」

座席の後ろからフリーデグントに必死の形相で喰らいつかれて、さしものエルもちょっと引いていた。

「仕方がありませんね。では飛竜戦艦と合流するというのはいかがでしょう」

「お前と共にか……？　…………やむをえん。やむをえんか……」

これでは部下をいたずらに危険にさらしているだけだ。事態を収拾するには飛竜戦艦(リンドヴルム)の戦闘能力が必要だった。

暴れ狂う混成獣(キュマイラ)、死力を尽くし防衛に努める竜闘騎隊。

そのど真ん中にあって悠々と、魔獣を足場に飛び移りながらトイボックスマーク2は進む。目指すは飛竜戦艦。

そんな彼らの後方で、竜の王もまた動き出していたのだった。

◆

時間的には多少前後する。

「で、殿下が……前線にぃっ!?」

飛竜戦艦へと飛び込んできた伝令騎がもたらした報告が、船橋へも混乱を広げていた。フリーデグントの登場に泡を食ったのは竜騎士たちばかりではない。飛竜戦艦の船員たちも同様であるし、なんならグスタフの頭の血管がキレなかったのは奇跡に近かった。

「イグナーツ、ユストゥス……両近衛隊に出撃を命じる……全軍をもって！　即座に！　殿下を！　後方まで！　お連れしろッ!!」

「ただちに!!」

すぐに飛び出してゆく二人の背中を見送り、深呼吸でわずかばかり血圧を下げると、グスタフはすぐさま周囲に指示を飛ばし始めた。

「近衛隊が出撃する。船を切り離せ！　総員傾注、これより本船は直接交戦圏まで進出するっ！　魔獣との戦闘に備えよっ！」

「りょ、了解！」

一瞬混乱が吹き荒れたが、そこは船員とて訓練を積んだ兵士たちである。命令が下ってからの行動は早かった。

兵士が全員持ち場についたことを確かめてから手続きを進める。

「飛竜戦艦（リンドヴルム）、全船展開します！」

「連絡橋、切り離しから収納よし！」

「固定腕離脱よし！　近衛船、距離開きます！」

3隻の船が連結された状態から、左右の船へとつながる橋が切り離されてゆく。さらに補助腕（サブアーム）を応用した連結器が手を離し、船同士が距離を取り始めた。

「帆翼（ウイングセイル）展開、起風装置（ブローエンジン）出力上げ。加速します！」

飛竜戦艦が翼を広げる。風を受けて進むその左右を追い抜いて、2隻の飛空船(レビテートシップ)が進みだした。

右近衛の旗艦である『輝ける勝利号(グランツェンダージーク)』と、左近衛の旗艦である『愛おしき戦場号(グリーブシュラックフェルド)』だ。

3隻は分離し、空飛ぶ本陣拠点としての姿から本来の機動兵器へと立ち返っていた。

『輝ける勝利号』の船橋では、イグナーツが声を張り上げる。

「殿下をお連れするのは我ら右近衛である！　各機、最速で馳(は)せ参じよ!!　近衛の誇りよここにあれ!!」

「応！」

「パーヴェルツィークに栄光あれ！」

「準備の完了した者より空へ！　私も出よう、竜頭騎士の準備を!!」

イグナーツが乗り込んだ竜頭騎士『シュベールトリヒツ』が船から切り離される。空を進みつつ視線を巡らせれば、左近衛の『愛おしき戦場号』からも竜頭騎士『シュベールトリンクス』が飛び出したところだった。

「考えることは同じだな、ユストゥス！　だが栄誉をつかむのは我々だよ！」

船を出撃した竜闘騎(ドラッヒェンカバレリ)がシュベールトリヒツの後方につき陣形を描く。その一糸乱れぬ動きに満足し、イグナーツは笑みを浮かべた。

「ようし征(い)くぞ!!」

魔導噴流推進器（マギウスジェットスラスタ）の噴射音も高らかに飛竜が進む。その先ではいよいよ状況が混迷を極めていたのだった。

◆

竜闘騎（ドラッヘンカバレリ）の推進器（スラスタ）が絶叫じみた咆哮（ほうこう）を上げて機体を加速する。魔獣と飛竜の入り乱れる戦場を、曲芸じみた飛行によってくぐり抜ける。

「突っ込んできた！　魔獣どもだ！　近づけるな!!」

格闘戦を挑むだけの余裕がない。竜闘騎ががむしゃらに法撃をばら撒（ま）き、空に次々と爆発が巻き起こる。

炎を突き抜け混成獣（キュマイラ）が飛ぶ。3つの首から魔法を吐き出し、空にさらなる混沌を添える。

「紛い物の竜（ドレイク）モドキ！　我らの空より去れ!!」

ハルピュイアの叫びとともに混成獣が吼（ほ）える。理性ある手綱捌（さば）きとは対照的に、獣の瞳は血走り盛んに獲物を探し回っていた。竜の王の助力なくば、到底まともに操ることなどできまい。

接近された竜闘騎がやむなく剣爪を振るう。鋭い剣戟（けんげき）はしかし鷲（わし）の嘴（くちばし）につかまり、がっちりと咥（くわ）えられ動けなくなる。

「こいつ……離せ！」

竜闘騎が推進器を噴かして抵抗するが、混成獣の膂力と重量を相手に逃れることは叶わない。獣の背にいるハルピュイアが何かを指示すると、混成獣の獅子の貌が口腔に炎を生み出し——。

「ほいっと」

かと思えば混成獣の獅子の貌、そのど真ん中に『足』がめり込んでいた。はたはたと無意味に翼を動かして巨体が宙に泳ぐ。さしもの魔獣も嘴を開き、拘束から逃れた飛竜が勢い余って飛び去って行った。

「……はぁ。なんだ、なんだこの戦いは！　一応感謝はするぞ、エチェバルリア卿。しかし我々はこんなことしかできないのか!?」

「落ち着いてください。殿下を乗せたまま戦うと、周りが大変でしょうし」

「誰の！　せいだと!?」

操縦席でわいわいと騒ぎながら、足の持ち主であるトイボックスマーク2が無造作にもう一歩を踏み出す。まさか空で踏み潰されてたまるものかと、背に乗るハルピュイアが翼を広げて逃げ出した。

足元で混成獣の上げた悲鳴など誰からも無視されている。

空に逃れたハルピュイアは傍ら(かたわ)に留まると、トイボックスマーク2を憎々しげな様子でにらみつけた。

「貴様……地(ち)の趾(し)が、また再び我らから奪おうというのか！」

蒼(あお)い騎士が首を向ける。面覆い(バイザー)の隙間からのぞく眼球水晶がハルピュイアを視界に捉えていた。

「事情は察しますが。魔獣をけしかけてきたとあらばこちらも穏やかではいられません」

「ほざけ。我らが翼の友を倒し、森を焼いたのは貴様らだろう！」

「おおまかには、人の所業とはいえるのでしょうが……。思っていたよりもあの国は邪魔でしたね」

操縦席でエルは眉を傾ける。ハルピュイアへ最も攻撃を加えていた当事者は、この場にはいない。

だがそんなことは向こう側からすれば察しようもないことだ。

「くだらない。孤独なる十一国(イレブンフラッグス)の尻拭いなど、するいわれはないぞ」

「それは同感ですが、今は言わない方がよいかと思います」

ハルピュイアが、混成獣(キュマイラ)が戦う。そのうち1羽を説き伏せたところでどれほど状況が変わるものか。彼の視線は、この戦いの元凶ともいえる存在へと向いていた。

「ハルピュイアの考えはわかりました。しかし、もしもよろしければ竜の王に伝えていただけませんか。示威行為はすでに十分、次は話し合いに移りませんかと」

「風を伴わないものに、信が置けるか！　ここは我らが地、地の趾はらしく水の大地へ帰るがいい!!」

「ごもっとも」

トイボックスマーク2がなおも進もうと踏み込みかけた、そのとき。空から落ちる黒雲のごとき影。見上げた先には伸びてゆく太い首。醜くも威圧的なその姿。

「……竜の、王」

それは史上唯一、現存が確認される竜(ドレイク)にして、ハルピュイアを統べるモノ。周囲にハルピュイアの歓喜がこだました。

「ついに王自らのご出陣ですか」

「なんてことだ、飛竜戦艦(リンドヴルム)まであと少しだというのに……」

勢いづく混成獣に、竜闘騎(ドラッヒェンカバレリ)は押し込まれ始めている。戦闘に竜の王までが加われば一気に瓦解へとまっしぐらだろう。歯噛(はが)みするフリーデグントにエルが提案する。

「殿下、少し相談があるのですが」

「やめろ。嫌な予感がする、その先は言うな」

「このままでは埒(らち)が明きませんし直談判というのはいかがでしょう」

「言うなと!?」

彼女は頭を抱え、そのまましばらく考えて。溜息とともに口を開く。

「……エチェバルリア卿。確かに私は人間の国、その権力の上位にある者だ。しかしそんなことは羽付きに伝わらない。人間にとっての話し合いは、人間の権力機構を前提としている。王を名乗る竜（ドレイク）に通じると、本当に信じられるか？」

エルの提案にうなずけない、それが理由だった。

もしかしたらハルピュイアならばまだ通じるものがあるかもしれない。しかし竜の王は無理だ。それはほぼ確信に変わりつつある。

しかしエルだけは異なる可能性を考えていた。

「あれが本当に純粋な竜ならば倒すほかない。しかし違うならば、いまだ道は途切れていません」

「それはどういう……？」

何か自分の知らないことがあるのか、彼女が問い返そうとしたときだ。戦場に新たな風が吹き込む。

「殿下のお姿はどこだ!?」

「一足お先に失礼するよ！」

馬鹿げた加速とともに大柄な機体が飛び込んでくる。竜頭騎士『シュベールトリヒッツ』、同『シュベールトリンクス』は競うように現れると、進路上にいた混成獣（キュマイラ）を撥（は）ね飛ばした。

「おお、あれは竜頭騎士！　イグナーツ様！　ユストゥス様が！」

「勝機である！　竜騎士よ、ここが踏ん張りどころだぞ！」

近衛騎士の姿を目に、竜騎士が俄然士気を上げる。戦闘用に強化された飛空船(レビテートシップ)が急造の陣地となり、魔獣に対して法撃を始めた。

「どうやら役者がそろったようですね」

そうしてエルの視線はさらに奥、パーヴェルツィーク陣営の最後方を見つめていた。

長い船体をくねらせて、首をもたげる巨体。史上最強の戦闘用飛空船。飛竜級(ヴィーヴィルクラス)戦艦二番艦『リンドヴルム』。

己が敵の姿を認めたのだろう、竜の王がメキメキと口を広げ吼(ほ)える。応じるように、吸排気機構の咆哮(ほうこう)が長く尾を引いた。

ちょうど蒼(あお)い幻晶騎士(シルエットナイト)を真ん中に挟むようにして、2体の竜は互いを威嚇し合う。互いに軍を、群れを率いる存在。一度相まみえたからには、決して背を見せるわけにはいかない。

飛竜戦艦(リンドヴルム)の船橋は強い緊張感に包まれていた。

「大型魔獣、射程圏内に入ります！」

「報告せよ、殿下の位置はどこだ!?」

「……ど、どうやら正面、敵大型魔獣との間に」

「竜炎撃咆(インシニレイトフレイム)は、使えぬか」

グスタフが砕けんばかりに歯を食いしばる。飛竜戦艦(リンドヴルム)最大最強の魔導兵装(シルエットアームズ)である竜炎撃咆さえ使えれば、竜の王であろうとなんであろうと恐れるに足りない。しかしその絶大な威力ゆえに、味方がいる戦場でおいそれと使うわけにはいかなかった。

「格闘戦にて迎え撃つ！　各法撃戦仕様機(ウィザードスタイル)は防御戦闘のみを許可する。決して殿下を巻き込むな、これは厳命である!!」

「はっ！」

飛竜戦艦の魔導噴流推進器(マギウスジェットスラスタ)に火が灯る。轟音(ごうおん)をばら撒(ま)きながら巨体が突き進み。

「格闘用竜脚(ドラゴニッククロー)展開、魔力はすべて強化及び雷霆防幕(サンダリングカタラクト)に回せ！　総員衝撃に備えよ！」

自らに向かってくる機械の竜の姿を捉え、竜の王が笑みのように顔を歪(ゆが)める。

「……どちらがこの空に残るか。決めようではないか」

混成獣(キュマイラ)とハルピュイアが舞い、飛竜が飛翔する。二大巨竜の戦いの火蓋(ひぶた)が切られようとしていた——その傍(かたわ)らで。

「大ごとになってきましたね！　さあてどう動くのが面白いかな」

ワクワクしている不埒(ふらち)者が一人、いたのだった。

◆

2体の『竜』がにらみ合う。

共にこの戦場を左右しうる力を有する存在。互いに群れを率い、どちらがこの空を統べる存在かを決しようとしている。

竜ではない鳴き声がそこかしこでこだましていた。竜の王の僕たる混成獣もまた、近づく脅威を捉えている。

「地の趾が使う石の竜！　我らから空を奪い翼を縛った……この屈辱！　今こそ思い知れ！」

魔獣にまたがるハルピュイアたちが次々に叫びを上げた。飛竜戦艦とはパーヴェルツィーク王国の力の象徴、彼らにとっては支配の証に他ならない。

「……よかろう。お前たちの怒りを見せてやるがよい……ゆけ」

応じるように『竜の王』から不可視の波動が放たれる。混成獣たちが敏感に反応し、ぎらつく視線の矛先を変えた。群れの一部が竜闘騎との戦いから離れ飛竜戦艦へと爪と牙を向ける。不気味な一体感を醸し出し、ある種の群体のような動きを見せていた。

魔獣が群れを作るならば、飛竜戦艦もまた人の群れによって成る存在だ。

「監視より報告！　魔獣の群れ、竜闘騎(ドラッヘンカバレリ)との戦闘を中止。こちらに向かっている模様！」

「雑兵を差し向けてきたか。爆炎系統の法撃は側面のみ許可する！　正面防御用意！」

混成獣(キュマイラ)が次々に魔法を放つ。渦を巻く破壊の嵐が空をも砕かんと迫り――。

「雷霆防幕(サンダリングカタラクト)、投射！」

飛竜戦艦(リンドヴルム)の各部から放たれた雷撃が絡み合いひとつの輝く網と化した。雪崩(なだれ)を打って押し寄せる魔法を受け止めると、さらなる破壊をもって吹き飛ばす。雷光の網に護(まも)られた船体には傷ひとつない。

目の前で魔法を防がれようと、混成獣には爪と牙、そして旺盛な攻撃衝動が残っている。怯(ひる)まず突き進み。しかし1匹たりともたどり着くことなく雷撃の餌食と果てた。

雷鳴が去った後には、黒焦げと化した魔獣の死骸がばらばらと落ちるばかり。さしもの混成獣も絶対的な死を目の当たりにしては警戒せざるをえない。

走る雷光を境目に、魔獣は羽毛の1枚分も進めないでいる。そうして飛竜戦艦の力を確かめた船橋にはわずかな安堵(あんど)感が漂っていた。

「魔力貯蓄量(マナ・プール)問題なし。戦闘の続行に支障ありません！」

「雑兵どもは恐れるに足りぬ。魔導光通信機(マギスグラフ)にて通達せよ。竜騎士は本船の援護に、そして早く殿下をお連れしろと！」

飛竜戦艦が盛んに光を灯す――しかし竜闘騎の動きはなかなか変わらない。訝(いぶか)しく思ってよく見れば、竜闘騎はとある場所を守るようにしてじりじりと進んでいた。

「あれはもしや……」

「報告！　正面、竜の王来ます!!」

「ええい雑魚(ざこ)ではキリがないと見たか！　こちらが全力を出せぬからと……！」

グスタフは歯噛(はが)みする。

「イグナーツ、ユストゥス……急ぐのだ……！」

船橋から見える景色の中で、竜の王が急速に存在感を増してゆく。このまま迎え撃つしかない。彼らは決断を下さざるをえない状況にあった。

◆

推進器(スラスタ)の出力を高め、竜頭騎士『シュベールトリヒツ』が長大な大型騎槍(グロースランス)を構える。高速で繰り出される突撃は頑健さを特徴とする混成獣にとってすら厄介だ。

悔し紛れに吐き出された炎の魔法を吹き散らし、シュベールトリヒツが魔獣の攻撃を突破する。

「私の槍の前に敵はなし！　殿下がお待ちである、有象無象は道を空けるがよい!!」

天空騎士団(ルフトリッターオルデン)右近衛隊が竜頭騎士に続いて一斉になだれ込む。放たれた法弾幕が魔獣の動きを牽制し、反撃を許さない。

そのとき、後方に光が瞬いた。飛竜戦艦(リンドヴルム)からの魔導光通信機(マギスグラフ)による光。内容をくみ取れば、彼らにも焦(あせ)りが伝播する。

「戦闘態勢に入ったか！　もう余裕はないぞ、その前に殿下を……！」

言葉を遮(さえぎ)るように竜の王の巨体が割り込む。混成獣(キュマイラ)と竜闘騎(ドラッヒェンカバレリ)の小競り合いなど眼中にないとばかりに悠然と羽ばたいていた。

迫りくる巨体の圧力に、混成獣も竜闘騎も関係なく道を空ける。

その中にあってなお退かぬ竜闘騎がいた。それも理由なきことではない。何しろ彼らの中心には――。

「エチェバルリア卿、まずいぞ……やつはもう目前に……！」

「とても話し合うような余裕はなさそうですね」

彼らの王女を乗せた蒼い幻晶騎士(トイボックスマーク２)があるのだから。さしものエルネスティも今ばかりは余裕がない。足場にしてきた魔獣を蹴り、一気に空へと駆け出す。

しかしトイボックスマーク２は魔力貯蓄量(マナ・プール)と出力の問題から長時間の飛行に向いていない。このまま空中を移動するには何か足場が必要だ。

「ううむ、そろそろ次の足場になる魔獣が欲しいですね。どこかに……ちょうどいい」

トイボックスマーク２の両肩、両腰に備わった魔導噴流推進器(マギウスジェットスラスタ)が出力を高める。目標の動きを見定めると進路上を狙って一気に飛び出した。

「殿下はそこにいらっしゃるのですか！　今参り……なんだ⁉」

ちょうどそこへと、シュベールトリヒツが飛び込んでくる。狙いすましたかのように蒼（あお）い幻晶騎士（シルエットナイト）が現れて。

イグナーツの反応は素早かった。衝突すると見てとるや、帆翼（ウイングセイル）を傾け急激に進路を変える。だが先手を取ったのはトイボックスマーク2、すでに彼の間合いに捉えられている。

微（かす）かな飛翔音とともに執月之手（ラーフフィスト）が飛んだ。シュベールトリヒツの胴体を捉え食い込むと、そのまま一気に巻き上げを始める。

「こいつ⁉　幻晶騎士がこんなところに⁉　私のシュベールトを捉えただと！」

驚愕（きょうがく）と震動は同時に襲いかかってきた。トイボックスマーク2が強引にシュベールトリヒツの上へと着地したのだ。

幻晶騎士1機分の重量がのしかかり、シュベールトリヒツの機体が悲鳴のような軋（きし）みを上げる。いかに出力に優れた竜頭騎士とはいえ幻晶騎士を上に載せるなど想定外もいいところだ。そのまま墜落しなかっただけでも大したものである。

「くっ……離れろ！」

イグナーツは機体をひねり異物を振り落とそうとする。だがそんな彼の行動を止める声があった。

「貴様は！　どうしてそう！　滅茶苦茶な方法しか⁉　……ええいそれは後だ！　リヒツにあるのはイグナーツだな⁉　私の声が聞こえるか！」

「なっ……その声はフリーデグント殿下！　まさかその中にいらっしゃるのですか⁉」

　イグナーツは仰天のあまり一瞬だけ呆(ほう)けたものの、己を取り戻してからの行動は素早かった。源素浮揚器(エーテリックレビテータ)へとエーテルを供給し浮揚力場(レビテートフィールド)を強化、機体を水平に戻し強引に安定させる。

「一体なぜ。その機体はどこの……！」

「いろいろ……あったのだ！　説明している暇が惜しい。とにかく飛竜戦艦(リンドヴルム)と合流したい、このまま飛んでくれるか」

「ハッ。殿下の仰せとあらば！」

　イグナーツは思考を瞬時に切り替える。あらゆる事項よりも王女の安全が優先される。疑問に費やしてよい時間などない。

「というわけです。頑張って飛んでくださいね」

「くっ、一体何者だ貴様⁉」

「はい。僕はフレメヴィーラ王国銀鳳(ぎんおう)騎士団団長、そして今はクシェペルカ王国女王陛下より命を受け使者をやっております、エルネスティ・エチェバルリアと申します。どうぞよろしく」

「なん……なんだ!?」

そんな説明聞いても混乱が増すばかりだ。イグナーツは余計な考えを無理やり追い出すと、とにかく竜頭騎士の推力を上げたのだった。

◆

「近衛隊より発光信号を確認！　王女殿下と合流したと！」

「ようし！　もう少しで枷が解かれる、ここが正念場であるぞ！　総員奮起せよ！」

「応！」

飛竜戦艦の船橋で、報告を受けた船員たちが士気を上げる。窓の外では竜の王がその歪な口を大きく開いていた。

「魔法現象の前兆を確認！　来ます！」

「防御投射！」

咆哮とともに宙に無数の火球が生み出される。ほぼ同時に飛竜戦艦の周囲を雷光が駆け巡った。空に走った火線が雷光にぶつかっては弾けて消える。互いの攻撃と防御は拮抗していると言えた。

「竜の王からの法撃、損害ありません！」

「我らはいい、しかし殿下を巻き込みかねんな。さらに接近するぞ！　魔法を放つ余裕を与えるな！」

魔導噴流推進器(マギウスジェットスラスタ)が推力を上げる。雷まとう鋼の竜と炎放つ竜の王、互いの間に残る最後の距離が限りなく縮まってゆき。

「弾き飛ばす！　雷霆防幕(サンダリングカタラクト)、出力最大！」

飛竜戦艦(リンドヴルム)の周囲を翔(か)ける稲妻が輝きを増した。何ものをも近づけず、あらゆるものを粉砕する攻防一体の必殺兵器。

雷の塊(かたまり)と化した飛竜戦艦が竜の王へと体当たりを仕掛ける。ほとばしる雷光が竜の王の巨体へと突き刺さり――。

「……石の竜よ、お前の力はこの程度か」

雷撃は甲殻を破ることも、肉を穿(うが)つことも叶わなかった。竜の王は荒れ狂う雷の中を平然と泳ぐと、お返しとばかりにガバッと口を開く。乱杭歯(らんくいば)ののぞく口腔が、飛竜戦艦の船橋がある船首へと迫った。

「雷霆防幕、効果薄い！　竜の王、直接攻撃来ます！」

「まだだ！　舐(な)めるでない!!」

飛竜戦艦が巨大な脚部――格闘用竜脚(ドラゴニッククロー)を振り上げた。船体をのけぞらせながらの一撃が竜の王の横っ面を打ち据える。轟音(ごうおん)と衝撃が周囲の空間を揺さぶり、混成獣(キュマイラ)や竜闘騎(ドラッヒェンカバレリ)があわてて距離を取った。

勢いのあまり距離を離した2体は、巨体をうねらせ再び互いにつかみかかる。

「……返答せねばな」

その濁った瞳からは何の痛痒も感じられない。史上最大の建造物である飛竜戦艦の一撃すら、生きた竜には通じないのか。

「さすがは竜よ！　ならば貴様を砕くまで打ち据えるのみ！」

格闘用竜脚を構え、飛竜戦艦がさらなる打撃を与えようとする。対する竜の王は迎え撃つように口を大きく開いた。

「……腐れて、墜ちよ」

竜の王の口腔内に煙のような白い霧が湧き起こる。魔法ではない、なんらかの物質だ。それは風の魔法をまとい渦を巻くと、口から一直線となって放たれた。

「避けよ！　推力最大！」

白煙の吐息に呑み込まれる寸前に飛竜戦艦が身をひねった。同時に推力に任せて強引に進路を変え、白煙より逃れ――。

「……!?」

ちょうどそのとき、飛竜戦艦の後方を迂回しようとした飛空船へと吐息が直撃する。船が白煙の中に包まれ。次の瞬間、誰もが目を見開いた。

——船が溶け落ちる。

飛竜戦艦(リンドヴルム)の船員たちは、確かに見た。金属を用いた飛空船(レビテートシップ)の装甲が瞬間的に泡立ったかと思うと、次の瞬間には腐食を始めたのを。

脆(もろ)く枯れた木が折れるようにボロボロと、金属であったものが崩れ落ちてゆく。飛空船の形を保っていられたのもわずかな時間。数瞬きほどの後には船であったものは残らず朽ちて崩れ落ちてしまっていた。

「馬鹿な……なん、なんなのだあれは!?」

グスタフは硝子(ガラス)窓を破らんばかりに船の最期に見入っていた。彼の知るありとあらゆる攻撃の中にない、未知の何か。同時にその恐ろしさを正確に把握していた。アレを受ければ飛竜戦艦とて砂の城のごとし。

飛空船、竜闘騎(ドラッヒェンカバレリ)、飛竜戦艦。人のもつすべての力が砂と帰すのだ。凍えるような冷たさが背筋を走る。

「推力最大！　再度接近せよ!!」

直後、彼が発した命令を聞いた船員たちは復唱しようとして固まった。

接近する？　一撃で飛空船を崩し去る竜へと？　恐怖に駆られた疑問が視線となって集中する。

「彼奴(きゃつ)の吐息(ブレス)、迂闊(うかつ)に避ければ味方を巻き込む！　受ければこの飛竜とてひとたまりもあるまい……ならば！　放てぬよう頭を押さえるほかない」

　船員たちが息を呑んだ。

「それを成しえるのはこの飛竜戦艦のみ！　もはや後には退けぬぞ！」

　竜の王が嗤（わら）うように吼（ほ）える。不退転の決意をもった飛竜戦艦が大きく身体をしならせ、再び挑みかかっていった。

「なんだあの攻撃は……!?　あれが羽付きたちの王だというのか！」

　衝撃はパーヴェルツィーク軍に等しく襲いかかる。イグナーツとて例外ではない。以前、竜の王と遭遇したとき、あれはよほど手を抜いていたのだろう。その恐るべきはまったく底が見えない。

「く、これではとても近づけません！」

　彼とて近衛を任され腕に覚えのある騎操士（ナイトランナー）である。さりとて巨大存在同士の戦いはその手に余る。トイボックスマーク2の幻像投影機（ホロモニター）越しにその光景を見ていたフリーデグントもまたうなずき。

「仕方がない、今は後方に下がって……」

「今すぐに突入してください」

「なっ、貴様!?」

静かな声が割り込んだ。トイボックスマーク2の騎操士（ナイトランナー）であるエル。

ここまで問題はあれど何度も彼に助けられていたフリーデグントであるが、さすがにうなずくわけにはいかなかった。激しく争う2体の間に割り込むなど、およそ今までに言ってのけたなかでも最大級の無茶である。

食ってかかろうとしたところで、しかしフリーデグントは口をつぐんだ。背後からのぞくエルの横顔がこれまでになく厳しいものだったからだ。王族である彼女をしてすら反論しがたい何かがそこにあった。

「下にいる飛竜の方。あなたたちの騎士団を救うため、あの戦いに割り込む勇気はありますか？」

「なんだと!?　一体何を言っている!?　殿下を危険にさらすわけがないだろう！」

イグナーツも混乱したまま叫び返す。

「あれに似た魔獣に覚えがあります。もしも想像どおりならば。今ここで倒さねば……最悪、被害はこの大地にとどまりません」

「どういうことだエチェバルリア卿。……ッ！　西方諸国（オクシデンツ）にまで？」

脳裏をよぎった最悪の想像に、フリーデグントは我知らず身震いする。

『竜の王』は、今は単体の脅威である。しかし相手は仮にも生物。もしも増えるとすれば
——？

かつて人類は幻晶騎士（シルエットナイト）の力によって西方の地を制覇した。あるいはより以前へと時代がさかのぼる可能性すらありえる。竜の群れによって蹂躙（じゅうりん）される故郷の姿。一笑に付してしまうことは、眼前の光景が躊躇（ため）わせた。

「……イグナーツ、私の考えすぎかもしれない。いずれにせよ竜の王は倒さねばならない相手だ。ここは手を貸してくれないか」

「殿下のお考えは承知しています。しかしあまりに危険が過ぎます！」

「自信がないのならば無理強いはしませんが」

「言わせておけばぁ……！　きっさま!!」

興奮のあまり竜頭騎士の進路ががくがくと揺れる。フリーデグントがあわててイグナーツをなだめた。

「エチェバルリア卿！　ここまで来た卿のことだ、無策ではないのだろう？」

「お任せください」

にこやかに答える。いい加減、この笑顔が信用ならないことを痛感しつつあるが。彼女は決断する。

「行ってくれ、イグナーツ。飛竜戦艦（リンドヴルム）には竜炎撃咆（インシニレイトフレイム）がある。我らが隙を作ればそれで戦いが決しよう」

「仰せのままに。この身命を賭して勝利をつかみ、殿下の身をお守りします……！」

竜頭騎士が動き出す。上にいるトイボックスマーク2がバランスを取って。

「進行方向はこちらで制御します、合わせてくださいね」

「貴様！　私を馬扱いするかぁっ⁉」

「イグナーツ……すまない、頼む……」

「殿下の仰せと……あらば……ッ！」

本当は今すぐに上の輩を法撃して吹っ飛ばしたくて仕方がない。中にフリーデグントが乗っていなければと、イグナーツは何度目かの歯軋りをこらえた。

トイボックスマーク2が魔導噴流推進器を起動すると、シュベールトリヒツが遅れなく追従する。

まるで乱れなく動いて見えるのは双方の腕前があってこそなせる業だ。

「突入します。放り出されないように踏ん張ってください」

「まさか我が軍の飛竜戦艦を脅威に思うときが来るとはな……！」

揉み合う2体の竜が近づいてくる。およそ近寄ることすら困難な混沌の中へと、蒼い騎士と竜頭騎士が飛び込んでゆくのだった。

第九十三話　王の中の王

飛竜戦艦から放たれた法撃が竜の王へと降り注ぐ。豪雨さながら吹きつける法弾は、しかしさほどの効果を上げずにいた。

「法撃、効果低い！　こたえていませんね……」

「雷霆防幕（サンダリングカタラクト）を防ぐのだ。さもありなんといったところだが」

船橋ではグスタフが表情を歪（ゆが）めていた。竜の王は彼らの想像を超えて頑強である。有効な攻撃はというと格闘戦か、あるいは――。

「嫌がらせにしても魔力（マナ）の無駄というべきか。法撃やめ！　魔力貯蓄量（マナ・プール）は対要塞基準にて維持せよ。魔力転換炉（エーテルリアクタ）の出力を上げる。源素過給機（エーテルチャージャー）を起動！」

「！　りょ、了解！　魔力流量増大します！」

飛竜戦艦がその身に膨大な魔力を蓄え始める。すべては来（き）たるべき時のために。

「あとは機会をつかむしかない、か……」

「竜の王、口を開きました！　吐息（ブレス）の前兆です！」

「フン、黙って眺めている気などないだろうな。格闘戦だ、やつを黙らせてやれい！」

竜の王が噛(か)みつくかのごとく口を開く。ほぼ同時に飛竜戦艦(リンドヴルム)が推力を上げて前進、頭めがけて格闘用竜脚(ドラゴニッククロー)を突き出した。

大気のうなりを引きつれて迫る大爪に、さしもの竜の王も口を開いたままとはゆかず回避に移る。

巨体同士がすれ違いざま、竜の王は身体をひねって旋回すると飛竜戦艦の後ろへと回り込もうとしていた。

「後方のみ法撃開始！　やつに自由を許すな！」

飛竜戦艦の後方に接続された法撃戦仕様機(ウィザードスタイル)が一斉に法撃を吐き出す。さほどの被害がなくとも、逐一炸裂する法弾を浴びた竜の王が煩(わずら)わしそうに吼(ほ)えた。

魔獣を牽制しながら飛竜戦艦もまた素早く旋回を終える。再度の攻撃に備え格闘用竜脚を構えたところで、対する竜の王が動き出した。

「……石の竜。どうやらお前は巨(おお)きく見えて小物の集まりらしい。ならばこれはどうだ」

竜の王から放たれる不可視の波動。突然、それまでは巨大存在同士の戦いを遠巻きに見守っていた混成獣(キュマイラ)たちが動きを変えた。

「王の命とあらば……御意に」

魔獣にまたがるハルピュイアたちが手綱を放り出し羽を広げる。御者が去った混成獣たちは空間を超えて伝わる意思に反応し、飛竜戦艦めがけてまっすぐ飛び込んでゆく。

「至急！　監視より報告、魔獣たちがこちらに突っ込んできます！」

「なに？　法弾幕により防御せよ。どちらの方向か⁉」

「ぜ、全方位だとっ……」

悲鳴のような報告を聞いた、グスタフが思わず絶句する。

彼らの動揺が収まるより早く、混成獣たちが飢えた獣が餌に群がるがごとく飛びかかってくる。

させじと飛竜戦艦に搭載された法撃戦仕様機が一斉に法弾を吐き出し始めた。本来であれば逃れるものなき濃密な法弾幕も、多数の魔獣を相手にしては分が悪い。ましてや混成獣は頑健さに長(た)けた獣。数発程度の被弾などまるで気にかけずに突き進んでくる。

「これでは抑えきれません！　取り付かれます！」

「最大推力、振り切れ！」

魔導噴流推進器(マギウスジェットスラスタ)が咆哮(ほうこう)し、膨大な炎を吐き出す。群がる混成獣を弾き飛ばして飛竜戦艦が飛び出した。危ういところを逃れた、しかし彼らに安堵(あんど)する余裕などなく。

「竜の王、再び口を開いて……こちらを狙っていると！」

「おのれ獣めが、小癪(こしゃく)な戦い方をする！　回避行動！　足を止めるな！」

飛竜戦艦が身体をひねり旋回する。進路をずらし相手の攻撃を避けようとして――。

そのときふと、船橋のグスタフは遠くに見える竜の王の醜い貌(かお)が、まるで笑みの形に歪(ゆが)

んだのを見た。

　疑問を解き明かすより早く、彼らを突然の震動が襲った。飛竜戦艦（リンドヴルム）の巨体が激しく揺さぶられている。ここは空の上、まさか地揺れに襲われたわけでもなかろうに。

「どう……した!?　報告を！」

「ま、魔獣が推進器（スラスタ）に……ッ!!」

　顔色を変えたグスタフが窓にへばりつく。

　飛竜戦艦の左右に備わった巨大な魔導噴流推進器（マギウスジェットスラスタ）。あろうことかその吸気口に混成獣（キュマイラ）が首を突っ込んでいた。巨大な異物を取り込んだ左の推進器が苦悶（くもん）のような軋（きし）みを上げる。吐き出す爆炎が異常をきたし、不規則な推力が振動となって船を揺さぶる。

「馬鹿な、あの法弾幕をかいくぐったとでも!?　ただちに法撃にて弾き飛ばせ！　船体が傷ついてもかまわん！」

　グスタフは伝声管にしがみつくや怒鳴るように命じる。すぐさま放たれた法撃が集中し、魔獣の巨体を吹っ飛ばした。

「駄目です、主推進器内の紋章術式（エンブレムグラフ）に損傷が！　左舷推力上がらず、進路維持できません!!」

「船体を振れ！　勢いをつけて制御せよ……」

「竜の王！　吐息（ブレス）来ますッ!?」

悲鳴のような報告が上がったとき、グスタフは目を見開いて振り返り窓の外をにらみつけた。

嘲笑(あざわら)うように竜の王が口を開いてゆく。渦巻き放たれた腐食の白煙が、まっすぐに飛竜戦艦へと伸びた。周囲の混成獣が巻き込まれようとお構いなしだ。

「左舷推力停止！　右舷推進器のみ全開にせよっ!!」

グスタフが叫んだ命令は間一髪で伝わった。無事に残った右の魔導噴流推進器が死力を尽くし猛烈な炎を噴き出す。片側が沈黙したまま、重心位置からずれた場所で推力が発生したことにより船体は回転運動を始め――。

「今だ、格闘用竜脚(ドラゴニッククロー)をかざせぇ！」

ぐるりと回り、迫りくる白煙に左舷をさらす。さらに格闘用竜脚を振り上げ、吹きかけられた白煙の吐息へと殴りつけるようにかざした。

竜脚に直撃した白煙が爆発し、周囲にもうもうと立ち込める。幻晶騎士(シルエットナイト)すら握り潰す強力な格闘用竜脚であったが、見る間に腐食し装甲から骨格まで剥(は)がれ落ちていった。

さらに広がる白煙が船体に迫るが、壊れた推進器が盾となり今しばらくの時間を稼ぎ出す。

「ダメです、竜脚もちません！　推力停止、このままでは……!!」

それでも片側の推進器が動かない以上、逃れることも容易ではない。このままでは白煙に呑み込まれ空の藻屑となるのを待つばかりだ。

「……業腹だが。今となっては殿下がここにおられないことだけが救いであるか」

最悪の事態を覚悟した、グスタフの額を一筋の汗が流れ落ちる。

「おおおおおおおおお！！！」

鋼の竜が諦観に沈み、竜の王が勝利を確信してほくそ笑む。その間隙を縫って裂帛（れっぱく）の叫びが空にこだました。

竜頭騎士『シュベールトリヒツ』。竜闘騎（ドラッヘンカバレリ）を凌（しの）ぐ巨体に魔力転換炉（エーテルリアクタ）を2基搭載した大出力を振り絞り、推進器（スラスタ）よ焼け付けとばかりに全力全開で飛翔する。

「させるかぁ!!　征（ゆ）ううけええ蒼（あお）い騎士いいい!!」

「お任せをっ！」

混成獣（キュマイラ）もハルピュイアも彼らの眼中にはない。流星のごとき突撃をもって、狙うはただ竜の王のみ。

白煙の吐息を吐き続ける横顔へと向けて衝突すら恐れず突入し。

「それではお教えしましょう、巨大兵器破壊の心得その三！　一点集中突破!!」

最後の距離、蒼い幻晶騎士（トイボックスマーク2）が魔導噴流推進器（マギウスジェットスラスタ）を全開にし足場を蹴って飛び出す。竜の王が接近に気づいたとき、その視界は蒼い蹴り足によって埋め尽くされていた。

「……なっ!?」

逃れる暇など与えない。攻城兵器もかくやとばかりに勢いの乗ったトイボックスマーク2の蹴りが、竜の王の小さな眼球めがけて突き刺さる。

どれほど頑強な魔獣であっても生物である以上逃れられぬ弱点がある。炸裂した蹴りの衝撃が竜の王から視界の一部分を奪い去っていた。

「や、やった……!?」

直後、空を揺るがす咆哮（ほうこう）が上がる。身の毛のよだつような叫びとともに竜の王が首を振った。すでに白煙の吐息は止まっている。代わりに喉の奥から吐き出されるのは憎悪の雄叫（おたけ）びだ。

トイボックスマーク2の操縦席で、フリーデグントは心臓を鷲（わし）づかみにされるような恐怖を味わっていた。飛竜戦艦（リンドヴルム）に並ぶ巨体もつ超大型魔獣、その憎悪が彼女に向けて収束している。咆哮の振動によって操縦席は嵐もかくやといった揺れようだ。

「ダメだ、この程度では……！」

「もちろん！　まだまだこんなもので終わりではありませんよ！」

そんな状況でむしろ前のめりになっている者がいる。トイボックスマーク2を操るエルネスティは喜色すら浮かべながら操縦桿を押し込んだ。

目の前に倒すべき敵がある。自らに応える機体がある。ならばやるべきことなんてただひとつ。

「さぁさ、おかわりをどうぞっ！」

執月之手(ラーフフィスト)を打ち込み、トイボックスマーク2が無理やり機体を固定する。振り回される頭部にしがみつきながら、両肩の魔導噴流推進器(マギウスジェットスラスタ)を回し足元に向け展開して。

「ブラストリバーサ！」

甲高い音が収束し破壊的な衝撃波となって放たれる。いかに竜の王が強固な甲殻を備えようと、超至近距離から撃ち込まれてはたまらない。ましてや相手はエルネスティ謹製たる玩具箱之弐式(トイボックスマーク2)。ブラストリバーサはむやみやたらと威力に特化した必殺兵器（本人談）なのだ。

暴風の鉄槌(てっつい)に打ちのめされ、竜の王すらたまらずのけぞる。

「や……やったな！　我々があの竜の王を止めたぞ！」

「これでひとまず窮地を逃れたはずです」

やりたい放題やった後、さらに竜の王を足蹴にしてトイボックスマーク2が飛び出してゆく。旋回し戻ってきたシュベールトリヒツが合流し、再び機体の上へと着地した。

「殿下！　殿下はご無事ですかっ!?」

「大丈夫、私なら問題……ない。それよりもイグナーツ、発光信号を！　今しかないのだ、飛竜戦艦(リンドヴルム)よ応じてくれ……!!」

祈りを乗せて魔導光通信機(マギスグラフ)が明滅する。彼らが生み出した貴重なる機会を逃さないために。

「イグナーツ隊長からです！　我……殿下と共にあり！　敵沈黙、竜の炎を請うと！」

「なんと。まさか共に突っ込んだのか!?　いや、それよりもだ。周囲に味方はあるかっ!?」

「竜闘騎（ドラッヒェンカバレリ）、退避済み！　イグナーツ隊長も離脱してゆきます！」

グスタフが勢いよく身を乗り出す。

「絶好の機である、これを逃せば我らに勝機はないぞ！　竜炎撃咆（インシニレイトフレイム）用意!!」

この時のために残しておいた切り札。すべての枷（かせ）を解き放たれた飛竜が、力をみなぎらせて鳴動する。

「残存魔力貯蓄量（マナ・プール）、許容範囲！」

「各魔力転換炉（エーテルリアクタ）、出力最大！」

「強化魔法出力上げ、耐性よし！」

「法撃開始。魔法反応、連続します!!」

「顎門（あぎと）、開放準備よし！」

「竜騎士長！　敵位置が射角内に入りません！」

「船体の制御をこちらによこせ！　総員身体を固定しろ!!」

もはやなりふり構っている余裕などない。グスタフは強引に生き残った推進器（スラスタ）を起動する。瀕死の船体が軋（きし）みを上げながら回りだし。さらに船首を巡らし振り返ることで無理やりに竜の王の姿を射角に捉えていた。

「焼けて滅べ魔獣！　竜炎撃咆（インシニレイトフレイム）、投射ァ!!」

飛竜戦艦（リンドヴルム）が顎門（あぎと）を開く。船首内で連続して発生した魔法現象が、まばゆいばかりの獄炎となって放たれた。

白煙の吐息のお返しとばかりに、空を一直線に引き裂いて赫（あか）い炎が伸びる。それは狙い過たず、衝撃から立ち直りつつあった竜の王へと直撃する。

「……おおおおおっ!!」

要塞すら焼き尽くす、人類史上最高位の威力を誇る破壊兵器。

炎の濁流が竜の王を呑み込んでゆく。圧倒的な耐久性を見せつけた甲殻ですら焼けて弾ける。短く不格好な腕は燃え落ち、翼は枯れ枝のように砕け散った。燃え盛る炎の轟音（ごうおん）にかき消され、竜の王の咆哮（ほうこう）はすでに聞こえない。

永遠とも思えるような、しかし短い時が経ち。

魔力貯蓄量（マナ・プール）の限界に達した飛竜戦艦からの法撃がやんだ。

思うさま破壊の限りを尽くした炎が去った後、そこには焼け焦げた巨大な塊（かたまり）だけが残されていたのだった。

「おおお、やった……やったぞ！」

もはや竜の王の面影はほとんど残されていない。最初に竜炎撃咆が直撃した頭部は完全に焼失している。もともと短めだった首も焼け、そこから胴体にかけて大きく抉(えぐ)れていた。翼も焼け落ちた今となっては元の形を読み取ることも難しい。

枯れ木を砕くような音を立て、竜の王の残骸が傾いてゆく。周囲を圧倒した巨大存在も、今は焼け焦げた肉に過ぎない。ぼそぼそと炭化した肉の欠片(かけら)をばら撒(ま)きながら落下を始めていた。

飛竜戦艦から、竜闘騎(ドラッヒェンカバレリ)から人間たちの歓声が上がる。しかしそれはすぐに収まった。ある程度墜(お)ちたところで残骸の落下が止まり、空中を漂いだしたのだ。

「竜の王、落下止まりました……。動きは見られません」

「ふうむ。やつの中に浮揚力場(レビテートフィールド)が残っていたのかもしれんな。いずれにせよあのありさまでは死んでいよう」

グスタフはようやく胸をなで下ろすと船長席に深く沈み込んだ。一時は肝を冷やしたが、なんとか窮地を切り抜けることができた。

飛竜戦艦の被害は深刻だが、天空騎士団(ルフトリッターオルデン)は健在である。残る魔獣の駆逐は近衛をはじめとした竜騎士に任せればよい。

「まさか羽付きたちにこうまで追い詰められるとはな。しかし……殿下をこちらにお招きするかは、考えどころか」

何しろ飛竜戦艦(リンドヴルム)は推進器(スラスタ)をやられまともに動けない。拠点に戻るためには近衛船で曳航(えいこう)する必要があるだろう。

一時の安堵(あんど)に緩んだ心を引き締め直してグスタフは立ち上がった。彼の仕事は終わっていない。天空騎士団(ルフトリッターオルデン)に命じて残った魔獣を倒し、王女を無事に拠点まで護衛せねばならなかった。

「各竜闘騎(ドラッヒェンカバレリ)は本船の護衛につけ！　近衛船に連絡、曳航の準備をせよと。魔獣に対しては各自の判断で法撃を許可する……」

船員があわてて動き出し、指示を周囲に伝えてゆく。窓の外では竜闘騎が集まってくるのが見えた。

「魔獣の群れ、再び集まってゆきます……！」

そのとき、監視から上がってきた報告が緩み始めていた空気を再び引き締めた。空に浮かぶ黒い染みのような魔獣たちが集まってゆく。その先にあるのは浮かんだままの竜の王、その骸(むくろ)だ。

まるで守るかのような行動。しかし中心にあるのが焼け焦げた死骸だとなれば不自然さは拭えない。

「あくまでも戦うというか。それとも、獣でも王の死を嘆くものか?」

敵対するものであれ、ハルピュイアや混成獣(キュマイラ)も王の死体を守ろうという考えがあるのか。その行動にはグスタフも感じ入るものがあった。

「いいや。なんだ……?」

そうして魔獣の動きを眺めていたとき。ふと竜の王の死骸がわずかに動いたような気がして彼は目を凝らした。勘違いならばよい、しかしもしも違うのであれば。

「……近衛隊の状況はどうか」

「はっ。竜闘騎は防衛配置についております。飛空船(レビテートシップ)は現在こちらに向かっており……」

「急がせよ。すぐに飛竜戦艦を移動させる」

指令が伝えられ飛空船が急行する。しかしその素早い動きですら間に合うことはなかった。

ビク、と竜の王の体躯(たいく)が震えた。炭化した肉がぼろぼろとこぼれ落ちてゆく。ソレはどう見ても死んでいた。首が焼け落ち腹を抉(えぐ)られながら、いまだ死に至らない生命などあってよいはずがない。

だというのに天地自然の理(ことわり)をねじ曲げ、ソレは確かに動き出しているのだ。

「死にぞこないめ、なんとおぞましいものか！　構わん、法撃を加えよ！　欠片(かけら)も残さず砕いてしまえ!!」

命令を受けた竜闘騎（ドラッヘンカバレリ）が次々に法撃を加える。しかし混成獣（キュマイラ）がその身を盾として防ぎ、死骸までは届かない。

多くの魔獣たちに護られながら、竜の王の動きが激しくなってゆく。ついに焼け焦げた甲殻がずり落ちるに至り、海老のように曲がった背中が音を立てて裂けた。

「なん……だ。あれは……!?」

グスタフだけではなく、その光景を目撃した人間たちは残らず言葉を失い、眼前の異様に見入っている。

「ふむ。なんだか思っていたのと違う感じですね」

「お！　ま！　え！　は！　なぜこの状況で落ち着いていられるのだ!?」

だいたい一人を除いて。

竜の王の背中に開いた裂け目がメキメキと音を立てて大きく開いてゆく。いまだ内部に残っていた体液を撒き散らしながら、ぞろりと内部から何かが伸びた。

刃物のように薄く鋭利な部位が生える。それはぼんやりと虹色の輝きを放つとゆっくりと開閉した。さらには根元が続き、肢のような部位が現れる。

ソレは竜の王に肢をのせると、一気に身体を引き抜いた。全身が完全に抜け出たところで、残された竜の王の体躯はまるで魂が抜けたかのように墜ちていった。

混成獣たちも焼け焦げた残骸を追うことはしない、ということは。

「あれが竜の王の中にいたということか!?　なんなのだあれは！」

ソレは支えもなく宙に浮いたまま身体を伸ばしていた。この戦場において最大級を誇った竜の王に比べると小柄である。それでも大きさは幻晶騎士の倍は下らない。

体躯は光沢のある甲殻に覆われ、肢は細く長くだらりと垂れ下がっていた。混成獣とも竜とも異なる姿。あえて近しいものを挙げるとすれば——。

「『蟲』のような……。なるほど、そういうことですか」

「なんと気味の悪いやつだ」

まるで昆虫のようであり、さらに複雑な甲殻をまとった形状はどこか鎧甲冑をまとった騎士にも似て見える。3対6本ある肢のうち、上下にある2対4本がやたらと長い。見ようによっては『人型』のようにも思える姿をしていた。

守るように周囲に集まっていた混成獣たちが道を開く。竜の王より現れたものがぎこちなさの残る動きで『腕』を上げた。

「……まったく。まったく台無しじゃあないか『西方人』。お前たちはいつも私の前に立ちはだかり、そして奪ってゆく……『二度』は許すものか」

空間を超えて声ならぬ声が届く。竜の王と同じ異能を行使し、ソレは高らかに謳った。

「ここから先はこの『魔王』自らの手によって貴様らを葬ってやる。心してかかるがよいよ!!」

◆

『魔王』――かつて街ひとつと並ぶ規模があった姿からは随分とかけ離れている――は虹の光を放つ薄羽を広げ、人間たちの軍を睥睨する。そして細長い前肢をくいと動かし、魔獣たちの群に命じた。

「切り裂き、喰いちぎってしまえ」

混成獣の三つ首が上げる耳障りな咆哮が重なる。

「魔獣、一斉に来ます!」

「飛竜戦艦は動けん……。竜闘騎隊に本船を援護させよ! ええい曳航準備はまだか!?」

飛竜戦艦の船橋でグスタフが声を荒らげる。しかし反応は芳しくない。竜の王を撃破したとわずかに緊張が緩んだところにこの逆撃だ。しかも彼らの本陣たる飛竜戦艦は大きな痛手を負って動くことすらままならない。

推進器の響きも甲高く、竜闘騎が進出する。後方では飛空船が飛竜戦艦の周囲に集まり、曳航の準備を進めていた。作業が完了するまで彼らに後退は許されない。騎操士(ナイトランナー)たちの表情に汗がにじむ。

対する魔獣たちに憂うことなどない。命じられるまま、あるいは尽きぬ破壊の本能のままに襲いかかってくる。

「く！　なんという戦場だ！」

「殿下、お許しいただければすぐにでも味方の助けとなりますが……！」

竜頭騎士『シュベールトリヒツ』を駆り、イグナーツは悔しげに歯を噛(か)み締めた。

「ダメです。今足場がなくなると困るので」

「蒼(あお)い騎士ィ！　貴ッ様ァ……！」

竜頭騎士の上に立つ蒼い幻晶騎士(シルエットナイト)から聞こえてきた涼やかな声に、彼は声を荒らげる。

なだめる声は同じく蒼い機体から聞こえてきた。

「エチェバルリア卿、ちょっと黙っていろ。……イグナーツ、まずは飛竜戦艦へ向かうのだ」

「それは……しかしながら飛竜戦艦は身動きが取れません。御身の安全を考えれば最善とも言いがたく」

「構わない。今は私という足枷(あしかせ)を外す方が先決だ。覚悟というものは必要なときにするべきだろう」

「……御意」

イグナーツはわずかに言いよどんだが、結局はフリーデグントの言葉に従った。確かに王女を守る役目を代わることができれば、シュベールトリヒツの持つ強力な突破能力を戦いに振り向けることができる。推進器（スラスタ）の音が高鳴り、進路を漂う飛竜戦艦（リンドヴルム）へと向けて。

その間も蒼い騎士（トイボックスマーク2）の視線は別の場所に向かっていた。

魔獣の吐く魔法と法撃がぶつかり合う。そんな凄惨な殺し合いのさなかをいっそ悠然と通り抜けてくる存在がある。

「フリーデグント殿下。相談があるのですが、もう一段階上の覚悟を決めることはできますか？」

「どういうことだ」

エルの視線を追ったフリーデグントは幻像投影機（ホロモニター）の景色に答えを求める。周囲は混戦となっているにもかかわらず、魔王の姿は妙にはっきりと見てとれた。

「竜の王から出てきた……魔王といったか。巨体を失ったというのに余裕なのだな」

「なんの不思議もありません。魔王の力をもってすれば単身で飛空船団を壊滅に追い込むこともたやすい。竜の王が用いた腐食の吐息は、間違いなく魔王が源でしょうから」

「随分（ずいぶん）と詳しいのだな？」

「先代の魔王を撃破したのは僕たちですので」

「飛竜戦艦（ヴィーヴィル）といい、この世にお前が壊していないものはないのか？」

フリーデグントが天を仰ぐ。のんきこいている場合ではない、足元から抗議の声が上がってきた。

「あれの対処は我ら竜騎士にお任せください。殻を脱いでしまえば身は柔らかいでしょうから」

「期待したいところですが、事はそう単純ではないようです」

「貴様は本当に、あれもこれもと邪魔立てしようと……」

「待てイグナーツ。様子がおかしい」

魔王の進路を阻（はば）むように竜闘騎（ドラッヒェンカバレリ）が挑みかかってゆく。竜闘騎が羽虫のようだった竜の王の巨体に比べれば、魔王はたかだか幻晶騎士（シルエットナイト）に毛が生えた程度のもの。騎士たちは自信に満ちて必殺たる多段攻撃を仕掛けていた。

「なに……ッ!?」

操縦席でイグナーツが目を見開く。

魔王が虹色の光を放つ薄羽を広げる。おそらくは源素浮揚器（エーテリックレビテータ）に類似する浮揚力場（レビテートフィールド）を展開し、空中を滑るように進み。
と思えば次の瞬間には爆発的な加速をもって竜闘騎に迫っていた。法撃の照準が間に合わない。あわてて気味に繰り出された爪剣を腕の一振りで弾き、魔王が前肢を振り下ろす。

先端の鉤爪(かぎづめ)の備わった手のひらに魔法現象の輝きが宿る。爆炎の系統魔法を直接叩き込まれた竜闘騎(ドラッヘンカバレリ)が、火の玉へと生まれ変わる。

竜騎士たちもただ見ているだけではない。すぐさま陣形を組み直すと、今度こそ多重攻撃を仕掛け。

宙を滑る虹色の軌跡がすべての攻撃をすり抜けてゆく。時折閃(ひらめ)く爆炎の朱が竜闘騎を破壊する。ばらばらと機体の残骸が地面にばら撒(ま)かれた。

「うるさいよ君たちぃ」

魔王がくいと前肢を曲げる。関節部にじわりとにじみ出る体液。速やかに揮発したそれが白煙を生み、次いで風の渦が巻き起こった。

魔王の起こした魔法現象が死の雲を乗せ竜闘騎を呑み込んでゆく。断末魔のひとつもなく腐食した竜闘騎がぼろぼろとこぼれ落ちてゆく。やがて煙の晴れ去った後には、人造の飛竜の姿は残らず消え去っていた。

「あの……煙のようなものは！　飛竜戦艦(リンドヴルム)を破壊したものか！　あれでは近づくことすら……！」

「魔王、というよりも元となった『穢れの獣(クレトヴァスティア)』という蟲(むし)型魔獣の持つ特殊能力です」

竜闘騎では魔王を止められない。それは今や誰の目にも明らかだった。

これ以上の接近を許してしまえば飛竜戦艦のみならず、周囲の飛空船(レビテートシップ)ごと『喰われる』。

巨体を失ったからなんだというのだ。『王』の脅威はいささかも失われていない。

にらみつけるように幻像投影機に見入っていたフリーデグントが、ややあって口を開いた。

「エチェバルリア卿。以前、あれを倒したと言ったな。今同じことは可能か？」

「殿下！　これ以上は……！」

王女の言葉であろうと、イグナーツには遮らずにはいられなかった。すでに一度フリーデグントが救い出されたことで大きな借りを作っている。積み上げるだけなおさらにパーヴェルツィーク王国を窮地に追い込むだろう。

フリーデグントはそれを承知の上で首を横に振った。

「わかっている。それでも、今ここで躊躇えば我が軍は癒えぬ傷を負うことになる。もはや交渉どころではなくなるぞ」

イグナーツは唇を噛み締めた。自分に障害を取り除くだけの力があれば何も問題はない。だが彼の中の冷静な部分が「そうではない」と囁いてくる。

エルネスティがちらと後ろを振り返った。

「あれを倒すべきだと思う気持ちは同じです。ここは互いに協力ということで」

「はぁ……卿は頼れるのか身勝手なのかわからんな」

フリーデグントは考える。エルネスティ・エチェバルリアという騎士の行動はどこかで何かが決定的にずれている。

彼の仲間であったアーキッドなどはわかりやすい正義感があったが、それともまったく異なっている。それでいて戦闘能力は頭抜けているのだ。操りにくいにもほどがある。

「征きましょう、下の方。まだまだあなたの協力が必要不可欠です」

「下言うな！　イグナーツだ、覚えておけぇ！」

ゆえにこそ彼に賭けるしか、今の彼女は手札を持っていない。

「それでは進路を魔王へ。仕掛ける時期はこちらから伝えます。合わせてください」

「貴様が！　命じるな！」

「イグナーツ。残念な、心から残念なことに戦いにおいては指示を受け入れるしかない。今だけはこだわっている場合ではないのだ」

「…………御意」

「ではきりきり飛んでくださいね」

「後で覚えていろよ!!」

シュベールトリヒツが推力を上げる。文句を言いつつも行動は素早く的確だ。遮るように襲いくる混成獣をかわし、速度を緩めることなく突き進む。

防戦に追い込まれる竜騎士たちの中にあって、その動きはあまりに異様であり目立つ。すぐさま魔王の知るところとなり。

首を巡らし、複眼状のどことも知れぬ視線が確かに彼らを捉えた——ような気がした。

「迎撃が来ます、直線的な動きはいい的になる。ここからは可能な限り複雑に飛んでください！」

「だから指示をするな！　俺は馬ではないと……」

文句の言葉は魔王が放った魔法の数々を前に沈黙した。シュベールトリヒツが帆翼(ウイングセイル)を撓(たわ)ませ、魔導噴流推進器(マギウスジェットスラスタ)の出力をわずかに絞る。推力だけでなく風の流れを利用し、機敏な動きで魔法を回避した。

魔法だけでは押しとどめられないと悟った魔王が前肢をかざす。節からにじむ体液が白煙と化し広がりだした。

「煙が来るぞ！　大丈夫なのだろうな!?」

「後はお任せを。……慣れています」

シュベールトリヒツの背を蹴り、トイボックスマーク2が単身飛翔する。推力を全開に、渦を巻き始めた死の雲へと迷いなく突撃し——。

「断ち割りなさい執月之手(ラーフフィスト)。法撃起動、『疑似嵐の衣(リミテッドストームコート)』！」

切り離された両手が飛翔する。銀線神経(シルバーナーヴ)を伝わった魔力と魔法術式(スクリプト)が強力な大気操作の魔法を発現させ。

トイボックスマーク2を包むように吹き荒れる嵐が死の雲を吹き散らす。錐(きり)のごとく穴を開け雲を越えれば魔王の姿は目前であった。

「お覚悟を！」

トイボックスマーク2が背の断刃装甲（アーマーエッジ）を展開。ねじ曲げられた大気の流れが回転を生み、機体を独楽（こま）のごとく回す。

突撃と回転の勢いを乗せた重量級の一撃を、魔王はしかし前肢のみで受け止めた。

奇妙な細長さから痩身に見える魔王であるが、体内に満ちる強力な魔法の数々により強度を大幅に引き上げている。仮にも魔王に連なるもの、ひ弱であろうはずがない。

「馬鹿な、これを止める⁉」

フリーデグントは驚き、エルはすでに動き出していた。断刃装甲が受け止められたと見るやすぐに姿勢を翻（ひるがえ）し、巻き上げの終わった執月之手（ラーフフィスト）を頭部めがけて発射。首を振って避けられるも、すれ違いざまに身体をつかむ。

巻き上げの勢いを利用して接近。両足をそろえて飛び蹴りを叩き込んだ。魔王はわずかに姿勢を揺らがせただけ。断刃装甲を受け止めたのだ、今さら蹴りだけで破壊できるとはエルも考えていない。

「でも、これならばいかがでしょうか⁉」

トイボックスマーク2が足元へと向けて推進器（スラスタ）を展開する。ブラストリバーサ、機体中最大の威力を誇る魔導兵装（シルエットアームズ）へと魔力（マナ）が流れ込み――。

発射されるより早く、魔王の腹部に折り畳まれたままであった中肢が開いた。ねじくれた鉤爪(かぎづめ)に魔法現象の前兆が灯る。

「！　中止(キャンセル)！」

ブラストリバーサは破壊力があるが推力にならない。魔導噴流推進器(マギウスジェットスラスタ)がぐるりと旋回、魔王へと叩きつけるように推力を吐き出し、反動で一気に離脱してゆく。空中を吹っ飛んでゆくトイボックスマーク２をシュベールトリヒツが拾い上げた。

「ええい、あの攻撃で倒しきれないのか！」

「どうしてなかなか、思ったよりも強敵ですね」

シュベールトリヒツが警戒しながら魔王の周りを飛ぶ。しかしいつまで経っても反撃は来ず。

なぜか魔王はじっと動かず、天を仰ぐように前肢を広げたままわずかに震えていた。

「蒼(あお)……蒼……蒼ォ!!　覚えがあるよその機体……その動きにッ!!　ひどく苛立つじゃあないかっ!!」

かきむしるような雑音の乗った声が響く。燃え盛る感情を直接頭の中に送り込まれ、イグナーツとフリーデグントが顔をしかめた。

エルだけが小揺るぎもせず、ただ拡声器の出力を上げる。

「この声……やはりあなたなのですね、『小王(オベロン)』！」

「ふ、ふふふふふあはははっはぁ！　そうだ、そうだともエェエェルネスティくぅん！　ああ、こんな世界の真反対側までやってきて！　まさかまさか君がいるとはねぇ！　並ならぬおぞましき縁(えにし)を感じるよぉ!!」

　魔王の震えが一層強まる。それは興奮か、むしろ歓喜によるものか。伝わる声にたぎる、煮え立つような敵意が頭を締め付けてくる。

「同感です。率直に言えば大変遠慮したいところではありますが」

「気が合うじゃあないかッ!!　反吐(へど)が出そうなくらい同感だよ!!」

　フリーデグントとイグナーツにとってはまるでわけがわからない状態である。操縦席の後ろから恐る恐るのぞき込んだ。

「なんなのだ……小王(オベロン)だと？　お前とあれの間に何があったのだ」

「前魔王を倒したついでに、彼の支配する軍を完全に滅ぼしましたね」

「お前よくそれで話しかけようと思ったな!?　正気か!?」

　危険分子すぎる。なんでこんなのに命を預けてしまったのだろう。フリーデグントは思わず天を仰いだが、何もかもが後の祭りであった。

「魔王を倒したあのとき、あなたの姿がないことには気づいていました。僕個人としては、あなたには再起してほしくなかった。できるならば戦いたくなかったところです！」

「身勝手！　わがまま！　己の都合ここに極まれりだねぇ！　おかげさまで随分(ずいぶん)とあちこ

ちを彷徨（さまよ）う羽目になったよ。幻操獣騎（ミスティックビースト）なくばすぐに野垂れ死んでいただろう。だがそれでも異郷の地に立ち上がった。かと思えばまたもやキミだ！　そんなにまで私を追い立てたいのかねぇ!?」

「そんなつもりは欠片（かけら）もありません。ただ進む先にあなたが立ちはだかっているだけなのです」

「面倒だ、面倒だよエルネスティ君。悲しくも互いに対立する道の上にある。残念極まりない！　だがこれも……魔王を駆る私の定めと思えば、むしろ歓喜と変わるというもの！」

　それまでどこか超然とした雰囲気を放っていた魔王ががらりと変わる。刺すような敵意がただひとつの対象、蒼（あお）い幻晶騎士（シルエットナイト）へと収束してゆき。

「混成獣（キュマイラ）どもは雑魚（ざこ）を片付けよ！　キミと私の舞台だ。何人（なんぴと）たりとも邪魔はさせない！」

「申し訳ありませんが、こちらはすでに一人ではありませんけどね」

　魔王から放たれた命令が魔獣たちを動かす。

　魔王たちを囲むようにして竜闘騎（ドラッヒェンカバレリ）を追い払い始めたことにより、周囲の助けは完全に期待できなくなった。そもそも余力がなかったとしてもだ。

　彼らは己の力のみで魔王を突破せねばならない。2体っきりの舞台だ。

「これでは自ら狩り場に飛び込む獲物さながらではないか」

「ですが飛竜戦艦（リンドヴルム）を守るという目的は叶っていますし」

「物は言いようにも限度というものがあるからな？」

なおも言い募ろうとしたフリーデグントはすぐに口をつぐむ。シュベールトリヒツが急加速し、慣性がのしかかってきたからだ。

魔王が飛翔する。

「君がいると嫌なんだ。嫌だ、嫌だ嫌だ嫌だね！　早く、早くいなくなってくれよぉ!!」

言葉とは裏腹の勢い。空に虹色の軌跡を残す、まるで法弾のごとき速度だ。

「速い……！」

「どうだい。これは最後に残った穢れの獣（クレトヴァスティア）が一体にして、新たなる魔王の幼少のみぎりであるよ！　さしずめ魔人体といったところかな。比べ物にならないくらい縮んだだろう！　でもさぁ!!」

加速する竜頭騎士に追いすがり、むしろ凌駕せんとする。その機動性はかつてのイカルガを彷彿とさせるもの。シュベールトリヒツとトイボックスマーク２が共に加速してなお魔王のほうが速い。

「振り切れ……ない！　くそう！」

イグナーツが焦り、エルすら表情を険しくしていた。

「厄介なことになりましたね。敵としてはまだ以前のほうが相手しやすかったですよ」

「ああ、ああ。キミを苦しめられるとはなんとも望外の喜びであるよ！　そういえばだ魔王、これは君にとっては親の仇討ちというわけだ！　そう思えば、なおも飛翔が冴え渡ろうというものッ!!」

　ついに並走した魔王が前肢でつかみかかってくる。それをトイボックスマーク2が断刃装甲（アーマーエッジ）で弾き飛ばす。互いに高速で飛翔しながら刃と爪を交わし続けた。

「粘るね！　ならばこれはどうかな……唱えよ、叫べ！　多重法撃！」

　広げた前肢、中肢の先端に光が灯る。危険を察知したシュベールトリヒツがあわてて進路を曲げ。後を追うように数多（あまた）の法弾が飛んだ。

「やはりありますか、親譲りの魔法能力が！」

「そも、これこそが我ら『アルヴ』の権能そのものだからねぇ!!」

旧魔王とは比較にならない機動性でもって放たれる法弾幕が、着実にエルたちを追い詰めてゆく。遠距離での戦闘能力に乏しいのがトイボックスマーク2の泣きどころだ。

どのように戦うかエルが思案している後ろで、フリーデグントは聞き捨てならない単語を拾い上げていた。

「おい、今あれは自分をアルヴと言わなかったか!?」

「はい。第一次森伐遠征軍の末裔（まつえい）、アルヴの王にして二代にわたる魔王の乗り手、それが小王（オベロン）です。強敵ですね」

「はぁッ!?　なっ……なん……はぁ!?」

聞かなきゃよかった、もう質問するのやめようかな。フリーデグントは今すぐ耳を閉じられないか、真剣に思い悩み始めるのだった。

◆

虹色を放つ薄羽を開き、魔王が宙に浮かぶ。

その周囲を甲高い噴射音を響かせながら竜頭騎士が飛翔していた。

魔王が動き出す。狙いを定め前肢を振り、生み出された魔法が色とりどりの軌跡を残す。

「来ます！」

「まったくでたらめだ！　やつの法撃能力は飛竜戦艦（リンドヴルム）並みだというのか!?」

夥（おびただ）しい数の魔法を前に、竜頭騎士シュベールトリヒツが急激に進路を変えて射線上を逃れる。しかし避けた先にはすでに魔法現象の炎があった。

「よく狙っている！　蒼（あお）い騎士、貴様も手伝え！」

「承知」

蒼い幻晶騎士（トイボックスマーク2）が竜頭騎士につかまり姿勢を倒す。両肩の魔導噴流推進器（マギウスジェットスラスタ）が咆哮（ほうこう）し強引に向きを傾けた。法弾の魔の手が機体を掠（かす）めて飛び去る。

一度かわそうとも油断はならない。魔法はまだまだ幾重にも放たれ、喰らいつかんと牙を研いでいるのだから。

「かわす、かわす。なんとも必死なことじゃあないか！」

魔王の中心、操縦席の中で小王が笑みを深めていた。操縦席は幻晶騎士のそれとは似ても似つかない。機械的な要素は少なく、まるで魔王の臓腑にいるかのような様相である。

それも小王にとっては慣れたもの。魔王の眼を通じて舞い飛ぶ竜の姿をにらむ。

「だあが、何せエルネスティ君だ。かつての魔王を相手に躊躇いなく突っ込んできたエルネスティ君なのだ。寸刻でも自由を許せば隙ともいえない隙をこじ開け迫ってくる。決して逃れえぬ終わりを用意せねばならないのだよ！」

絶対的な存在だった、完全体の魔王すら倒されてしまった。いかに身軽であるとはいえ成長途中の魔王に余裕などありはしない。

そのとき、魔王から伝わってくる意思があった。

「……そうだとも、魔王。アレさえいなくなれば勝利をつかんだも同然だよ。残るは有象無象に過ぎない」

かつてとは違い魔王そのものの意思が告げる。それは小王と共にあり。

遠距離での魔法攻撃をやめ、魔王が接近し始めた。魔法をかわして旋回し終えた竜頭騎士とトイボックスマーク2を包み込むように、両前肢を向けて。

「くくく……単純な攻撃でキミを仕留めることはできない。少し趣向を変えようじゃあないか。こういうのはどうだい！」

鉤爪（かぎづめ）の間ににじみ出た体液弾。いつもならばすぐさま揮発するそれを、素早く大気操作の魔法で包む。圧力に押さえ込まれ水滴のままの体液弾を、爪先から弾くようにして発射。

あらぬ方向に飛んでいったかに見えた体液弾は、周囲の魔法による圧力が薄れたところで急激に揮発する。

ちょうどこれまでの執拗（しつよう）な魔法攻撃を回避しきった、竜頭騎士の眼前で炸裂した。知らずに誘導された形になった彼らを、猛烈な勢いで広がる腐食の雲が包み込む。

「馬鹿な！　なぜこんなところに!?」

「いかん、このままでは！」

「なるほど仕掛けてきましたね小王。ですが……」

即座にトイボックスマーク2が反応する。完全に腐食の雲に覆われる前に執月之手（ラーフフィスト）を射出。たび重なる魔法の行使により大気が軋（きし）みを上げる中、嵐の守りが顕現した。

渦を巻く大気が螺子（ねじ）のごとく腐食の雲を貫き進む。

「どこまでもしぶといことだね！」

黙って眺めている小王（オベロン）ではない、すぐさま魔法による追撃を加える。炎が雷が空を翔（か）け炸裂する。

周囲は腐食の雲が立ち込め、法撃の衝撃がひっきりなしに起こり続ける。圧倒的に迫りくる死を前に、イグナーツの集中力が高まってゆく。魔法の及ぶ範囲を縫うようにしてかわし、的確に腐食の雲が薄い側を目指し。

だがそれでも足りなかった。魔王による魔法攻撃は嵐の衣（ストームコート）に干渉し、綻（ほころ）びを生み出していたのだ。突如としてシュベールトリヒツの舵が言うことを聞かなくなる。

「く！　駄目だ舵が甘い、推力が上がらん！」

両機ともにいまだ空に在る。だが無傷とまではいかなかった。

シュベールトリヒツの帆翼（ウィングセイル）は腐食によりぼろ切れと化しており。推進器（スラスタ）の吐き出す炎は不安定に咳（せ）き込み、素晴らしい切れ味を見せていた機動性能に大きな影を落とす。

魔導噴流推進器（マギウスジェットスラスタ）の推力だけで強引に飛翔するイカルガのような機体に比べ、竜頭騎士や竜闘騎（ドラッヒェンカバレリ）は機体外装の損傷が機動性の低下へと直結する。彼らはじわじわと、しかし確実に追い詰められていた。

「殿下……申し訳ございません！　これでは私のほうが足手まといでしかなく！」

「言うなイグナーツ。その剣の冴え、確かであった。大儀である……」

獲物が弱っているときこそ仕留める好機である。魔王が再び圧倒的な魔法による攻撃を再開した。もはや細かな手管は必要ない。

「蒼(あお)い騎士……飛び立て！　このままでは共倒れになる！」

「それしかないようですね」

「なんとしても……！　貴様は死んでもいいから！　なんとしても殿下の身はお守りしろよォ!!」

「残念ながら僕は生き残りますし、殿下の身も確かにお守りします。それでは！」

トイボックスマーク2が推進器を駆動し、シュベールトリヒツの背を蹴り飛び上がる。

そうしてなんとも言えない絶叫を残して竜頭騎士が離脱していった。

「イグナーツのリヒツがこうも苦戦しようとは」

「残念ながらここからは我が身の心配を第一にしたほうがいいですね」

エルネスティが幻像投影機(ホロモニター)をにらむ。魔王にとって、ふらふらと離脱してゆくシュベールトリヒツなどもはや眼中にない。敵はこの世界にただひとつの蒼。

「やぁっと二人っきりになったねぇエェエェルネスティィイくぅうぅん!!　待ちかねたよォォォ！」

「ご遠慮したいところです!!」

狙いすまして飛来する法撃を弾き、トイボックスマーク2がその場で迎え撃つ姿勢を見せる。

空中で攻撃をかわすためには推進器（スラスタ）を使うしかない。だがトイボックスマーク2の魔力供給能力には限界があり、そんなことをしていてはすぐに魔力（マナ）切れになる。

「動きづらいというのはなかなか厄介ですが。やりようはあります」

押し寄せる魔法の嵐を危険なものだけ弾いて防ぐ。炸裂する余波を受けて装甲に傷が増えてゆくが、機体が動くのであれば問題はない。

「どうしたんだぁぁい足が止まっているよォ！　キミの得意は守りじゃあないだろぉに!!」

「ようくご存知ですね！」

「はは！　魔王の眼を通してずっと見ていたともォ!!」

魔王が前肢の一振りで空中に多数の魔法を生み出す。トイボックスマーク2が驚くべきことに拳（こぶし）でもって魔法を殴り飛ばし、推進器を駆動し一気に距離を詰めた。

「さらにその接近戦好きな性格！　ようくようく知っているッ!!」

魔王もまた応じて前進。互いの距離が一気に縮まってゆく。絶対必殺の一撃を叩き込む。狙いは同じく、意志はどこまでも純化されてゆく。

「エチェバルリア卿、行けるのか……!?」

「手段を選んでいられる余裕はありません。勝てるか負けるか、この一撃で決めましょう！」

幻像投影機に映る魔王の影が一気に大きくなってゆく。迫りくる死そのものを前にしても、エルに退く気配はない。

　これが騎士の、騎操士の立つ世界なのか。

　椅子にふんぞり返っているだけでは見えなかった景色が、そこに広がっている。フリーデグントは一瞬たりとも見逃すことのないよう目を見開き。

「小王!!」

「エェルネスティ!!」

　トイボックスマーク2の拳が炎をまとった。魔王の鉤爪が炎を放った。

「烈炎之手!!」

「魔法顕現!!」

　推力全開、すべての勢いとありったけの威力を乗せて炎に燃ゆる拳を振るう。互いの拳が正面から激突し。

　激しい破砕音とともに砕けたのは、トイボックスマーク2の拳であった。

　共に勢いは止まらない。めきめきと音を立てて腕が破砕されてゆき、衝撃に耐えかねた肩関節からちぎれる。肩の推進器ごと腕を失い、トイボックスマーク2が大きく姿勢を崩した。

　魔王が腹部の中肢を広げる。至近距離からの魔法攻撃。あまりにも近すぎる。

魔導噴流推進器（マギウスジェットスラスタ）を1基失った今、逃れるには推力が足りない。

「それでも！」

思考よりも早く、トイボックスマーク2が残る推進器（スラスタ）を天に向け放つ。右も左も間に合わない。しかし落下ならば重力が味方をしてくれる！

「さすがだ！　まぁだまだぁ！　続きがあるだろう!!」

眼前から消えた蒼（あお）い騎士の後を魔王が追う。前肢を、中肢を広げ魔法現象の光を灯し。

そのとき、トイボックスマーク2の落ちゆく先に巨大な影が現れた。のっそりと鼻先を突っ込んでくる巨体。魔導噴流推進器が吐き出す轟音（ごうおん）が空を揺るがす。

「飛空船（レビテートシップ）……これは、『黄金の鬣号（ゴールデンメイン）』が!?」

危うく激突しかけたトイボックスマーク2だったが、辛うじて減速が間に合い、叩きつけられるように着地する。甲板に突っ込んできた蒼い騎士の姿を眺め、船橋ではエムリスがあごをなでさすっていた。

「なんだかわからんが間一髪じゃないか、アイツがやられるとは珍しいな！」

「はは！　団長さん、若旦那に言われてますぜ！」

視線を上げれば、虹色の輝きを背負い迫る何ものかの影。

「銀の長が戦っているくらいだ、アレが敵の首魁なのだろう。パーヴェルツィークに貸しがひとつできそうだな！　仕掛けろ！」

　伝声管の向こうから得意げな声が返ってくる。

「ふっふーん！　エル君をいぢめるやつは、私がぶっ飛ばしてやるんだから!!」

　トイボックスマーク2の左右で続々と覆いが開き。直後、激しい噴射炎と共に魔導飛槍が飛翔していった。

　内蔵式多連装投槍器から放たれた32本の魔槍をにらみ、小王が吼える。

「なんだァ!?　貴様らはァ!!　私とエルネスティ君の戦いに口を挟むというのかァ!!　無礼ものがァッ!!　命であがなえい!!」

　魔王が前肢を一薙ぎ。生み出された腐食の雲が魔槍を呑み込み、そのことごとくを錆へと帰す。

「馬鹿な!?　なんだあの雲みたいなのは！　魔導飛槍を全部防ぎやがったぞ!?」

「嘘でしょ……あれって！　どうしてこんなところにあの『蟲』がいるのよ!?」

　エムリスの叫びとアディの驚きは、少しだけ違うところにあった。何しろアディには見覚えがある。腐食の雲を広げあらゆる金属を貪り壊す、幻晶騎士の天敵たる魔獣に。

　だがエムリスは、銀鳳騎士団が帰還したとき国許にいなかった彼は知らなかったのだ。

「邪ァ魔くさいッ!!　もろともに腐れて死ねッ!!」

　腐食の雲を突き抜け、魔王が猛然と『黄金の鬣号』に迫る。エルを墜とし魔導飛槍を無効化する敵。エムリスは即座に命じていた。

「源素浮揚器、浮揚力場をあげろ！　推進器出力最大！　ぶちかませぇ!!」

舳先を跳ね上げ、およそ船とは思えない挙動で『黄金の鬣号』が加速する。そうして真正面から魔王と衝突し、巨体でもって体当たりを敢行したのである。

「なんだかわからんが、これなら……」

敵は幻晶騎士よりは大柄だったが飛空船ほどではない。いかな魔獣であろうとも、飛空船と衝突して無事なものなどそうはいまい。

一瞬の手ごたえ。しかしそれはすぐさまぞくりとした悪寒によって塗り潰される。

突如として『黄金の鬣号』の舳先が砕け散った。

装甲材をメキメキと割り砕きながら、撥ね飛ばされたはずの魔王が船上に這い上がってくる。

「誰であろうと関係ないィ……魔王が命ず、滅びは絶対なんだよォ!!」

船体に食い込ませた鉤爪から液体がにじみ出る。魔法と共に放たれる、『穢れの獣』がもつ腐食性の体液。

わずかももたず船体の腐食が始まった。まるで魔王という怪物に舳先から喰われているかのように、構造材が朽ち果ててゆく。

「ダメよ若旦那！　あいつの体液は装甲を溶かすのよ！　大森海の奥にしかいないはずな

のに、どうしてここに!?」

「なんだそりゃあっ!?　でたらめじゃないか!!」

エムリスが痛恨の呻(うめ)きを上げるも、もはや魔王を止める手段はなく。その間にも魔王による侵食は進み――。

ゆらりと、甲板で軋(きし)みを上げながらトイボックスマーク2が立ち上がった。操縦席のエルが、ちらと背後へ振り向く。

「先に謝っておきます。殿下、僕は初めて約束を破るかもしれません」

フリーデグントはわずかに答えに詰まった。何をしようとしているかには察しがついている。いかなる状況でも恐るべき力を発揮してきたこの小さな猛獣が謝る程度には、絶望的なことなのだろう。

果断で躊躇(ためら)いがない。なんと鮮烈な生きざまであろうか。あるいはそれは最前線で戦うことを義務付けられた騎士ゆえのことかもしれない。

だからこそ。

判断を下すのは、王族であり指揮官である彼女の義務だった。

「卿が言うのなら必要なのだろう。その代わり、必ずあれを止めてくれ」

「御意。それでは存分に!!」

甲板を蹴立てて蒼い幻晶騎士(トイボックスマーク2)が駆け出す。生き残った推進器(スラスタ)を全開に。一歩を踏み出すごとに爆発的に加速しながら、魔王めがけて最短距離を征(ゆ)く。

「来るッ……!!」

迫りくる蒼(あお)。そのとき、小王(オベロン)の思考にわずかな迷いが生じた。

すでに相手は満足に空も飛べない。このまま邪魔な飛空船(レビテートシップ)ごと破壊すればケリがつく。それは自明の理であった。

だが、しかし。彼の視線は突っ込んでくる蒼い影に釘付けになっていた。エルネスティが来る。彼の敵が来る。不倶戴天(ふぐたいてん)の、ただ一人の存在が――!!

「エェエルネェエエスティイイッ!!!」

魔王が吼(ほ)えた。自らも『黄金の鬣号(ゴールデンメイン)』を駆け上がり、己が手をもって怨敵にとどめを刺すため走り出す。再び真正面からのぶちかまし合いになる。小王の中にある積もり積もった恨みが、回避という選択肢を奪い去った。

感情の導くまま魔王が鉤爪(かぎづめ)を握り締め、蒼い騎士へと拳(こぶし)を叩き込む。魔法現象を発現し、炎放つ魔王の拳がトイボックスマーク2の頭部を粉砕する。眼球水晶を破壊された幻像投影機(ホロモニター)が光を失い、操縦席を薄暗闇が覆った。

だがそれだけだ。

激突の寸前にトイボックスマーク2は身を沈めていた。低く腰を落としたまま体当たりを仕掛ける。胴体に飛び込むように抱きつき。

トイボックスマーク2に残る片手は——宙を舞っていた。

執月之手（ラーフフィスト）が飛翔し、トイボックスマーク2と魔王の周りをぐるぐると回る。つながったままの銀線神経（シルバーナーヴ）が互いの身体に巻き付き、固定した。

「なん……エルネスティ、キミは!?」

「これで離れませんよ。それでは征きましょうか」

小王が表情を引きつらせる。まただ。またエルネスティがロクでもないことをしようとしている！

トイボックスマーク2の推進器が轟（ごう）と吼える。体当たりの勢いそのまま、魔王と共に船上から飛び出して。

「やったなぁ！　自分よりも船を守ったというわけかい！」

小王の考えは半分正しく、半分間違っていた。

「そのとおり。この距離ならば『船は安全』でしょうから」

ぞくりと嫌な予感が背を這（は）い上がる。ああ、敵はエルネスティなのだ。コレを相手に、勝利への確信など必要ない。『勝利した』という結果にたどり着くまでは普（あまね）く可能性が危険でありうる！

「このトイボックスマーク2は我が国の最新技術の結晶。機密の塊なのですよ」

「何を、何を言っている！　知ったことかぁ!?」

「なので作ったはいいのですが、戦いで奪われるようなことがないようきつく言われていまして。だから考えたのです」

「まさか……!?」

　エルネスティは嬉しそうに微笑んだ。それはもう、悪戯が成功した子供のまんまの笑顔で告げる。

「要は誰かに渡ったときに、トイボックスマーク2の機能が動かなければよい。そのための仕掛けをね。では殿下、逃げましょうか」

「は？」

　決死の覚悟を決めてきたフリーデグントすら、彼が何を言っているのかとっさに理解できなかった。ただ確かなのは、有無を言わさず抱きかかえられ、いきなり空に飛び出したということだけだった。

　トイボックスマーク2の胸部装甲が吹き飛び、フリーデグントを抱えたエルが飛び出してくる。幻晶騎士の力も借りず、人が空を飛べるものか。フリーデグントの思考を混乱と恐怖が埋め尽くし。

だが傍（かたわ）らのエルは、慣れたものですと言わんばかりに手際よくワイヤーアンカーを操作していた。

「トイボックスマーク2、最期まですべて魅せて差し上げなさい。命令（コード）『びっくり箱（ジャックインザボックス）』発動！」

つなげた銀線神経（シルバーナーヴ）を通じ、ひとつの命令が機体に下される。それによって魔導演算機（マギウスエンジン）に仕込まれた、とある魔法術式（スクリプト）が起動した。

それはごく単純な、魔導噴流推進器（マギウスジェットスラスタ）の基ともなる爆炎の系統魔法である。だが同時に、幻晶騎士に備わったありとあらゆる安全装置（セーフティ）が解除されており。

機体に残る魔力（マナ）を一滴残らず吸いつくし、魔法は極大規模の炎となって発現した。

「きっ！　キミは!!　キミはぁぁぁぁぁぁぁぁッ！！！」

身も世もない叫びを上げて、魔王がエルへと手を伸ばす。しかしそのときにはすでに、トイボックスマーク2は目を覆うようなまばゆい火球と化していた。

叫びは爆音にかき消され、魔王の影が炎に塗り潰される。

およそ歴史上初めて『幻晶騎士の自爆』という悪辣（あくらつ）極まりない攻撃を受けた魔王は、もろともに爆発の中に消えていったのである。

当然、至近距離にいるエルたちも無事には済まない。というよりも本来はエル一人のときに使うつもりだった手段であるため、安全などという言葉がまるきり存在していない。

「うん、成功しすぎましたか！　遮（さえぎ）りなさい、『大気圧壁（ハイプレッシャーウォール）』!!」

銃杖（ガンライクロッド）を握りエルの魔法能力の限りを尽くして身を守るも、爆風にもみくちゃにされるのまでは避けようがなかった。ようやく体勢を整えるも、要は自由落下である。

落下による風に髪を弄（もてあそ）ばれながら、フリーデグントは自らを抱えるエルへと食ってかかった。

「何を……何が!?　どう!?　した!?」

「トイボックスを自爆させ、魔王ごと吹っ飛ばしました」

「あれが最終にして最強の攻撃なのですよね。すべてを出しきりましたよ！」

「じ……じばっ……!?」

「得意げにしている場合かッ!?　貴様は！　それでも！　騎士なのか!?」

「はいもちろん。これでも国許（くにもと）では騎士団長を拝命する身です」

「この世に救いはないのか……?」

ぎゃいぎゃいと喚いていると、ふと視界の端を飛ぶものがある。ワイヤーで接続された空飛ぶ槍、魔導飛槍（ミッシレジャベリン）だ。

　1本だけ船から発射された槍は、エルたちのところまで飛んでくると異様な動きを見せた。謎の器用さを見せてエルたちの周囲をぐるぐる回り、彼らをワイヤーで絡め取ったの

である。

「なっ……今度はなんだ⁉　誰の攻撃か⁉」

「落ち着いてください。こういうことするのはきっとアディですね」

「味方なのか？　何者なんだ」

「妻です」

「は？」

フリーデグントがぽかんと口を開けたまま固まってしまったので放っておくと、どこからともなく声が響いてきた。

「……えぇぇる君……。抱えてるソレはなぁにぃ？」

「フリーデグント第一王女殿下です。重要人物です。護衛対象です」

「へぇー……へぇー……許します」

妙に低く聞こえるがアディの声である。器用なことに魔導飛槍（ミッシレジャベリン）につながる銀線神経（シルバーナーヴ）を使って糸電話もどきをしているのだと、わかってはいても不気味さは抑えきれない。

「ひとまず巻き上げをお願いしますね」

二人が凶悪なやり取りを繰り広げている間も、フリーデグントはもう喋（しゃべ）る気力すらないというありさまでぐったりとしていた。魔王と戦ってすら気丈に振る舞っていた彼女にだって、ツッコみきれないことはある。

そうしてすったもんだありつつも、二人は無事に『黄金の鬣号（ゴールデンメイン）』へと回収されたのであった。

「エルネスティ、また無茶というか馬鹿をやってくれたと思っていたが。まさかの客人まで連れてきてくれるとはな」

船内に戻ってきたエルたちを出迎えた、それがエムリスの第一声であった。

エルは憎たらしいほどいつもどおりピンピンとしているが、一緒に回収されたフリーデグントは精魂尽き果てた様子で床にへたり込んでいる。

しかし砂粒ほど残っていた気力をかき集め、最後の意地を張って。

「……エムリス船長か。すまない……どうやら結局のところ貴国の厄介になりそうだ」

「それは構わないが、なぜコイツと共に？」

「私は今まで王族として少なくない教養に触れてきたと思っていた。だがな、船長。世の中には説明などできもしないことがあると今知った。あったのだ」

「誰が何をしでかしたか、なんとなくわかった。まずは休める場所に案内しよう」

「感謝する……」

今すぐ倒れてしまいたいという気持ちでいっぱいのフリーデグントを船室に案内してから、エムリスは船橋に戻る。

「『黄金の鬣号(ゴールデンメイン)』の損傷も馬鹿にならんな。すぐに転回しろ。敵の首魁に一撃は加えたが、あれだけの魔獣を相手にはしていられん！　今が退き時だろう。パーヴェルツィークにも伝えろ。いがみ合っている場合などではないとな！」

『黄金の鬣号』から発光信号が放たれる。折よく飛竜戦艦(リンドヴルム)の曳航(えいこう)準備が終わっていたパーヴェルツィーク王国軍が応じ、すぐに撤退へと移る。

凶暴な魔獣を相手に長時間戦い続けていた竜騎士たちも限界を迎えており。彼らはかろうじて、戦線が崩壊する前に退くことができたのだった。

◆

命じられるまま竜闘騎(ドラッヒェンカバレリ)に襲いかかっていた混成獣(キュマイラ)たちであったが、敵が退いていっても深追いせずに戻っていた。魔獣たちが集まる中心には溶けた金属と崩れた骨格の交じる塊(かたまり)がある。

突如としてメキメキと音を立てて塊が割れた。かつてトイボックスマーク2と呼ばれていた幻晶騎士(シルエットナイト)の残骸を振り落とし、それは前肢を伸ばす。

――魔王。

繭のように鋼の殻を脱ぎ捨て、魔獣の王たる存在が現れる。

「やれやれこれだからエルネスティ君は。本当に、本当に忌々しいよ。魔王の全力をもって身を守らねばどうなっていたことだろうね」

魔王の内部、操縦席の小王がつぶやいた。調子を確かめた限り魔王の躯体は無事である。

それにしてもまさか乗機そのものを爆発させてくるとは、思いもよらなかった手段である。小王は小さく身体を震わせていたが、やがて一気に破顔した。

「くはははははは！　だがそれでこそ！　キミとの戦いというものだよエルネスティ君！　我が宿怨の敵よ!!」

ひとしきり笑ってから、静けさを取り戻した空を見回す。混成獣は命令を待っており、ハルピュイアたちはざわざわと飛び回っていた。

「ふうむ、人間たちは退いたか。まあよい。十分に感動的な再会を果たしたからね」

小王は魔王に命じ、ハルピュイアへと伝える。

「ハルピュイアよ、戦いにおいて王に無理をさせすぎた。我らにも休息が必要だ。やつらがいなくなったのであれば、巣へと帰還するよ」

「御意に」

ぎゃあぎゃあと不気味な叫びを残し、魔獣の群れが移動を始める。魔王もまた翅を震わせ飛翔した。

「これで終わりではない、そうだろうエルネスティ君。次は乗機だけではない。キミ自身の命をもらい受けに行く。楽しみにしていてくれたまえよ」

魔王の周囲を飛ぶハルピュイアたちは知らない。操縦席に座する小王(オベロン)が、深く笑みを浮かべているということを。それは己の宿願と出会った者だけが浮かべることのできる、強烈な歓喜に彩られた笑みだ。

数多(あまた)の翼のはためきに囲まれながら、小王は静かに狂う。

新たなる詩はつむがれ、それは空飛ぶ大地をめぐる戦いに大きな変化を呼び込む契機となるのだった。

［『ナイツ＆マジック11』へつづく］

この作品に対するご感想、ご意見をお寄せください。

●あて先●

〒101-0052 東京都千代田区神田小川町3−3
主婦の友インフォス　ヒーロー文庫編集部

「天酒之瓢先生」係
「黒銀先生」係

ヒーロー文庫

ナイツ & マジック 10

天酒之瓢（あまざけのひさご）

2020年10月10日　第1刷発行

発行者　前田起也

発行所　株式会社　主婦の友インフォス
〒101-0052 東京都千代田区神田小川町3-3
電話／03-6273-7850（編集）

発売元　株式会社　主婦の友社
〒141-0021
東京都品川区上大崎3-1-1 目黒セントラルスクエア
電話／03-5280-7551（販売）

印刷所　大日本印刷株式会社

ISBN 978-4-07-445630-7